강시들

FUSION FANTASTIC STORY

6

강산들 6

김대산 퓨전 무협 소설

초판 1쇄 찍은 날 § 2007년 7월 3일
초판 1쇄 펴낸 날 § 2007년 7월 10일

지은이 § 김대산
펴낸이 § 서경석

편집장 § 문혜영
편집책임 § 유경화
편집 § 이재권 · 유혜림

펴낸곳 § 도서출판 청어람
등록번호 § 제1081-1-89호
등록일자 § 1999. 5. 31
어람번호 § 제2-1243호

주소 § 경기도 부천시 원미구 심곡1동 350-1 남성B/D 3F (우) 420-011
전화 § 032-656-4452 팩스 § 032-656-4453
http://www.chungeoram.com
E-mail § eoram99@chollian.net

ISBN 978-89-251-0785-1 04810
ISBN 978-89-251-0533-8 (세트)

김대산
퓨전 무협 소설

6
강산들

[완결]
강산들

FUSION FANTASTIC STORY

도서출판 청어람

목차

1. 도와주게. 내가 배신하지 않도록

"이쯤에서 정리를 좀 하고 넘어가야 될 것 같은데… 그렇게 생각하지 않나?"

김강은 여동훈과 둘만의 대화에서 그렇게 서두를 떼었다.

"죄송합니다. 제게 피치 못할 사정이 있었습니다."

"홋! 죄송한 정도로 될 일인지 아닌지는 일단 어떻게 돌아가는 사정인지부터 들어보고 나서 다시 얘기를 해보는 게 순서일 것 같군."

착잡한 여동훈의 기색과는 달리 김강의 표정과 말투는 대수롭지 않다는 듯했다.

그러나 김강의 눈빛은 지금 깊숙하게 가라앉아 있었다.

마치 여동훈의 가슴 가장 깊은 곳 밑바닥까지 들여다보고 있는 듯이.

김강이 가만히 여동훈을 응시하고 있다가 불쑥 물었다.

"여동훈! 자넨 도대체 누군가?"

순간 여동훈은 흠칫하면서 반사적으로 대답을 하려 했다.

"전……!"

그러나 그 첫 음절(音節)에서 그의 대답은 김강에 의해 가로채이고 말았다.

"아아! 이제 그럴 것 없지 않나? 내가 아무리 둔해도 지금쯤에는 자네가 상당히 대단한 사람이라는 눈치는 충분히 긁었는데, 굳이 회장 대접을 받기도 영 낯간지러운 일이겠지. 우리 그냥 처음 만났을 때로 돌아가기로 하지?"

그러자 여동훈의 얼굴은 곧바로 딱딱하게 굳어졌다.

한참 만에야 여동훈은 사뭇 힘겹게 말을 꺼내고 있었다.

"미안하네. 그러나 그때도, 지금도 난 여전히 여동훈이네."

무거운 목소리로 그렇게 말한 다음 여동훈은 잠시 깊숙하게 김강을 응시했다.

그리고 다시 나오는 그의 목소리는 가늘게 떨리는 감이 있었다.

"날 좀 도와주게. 이 일은 나에게 정말로 중요한 일일세.

내 모든 것을 걸 만큼. 그리고 지금 날 도울 수 있는 사람은 김강 자네밖에 없네."

그러나 김강은 여전히 무덤덤한 투로 반문하고 있었다.

"무엇을 도와달라는 건가? 아니지, 그전에 왜? 내가 왜 그래야 하는 거지?"

"휴우~"

여동훈은 긴 한숨을 내쉬었다.

그리고 차분한 얼굴로 돌아가며 얘기를 시작했다.

그것은 긴 얘기였다.

그것은 그 자신에 관한 얘기였고, 절절한 고백과 같은 것이었다.

*　　　*　　　*

여동훈.

어릴 때부터 그는 그 어떤 것에도 자신이 있었다.

지나칠 만큼 매사에 자신이 있어서 세상에 어려울 게 없다는 주의(主義)였다.

늘 천재라는 소리를 듣고 자랐고, 학교 성적의 일등은 언제나 당연한 그의 차지였다.

고등학교 때는 별명이 멘사였다.

일학년 때 잰 IQ가 190을 훌쩍 넘기는 수치로 나오면서 얻은 별명이다.

비범하다는 건 분명 여러 가지로 매력적인 데가 있었다.

심지어는 그가 웬만큼 유별난 행동을 해도, 사람들은 그 유별남에도 뭔가 특별한 이유가 있겠거니 하고 지레 의미를 두어주곤 했다.

어느 때부터인가 누군가 그에게 장래의 꿈을 물으면 그는 애국자가 되는 게 꿈이라고 대답하곤 했다.

우리나라의 역사는 약소국의 역사였고, 기왕에 이 땅에 태어났으니 무슨 수를 써서라도 이 나라가 세계를 들었다 놨다 하는 강대국이 되도록 만들고 말겠다고.

대개는 유아적 내지는 환타지적 꿈이라고 웃어넘기기 쉬울 법했지만, 사람들은 그 거창한 꿈에 대해 '참 특이하다' 는 식의 평가를 해주었다.

기껏 싫은 소리를 한다고 해도 '잘난 놈은 꿈도 참 잘난 꿈을 꾼다' 는 정도의 그다지 듣기 싫지만은 않은 가벼운 비아냥 정도였다.

하지만 그 꿈은 그가 사람들에게 그저 잘나 보이려고 꾸며내는 것만은 결코 아니었다.

그가 처음으로 소위 발작이라는 현상을 경험해 본 것은 중학교에 입학하고 얼마 안 되어서였다.

잠깐 어지럽다고 여기는 순간 그는 정신을 놓고 말았다.

그런데 깨어났을 때 그는 도저히 믿을 수 없는, 그리고 결코 인정할 수 없는 비참한 지경에 놓여 있었다.

반 아이들이 그의 가슴과 머리, 그리고 손과 발을 누르고 있었다.

뺨을 후려갈기는 아이도 있었다.

그것보다 견딜 수 없었던 것은 입 안에 그가 게워낸 것일 역겨운 이물질이 들어 있었고, 그것 중 일부가 입 밖으로 흘러나와 뺨과 목까지를 적시고 있다는 것이었다.

이어 그가 느낀 것은 바지가 젖어 있다는 것이었다.

축축한 느낌.

그리고 뒤이어 자각되어지는 고약한 냄새.

그것이 그의 첫 번째 발작이었다.

병원에서 복잡한 검사를 거치고 나서 의사는 간질이라고 진단했다.

뇌에 국부적인 손상이 생겨 있고, 그로 인해 돌발적으로 뇌 신경세포에 기능 이상이 오는 것이라고.

뇌의 손상된 부분은 이미 돌이킬 수 없다고 했다.

치료를 위해서는 항경련제(抗痙攣劑)인가 하는 약을 투여해야 하는데, 최소한 몇 년간은 꾸준히 복용을 해야 한다는 것이었다.

의사의 말대로 따르는 수밖에는 다른 방법이 없었다.

발작이라는 그 처참한 경험을 또다시 하고 싶은 생각은 결코 없었으니까.

그는 한동안 약을 먹었다.

그리고 대략 일 년여가 지날 즈음.

어느 순간, 그는 문득 자신이 죽어가고 있다는 생각을 하게 되었다.

아주 서서히 죽어가고 있다는 그런 생각.

약을 먹고 나면 늘 그런 느낌이 들었다. 어지럽고, 피곤하고, 왠지 모르게 멍해지는.

어쩌면 그건 실제의 증상이 아니라 다만 그가 그렇게 느낀 것일 뿐일 수도 있었다.

그러나 어쨌든 약을 먹고, 그 약효가 중화되는 그 시간 동안에는 자신이 본래의 자신이 아니라는 생각을 떨쳐 버릴 수가 없었다.

그것이 점차로 심해져서 나중에는 일종의 강박증세까지 겪게 되었다. 무작정 불안하고 초조해지는.

이윽고 그는 도저히 견딜 수가 없게 되었다.

무엇보다 참기 어려웠던 건, 그가 앞으로도 몇 년간이나 더, 나아가서는 완치 시까지 얼마나 걸릴지도 모르는 세월 동안 약물에 의존해 살아가야만 한다는 사실이었다.

그는 그걸 도저히 용납할 수가 없게 되었고, 결국 하나의 결심을 하게 되었다.

구차하게, 그리고 비겁하게 약물에 의존하지 않고 오로지 그 자신의 의지만으로 극복해 내고야 말겠다고.

반드시 그렇게 할 수 있다고 믿기로 했다.

그렇게 스스로를 세뇌시키기로 한 것이다.

그의 두 번째 발작은 중3 때 찾아왔다.

이번에는 그 혼자서 겪은 발작이란 점에서 다행스러웠으나 그래도 그는 좌절하지 않을 수 없었다.

그때 그는 진지하게 죽음을 생각했다.

그러나 행동으로 옮기지는 못했고 대신 하나의 맹세를 추가하였다.

만약 다시 한 번의 발작을 겪을 때, 그러니까 언제이건 세 번째의 발작이 왔을 때 그 발작을 그 스스로의 의지로 통제하고 극복해 내지 못한다면, 그때는 정말로 미련없이 죽고 말 것이라고.

치열한 각오였다.

그러나 그렇다고 해서 두려움까지 사라진 건 아니었다.

세 번째의 발작이 언제쯤 찾아올까 하는 것에 대한 두려움.

그가 전혀 의도하지 않은 순간에, 그리고 전혀 예기치 못한 어느 순간에 찾아올 발작.

그 불확실성에 대한 공포는 그야말로 처절한 것이었다.

애국자가 되겠다는 꿈을 공공연히 내세우게 된 것은 그때부터였다.

그 꿈의 거창함은 불확실성에 대한 그 처절한 공포로부터 숨을 곳을 마련하기 위한 방편이었다.

이를테면, 누구도 해낼 수 없을 만큼 대단한 목표, 그의 모든 능력을 다 쏟아 부어도 결코 이루어내지 못할 불가능한 목표를 둔다면, 그 목표를 향해 발버둥을 치는 동안에는 공포 따위를 느끼기보다는 차라리 치열할 수 있겠다는 일종의 자기기만 같은 것이었다.

그리고 사실상 불가능하겠지만, 만약에 정말로 그 불가능한 일에 대해 어떤 만족할 만한 성과를 거둘 수 있다면, 그때야말로 그는 자신의 의지만으로 자신의 숙명을 극복했다고 스스로 인정하기로 한 것이었다.

그리하여 그때부터 그 목표는 그에게 하나의 종교와도 같은 것이 되었다. 절실하고도 치열한 종교.

사실 그는 이미 세 번째의 발작을 겪었다.

그리고 결과적으로 그는 그 세 번째의 발작에 대해 그 스스로의 의지로 통제하고 극복해 내지 못했다.

그럼에도 불구하고 그가 여전히 살아 있는 것은 그 세 번째의 발작 때 불쑥 끼어든 어떤 우연으로 인해 그가 또 한 번 죽음을 미룰 수 있는 핑계를 가질 수 있기 때문이었다.

그는 지금 네 번째의 발작을 기다리고 있는 중이었다.

그런데 정말로 기적적이게도, 최근에 그는 하나의 기회를 잡게 되었다.

스스로도 불가능하다고 생각했던, 그러나 어떻게 하든 이루어보려고 그토록 치열하게, 그토록 절실하게 매진해 왔던 그 목표에 대해 어쩌면 정말로 이루어질 수도 있겠다 싶은 하나의 가능성을 발견하게 된 것이다.

법대 재학 중에 사시를 패스한 그는 얼마 지나지 않아 다시 잇달아 행시와 외무고시를 패스함으로써 소위 말하는 삼관왕이 됐다.

이후 검사의 길을 택했고, 열과 성을 다한 덕분으로 한때 자질과 능력을 인정받기도 했다.

그러나 여전히 그가 이루고자 하는 목표와는 너무도 동떨어져 있었기에 그는 곧 자괴감을 느끼게 되었다.

그가 비밀스러운 제안 하나를 받은 것은 바로 그때쯤이었다.

그것은 아주 비밀스럽고, 또한 그렇기에 아주 위험한 제안이었다.

그가 그때까지 쌓아온 모든 것을 버려야만 했고, 그럼에도 미래에 대한 어떤 보장도 받을 수 없었고, 나아가 당장의 안전에 대한 최소한의 보장조차 없이 미지의 위험 앞에 자신을 온전히 내던져야만 하는 그런 제안이었다.

그러나 한편으로 그의 불가능한 목표에 희미하더라도 어떤 가능성을 부여해 볼 수도 있게끔 하는 제안이기도 했다.

그는 결국 그 비밀스러운 제안을 받아들였다.

그리고 그 제안에 따른 새로운 신분과 위치를 위해서 검사로서의 자신에 대해서는 스스로 몰락의 길을 택했다.

스스로에 대해 융통성이라곤 전혀 없이 꽉 막힌 인물이라는 평판을 만들어냄으로써 얼마 지나지 않아 검찰의 이단아 취급을 받게 되었다.

이어 지방검찰청의 지원(支院) 몇 군데를 전전하다가 결국은 사표를 던졌다.

그리고 무늬만 변호사이면서 실상은 백수인 처지가 되었다.

호국사(護國社).

딱히 비밀스러운 곳도 아니지만, 그렇다고 일반에 그 실체가 제대로 알려지지도 않은 결사단체(結社團體)다.

그리고 그 실체를 파고들어 가 보면 다분히 비밀스러운 데가 있는 곳이기도 했다.

여동훈이 최근까지 조사한 바에 의하면 호국사는 엄청나다고 해야 할 만큼의 방대함과 아울러 놀랍다고 할 수 있을 만큼의 치밀함을 지닌 조직이었다.

그 규모와 세력 측면에서 국가권력이 아닌 사설 조직으로 그런 정도의 방대함과 치밀함을 지닌 조직은 건국 이래로 호국사가 처음이라고 해도 좋을 정도였다.

그런데 어느 조직이건, 특히나 국가권력이 아닌 경우에는 그 조직이 너무 커지면 순기능 외에 역기능을 가지게 되고, 심지어 어떤 경우에는 그 역기능으로 인해 국가와 국민의 안위가 위협받는 경우까지 생기게 마련인 모양이었다.

그것이 애초에는 아무리 좋은 취지로 설립된 공익단체라고 해도 말이다.

호국사는 해방 직후에 결성된 꽤나 역사가 있는 단체이며, 애국애족을 천명하는 대표적인 보수단체들 중의 하나였다.

설립 초기에 호국사는 주축을 이루었던 핵심 인물들의 친일축재가 문제가 되기도 했으나, 이후 정권의 부침에도 불구하고 군사정권까지 내내 정권의 편에 서는 강경보수의 길을 걸어왔다.

사실 십여 년 전까지만 해도 호국사는 그저 보통의 보수단체들 중의 하나일 뿐이었다.

대한민국에 그런저런 보수단체들이 하나둘이 아니었으니 말이다.

호국사가 강력한 저력을 지닌 단체로 급부상한 것은 해방 후 전쟁과 군사 쿠데타를 거치면서 확고불변으로 그 맥을 이어왔던 군사정권이 물러나고 문민정부가 들어선 때부터였다.

그리고 문민정부에 이어 이전에는 상상도 할 수 없었던, 스스로를 중도좌파라고 당당히 말하는 개혁정부가 들어서면서부터 호국사의 은밀한, 그러나 강력한 움직임은 본격적으로 시작이 되었다.

문민정부와 개혁정부에 의해 이전에 경험해 보지 못했던 각종의 제재와 위협을 받게 된 기득권 세력들에게 호국사는 새로운 중심이 되었던 것이다.

비록 시대 상황의 변화에 의해 수면 밑으로 눌려는 있었지만 언론, 경제, 권력 등등의 심층부에는 이미 기득권 세력들이 고착화되다시피 자리를 틀어잡고 있었다.

그러니 그들은 여전히 사회 전반의 권력과 부의 흐름에 막대한 영향력을 행사하고 있었던 것이다.

또한 그들은 자신들에게 우호적인 정권의 재창출을 위해, 그리고 그 정권의 일시적이 아닌 항구적인 유지를 할 수 있도록 하기 위한 강력한 세(勢)의 결집 필요성을 느끼게 되었을 것이다.

흩어져 있던 각종의 보수단체들이 짧은 시간 안에 호국사의 산하로 통합되었다.

본래 보수단체들이란 게 조금만 그 안을 들여다보면 그 각각이 추구하는 이념이나 목적들이 다 달라서 서로 상충하는 경우가 많은 법이었다.

그런데 근래의 십여 년 동안에는 그러한 상충적 요소들에도 불구하고 그들은 너무도 쉽고 간단하게 통합의 수순을 밟았다.

그리고 마침내는 오늘의 초거대 공룡조직으로서의 호국사를 건설하기에 이른 것이었다.

그런 데에는 기득권 세력들이 암중으로 장악하고 있던 막강한 인맥과 권력과 재력이 뒷받침되었음은 불문가지의 일일 것이다.

현 정부, 구체적으로는 국정원에서 호국사에 대해 위기감을 느낀 직접적인 동기는 바로 호국사의 위협적인 정보력 때문이었다.

일부 민감한 사안의 경우에는, 한마디로 정부의 정규 루트로 보고되는 정보보다도 더욱 빠르고 구체적으로 모든 정보들이 호국사로 먼저 흘러들어 간다고 할 정도였다.

그것은 가장 기본적인 국가관리능력의 위기라고 할 수 있었다.

물론 그렇게 된 연유를 모르는 것은 아니었다.

우선은 기존의 군 정보조직 및 국가정보조직들이 해체되면서 고위 인력들이 대거 직위해제되었고, 아마도 그 인력들이 이런저런 경로로 호국사와 관계를 맺고 있을 것이라는 것을 예상할 수 있었다.

그리고 정보조직의 특성상 비밀 엄수에 대한 개념이 철저하기도 하지만, 한편으로는 상하의 충성도 또한 철저하기에 현재까지도 바뀌지 않은 실무진들 중 일부가 민감한 사안들에 대한 정보를 은밀하게 흘리고 있을 가능성도 컸다.

그러나 수십 년간에 걸쳐 구축되어 온 정보조직의 실무진까지를 일거에 교체할 수도 없는 노릇이었고, 또한 국가의 근간을 흔들지도 모를 그런 일을 해서도 안 되는 일이었다.

사실 정권이 바뀐다 해도 정보기관과 같은 국가관리의 근간이 되는 부분은 실무적인 차원에서는 그대로 보존하고 물려주어야만 하는 것이고, 그것은 정권을 넘어선 국가 존망의 사안인 것이다.

그러나 정부로서는 어디까지나 합법적인 틀 안에 있는 호국사에 대해 함부로 어떤 조치를 취할 수는 없는 일이었다.

그들을 섣불리 건드렸다가는 곧바로 엄청난 저항에 직면하게 될 것이고, 더욱이 자칫 답도 없는 사상과 이념 논쟁에 휘말릴 우려가 다분하였다.

그렇지 않아도 현 정부는 색깔논쟁에 자주 휘말리는 경우가 있어왔고, 정부의 수장인 대통령 스스로가 자신의 이념이 건전중도좌파라고 언급한 바도 있었다.

건전중도라는 것이 어떤 의미를 갖느냐 하는 문제 이전에, 그 뒤에 붙은 좌파라는 단어 하나만으로도 알레르기를 일으키는 국민들이 상당수 있는 것이 현실이 아니던가.

그리고 그것은 반세기의 분단과 치열한 반공 이데올로기의 세월을 겪은 국민들로서는 당연히 가질 수 있는 정서라고 할 것이었다.

호국사의 잠재적인 위협에 대한 비밀스러운 대안으로 탄생한 것이 바로 국정원 산하의 비밀조직인 SM팀이었다.

팀장은 곧바로 국정원장이었으나, 국정원장으로서도 SM팀의 구성에 관한 모든 것을 알지는 못하였다.

다만 그는 SM팀을 구성하는 삼 개 조의 조장이 누구인지만 알 뿐이었고, 그들에게 지시하고 결과를 보고받는 행위만 관장할 뿐이었다.

임무를 주고 예산을 할당해 줄 뿐, 각 조를 어떻게 구성하고 어떻게 운영하는지는 오로지 각 조 조장들의 권한이었다.

그야말로 철저하게 비밀에 싸인 조직이었다.

철저히 비공식적이며 공식적으로는 결코 존재하지 않는 조직이었다.

즉, 필요에 따라서는 존재할 수도 있고, 또 필요에 따라서는 존재하지 않을 수도 있는 조직인 것이다.

물론 그 필요라는 것은 오로지 팀장의 판단과 의지에 의해서만 결정이 되는 것이었다.

여동훈은 바로 그 SM팀의 제일조 조장이었다.

"지금 내가 하고 있는 얘기들은 SM팀장에게만 보고된 내용일세. 당연히 극비 사항이지. 극비란 것은 위험하다는 의미가 되는 것이기도 하지만, 나는 당장에 자네에게 도움을 부탁해야 하는, 아니, 애원해야 하는 처지이니 나중에 닥칠 위험은 나중으로 미루어둘 수밖에 없는 입장일세."

SM팀의 조사 과정에서 나타난 호국사의 가장 심각한 위험성은 바로 그 내부 깊숙한 곳에 과거 군사정권 시대의 통치자 그룹이 버티고 있다는 점이었다.

독재와 비리로 국민의 심판을 받았으며, 또한 지금까지도 여전히 국민들로부터 지탄을 당하고 있는 그들이었지만, 그들은 당당히 호국사의 숨은 지배자로서 군림하고 있었던 것이다.

과거 정권에서 충복 노릇을 했던, 군 및 국가 정보기관의 책임자 및 핵심 지휘관 출신 인사들이 모습을 드러내지 않은 채 호국사의 주요 하부조직들을 장악하고 있다는 정황들도 충분히 포착되었다.

또한 과거 정권이 그들의 통치 시절에 권력을 남용하여 은닉했던, 최소 수조 원대의 자금이 호국사의 하위 암중조직에 의해 운용되고 있다는 정황들도 드러났다.

그 자금은 이미 법에 의해 환수 명령이 내려진 바 있는 소위 전직 대통령들의 비자금과도 맥을 같이하는 것으로 보였다.

당연히 정상적인 경로로의 운용은 불가능한 비자금이었다.

그런 때문인지 그 비자금의 절반 정도는 호국사의 암중 지하조직, 즉 정심회를 통해 음성적인 사업 자금으로 운용되고 있는 것으로, 그리고 나머지 절반은 철저한 비밀 속에 동방그룹으로 편입된 것으로 잠정 파악이 되었다.

그런데 최근에 더욱 엄청난 사실이 그 윤곽을 드러내고 있었다.

'이백 조(兆)에 이르는 초거대 지하자금이 있다. 그 자금은 과거 군사정권 시절 대를 물리면서 통치 자금의 성격으로 비축되어 온 것이다. 과거의 통치자 그룹들이 그 거대자금으로 그들만의 왕국을 세우려 하고 있다. 그럼으로써 그들은 향후의 정권 창출 과정을 좌지우지하고, 또한 경제와 정치 및 국가의 제반 운영에 대해 보이지 않는 손으로 장악을 함으로써 대한민국 내에 존재하는 또 하나의 국가를 아무도 건드릴 수 없는 신성불가침의 왕국을 건설하려는 것이다.'

처음에 그것은 SM 내에서도 그저 웃어넘기고 말 황당한 소문쯤으로 치부되었다.

우선 이백 조라는 돈은 너무도 천문학적이라 아예 실감조차 안 되는 액수였다.

그리고 아무리 거대한 자금이라고 하더라도 과연 돈만으로 정권 창출을 좌지우지하고, 또한 국가의 제반 운영을 장악하고, 무슨 신성불가침의 왕국이니 하는 것을 만드는 것이 가능한 일일까 하는 의문이 들기도 하는 일이었다.

그러나 그 소문은 곧 신빙성이 있는 것으로 조사가 되었고, 또한 실제로 가능성이 충분하다는 것으로 분석이 되었다.

이백 조의 초거대자금이 모종의 형태로 은닉되어 있다는 정황들이 잇따라서 확보되었다.

그런 천문학적인 규모라면 쓰이기에 따라서는 나라가 휘청할 판이었다.

그리고 그 돈이 결국은 국민으로부터 나온 국부(國富)가 아니겠는가.

그러니 국가의 실물경제에 활용되지 못하고 지하자금으로만 묻혀 있다는 자체로서 이미 국가와 국민을 위해서는 커다란 위해요, 손실인 것이다.

더욱이 그 돈이 어떤 특정 계층의 사리사욕을 위해 자칫 국외로 빠져나가기라고 한다면, 그야말로 피 같은 국부의 유출이 될 것이었다.

어떤 일이 있더라도 일단은 국가로 환수되어야만 하는 돈인 것이다.

"우리는 그것을 BP자금이라고 부르고 있네."

*　　　*　　　*

"나의 임무는 두 가지일세. 바로 호국사의 해체, 그리고 BP자금의 회수이지. 지난 몇 년간 이 두 가지의 임무를 이루기 위해 나의 모든 심혈을 다 기울여 왔네. 굳이 국가의 이익을 위해 하는 일이란 거창한 명분을 들먹이지는 않겠네. 다만 내게 있어 이 두 가지의 임무는 내 숙명을 극복하기 위한 필생의 과제가 되어 있네."

여동훈의 어조는 무겁고도 간절해져 있었다.

"도와주게. 이 일로 인해 그동안 우리가 어렵게 궤도에 올려놓은 회사가 한순간에 무너져 버릴 수도 있다는 건 분명하네. 그러나… 내 필생의 숙원을 이루기 위해서, 나로서는 다른 선택의 여지가 없네. 나는 이제 자네가 보통 사람이 아니라는 것을 알게 되었네. 나를 뛰어넘는 천재성과 열정과 야망을 지닌 사람이라는 것을 알게 되었기에 간절하게, 정말 간절하게 자네의 도움을 청하는 것이네. 그리고… 굳이 한 가지의 이유가 더 있다면… 내가 자네를 배신하지 않도록, 내가 계속 자네의 친구로 남아 있을 수 있도록 나를 좀 도와주게."

김강이 입을 연 것은 한참이나 묵묵히 여동훈과 눈길을 맞부딪치고 난 다음이었다.

"불공평한 제안이군. 도무지 이해타산이 맞질 않아. 한순간에 모든 것을 다 잃을지 모르는 이 위험한 일에 나를, 그래, 자네 말대로 친구를 끌어들이면서 고작 그 이유가 자네가 나를, 그리고 친구를 배신하지 않도록 하기 위해서라고? 왜? 내가 왜 그런 손해와 위험을 감수해야 하지?"

김강의 반문에 대해 여동훈은 아무 대답도 하지 않았다.

다만 묵묵히 그를 바라보고만 있었다.

그런 여동훈의 눈빛에는 간절함만이 가득하였다.

2. 혼수모어(混水摸魚)

　　강순태에게서 얻은 BP자금에 관한 정보는 SM팀의 활동에 아마도 결정적인 실마리로 작용했던 모양이었다.

　　국정원을 중심으로 국가정보조직이 총가동되었고, 동원할 수 있는 직간접의 모든 수단과 방법을 다 동원한 끝에 마침내 보다 구체적이고 근접된 정보들이 확보되고 있다고 여동훈은 전했다.

　　그중에는 초거대자금, 즉 이백 조원의 실체에 대한 제법 타당성이 있어 보이는 첩보들도 있다고 했다.

　　다수의 비밀 장소에 다양한 형태의 자금들이 분산 보관되고 있다는 것이었다.

아직까지는 첩보 수준에 불과하지만 그 다양한 형태라는 것에 대한 내용은 이를테면 이런 것들이었다.

십만 달러짜리 미국채권이 가득 든 007가방 백여 개.

십억 달러가 예치된 스위스은행 비밀계좌번호와 비밀번호를 적은 내역서를 보관한 소형금고가 백여 개.

백 달러짜리 지폐 다발이 가득 든 007가방이 수백여 개.

그리고 강순태가 언급했던 대로 일 킬로그램짜리 금괴가 가득 든 007가방이 또한 수백여 개라는 따위의 첩보들이었다.

시간이 흐름에 따라 상황은 더욱 급박하게 전개되고 있었다.

호국사, 좀 더 정확하게는 호국사 내에서도 BP자금에 관련된 핵심 그룹에서는 자신들을 중심으로 좁혀오는 어떤 심상치 않은 조짐을 감지한 것 같았다.

그 첫 번째의 반응은 정심회 쪽으로부터 전해졌다.

강순태가 취해온 연락에 따르면, 호국사 측에서는 정심회의 충성도에 대해 상당히 심각한 수준의 의심을 하기 시작한 모양이었다.

정심회의 간부층에 심어두었던 자신들 쪽의 인물들을 통

해 강순태를 비롯한 정심회의 수뇌급들에 대한 동향 파악을 시도하고 있고, 이윽고는 호국사 측으로부터 유입되었던 주요자금에 대한 회수를 시도하려는 움직임마저 감지되고 있다는 것이었다.

그것은 곧 호국사 측에서 정심회와 본격적인 결별 수순에 나서고 있다는 해석을 가능하게 하였다.

이어 확보된 또 한 가지의 호국사 측 동향에 관한 첩보는 여동훈의 마음을 사뭇 다급하게 만드는 것이었다.

호국사 측의 자금들이 한곳으로 이동되고 있다는 첩보였다.

그것은 마치 비밀 군사 작전처럼 지극히 은밀한 가운데 이루어지고 있었는데, 일전에 강순태가 언급했던 금괴의 이동 움직임과는 차원이 다른 초거대자금 전체의 움직임에 관한 것이었다.

사실 강순태가 제공했던 호국사 측의 동향은 약간의 오류가 있는 것이었다.

SM팀에서 분석한 결과에 따르면, 호국사의 핵심부가 일본의 모측(某側)과 은밀하게 접촉한 것은 사실이었다.

그러나 그 접촉의 목적은 강순태가 짐작한 대로 금괴를 처분하기 위해서라기보다는, 오히려 확실한 안전이 보장된 완벽한 금고를 확보하기 위해서였다는 것이 SM팀이 내린 최종

판단이었다.

즉, 애초에 거대자금을 안전하게 보존하려 다양한 형태와 장소로 분산을 시켜놓았었는데, 지난 십여 년의 시간 동안 여러 가지 내외부적인 환경의 변화 등을 겪으면서 이제는 그러한 복잡한 분산 방식이 오히려 여러 가지의 위험과 위협에 노출이 되는 요인으로 작용하게 되었을 것이라고 분석한 것이었다.

그런 이유로 호국사 측에서는 보다 효율적이고 체계적인 자금의 관리와 운용을 위해 분산된 자금들을 완벽한 안전이 보장되는 하나의 장소로 모으기로 한 것 같았다.

그리고 아마도 가장 이동성이 떨어지는 금괴를 먼저 챙기기 위해 우선적으로 임시 장소에 집결을 시킨 것 같았고, 그런 과정에서 강순태가 눈치 빠르게 냄새를 맡은 것으로 보고 있었다.

첩보들이 속속 수집되고 있는 중에 다시 결정적인 첩보 하나가 입수되었다.

바로 BP자금이 최종적으로 집결되고 있는 것으로 보이는 유력한 장소 하나가 첩보망에 걸려든 것이었다.

부산항 5부두 인근.

과거 부산의 대표적 빈민촌 중의 하나이던 그 지역 곳곳에는 지금 한창 재개발 사업이 벌어지고 있었다.

그중의 한곳.

천 평은 훨씬 넘어 보이는 대지에 거의 오 미터쯤은 되어 보이는 철제 담장이 마치 거대한 철벽처럼 빙 둘러쳐져 있었다.

다른 곳의 아파트단지 개발 공사장보다는 다소 작은 규모였고 주변의 소문으로는 제법 큰 규모의 상가빌딩이 선다고 하였다.

공사를 착공한 지는 벌써 일 년여가 훨씬 넘었다는데, 건물의 형체는 아직까지 철제 담장 위로는 보이지 않았다.

그러나 안에서는 한창 공사가 진행 중인 모양으로, 높다랗게 설치된 타워크레인이 가끔씩 움직이고, 굴착기와 불도저 등의 건설 중장비들이 움직이는 소리들이 연일 들린다고 하였다.

주변에 대한 수소문 및 조사 결과, 자못 유의할 만한 정보들이 추가로 얻어졌다.

공사장 입구는 주로 폐쇄되어 있다가 공사용 트럭이나 기타의 차량들이 드나들 때만 열렸는데, 그나마도 철저한 검문이 이루어지고 있었다.

차량들이 들고 날 때를 틈타 공사장 안쪽을 들여다보면, 철제 담장을 따라 약 이십 미터 간격으로 여러 개의 간이 경비

초소들이 세워져 있는 것을 볼 수 있었다.

그러한 내부 모습은 마치 군부대나 교도소를 보는 듯하였다.

공사장이 철저하다 싶을 만큼 외부와 폐쇄된 것과 마찬가지로, 공사 관련 인력들과 인근 주민들과의 교류 또한 거의 없었다.

공사장 내부에 간이 숙소와 식당까지 갖춰놓고서 공사 인력들의 숙식을 자체적으로 해결하고 있는 모양이었다.

그나마 부식거리와 식수 등의 생필품은 정기적으로 바깥으로부터 들여가는데, 그때 배달을 하는 사람들에게 알아본 바로는 공사장 내부에 머무는 인력은 공사 규모에 비해서는 좀 많다 싶게 수십 명의 인원들이 상시적으로 머물고 있는 것으로 파악이 되었다.

그리고 더욱 특이한 사실은 그들 공사 인력들이 대부분 동남아 쪽의 값싼 노동인력인 것 같고, 공사감독과 경비인력 또한 내국인이 아니라 일본인들 같다는 것이었다.

확실히 뭔가가 있었다.

공사장 내부에서는 외부에 알려지면 안 될 어떤 일이 벌어지고 있는 것임에 틀림이 없었다.

보다 집중적인 조사 활동이 이루어졌다.

SM팀의 조사원이 생필품 배달 직원으로 위장하여 공사장 내부로 들어가서 내부의 공사 진척 상황, 건물의 배치 상황, 경비 상황 등 보다 구체적인 정확한 동정과 정황들을 파악하고 나왔다.

행정적인 측면에서도 심층적인 조사가 이루어졌다.

건축주(建築主)는 내국인이 아닌 외국인이었다.

즉, 국내재산이 아닌 외국재산이라는 의미이다.

특기할 사항은 그 건축주가 일본 우익의 원로인사로서, 친일파 계보로 여론에 오르내리는 국내의 유력인사들과도 꾸준히 교류를 하고 있는 것으로 알려진 인물이라는 점이었다.

또한 한때 그는 일본 우익 중에서도 극우파로 분류되기도 한 인물이었다.

공사 중인 건축물은 오피스텔의 용도로 허가를 받은 것으로 되어 있었다.

그런데 또 한 가지 상식적으로 납득이 어려운 점은, 완공 시까지 못 잡아도 수백억 원에 이르는 대규모의 자금이 투자되는 공사인데도 그 상업성 내지는 경제성이 다분히 희박해 보인다는 점이었다.

오피스텔은 모두 다 대형 내지는 초대형 평수 위주로만 설계가 되어 있었다.

부동산 전문가들에 따르면, 우선은 그런 용도와 설계로 어떻게 허가가 났는지에 대해서부터 의문이 든다고 했다.

또한 부산 지역의 부동산 경기와 매매 동향으로 볼 때 그러한 용도와 구성으로는 어떤 투자가치가 있다고 보기는 어렵다는 것이었다.

굳이 용도를 추측해 본다면, 극히 부유한 일부 계층들의 호화로운 전유물이 될 수는 있을 것이라고 했다.

여동훈의 결론은 이랬다.

결국은 친분 관계에 있는 일본 우익계 원로인사를 내세운 호국사 측의 사업이라는 것이었다.

그리고 그 용도는 일종의 안가(安家) 내지는 비밀금고로서의 용도일 것이고, 나아가 BP자금의 관리자들, 즉 전대 정권의 핵심통치자 그룹들이 보다 안전하고도 자유롭게 그들의 자산과 조직망을 관리하기 위한 베이스 캠프로 사용하기 위한 용도로 추정하였다.

아마도 그들은 외국재산이라는 명분에서 여러 측면에서의 준(準) 치외법권적 권리를 보장받을 수 있다는 계산을 한 것이고, 또한 그로부터 상당한 안전성을 누릴 수 있을 것이란 기대를 하고 있을 것이라는 해석이었다.

여동훈은 결단을 내렸다. 무리수가 있더라도 과감하게 강수를 두기로.

요 며칠 사이에 공사용 트럭보다 고급 승용차들의 출입이 더욱 빈번해졌다는 첩보는 그에게 더 이상 기다릴 시간이 없다는 판단을 하게 만들었다.

상대가 완벽을 기하기 전에 허를 찔러야 한다는 생각이었다.

여동훈이 쓸 수 있는 수단은 상당히 제한적이었다.

아무래도 공식적으로 손을 대기는 어려운 다분히 민감한 사안이었다.

만약의 경우에는 그는 물론이고, 그의 윗선, 그리고 또 그 윗선이라고 해도 감당하기 어려울 만큼의 엄청난 사회적 파장과 위험이 예견되는 사안이기도 했다.

그럼으로써 여동훈의 수단은 철저히 비공식이어야 했다.

설령 중대한 착오가 생겨도 흔적이 남지 않는 것이어야만 했다.

여동훈에게 그러한 수단은 오직 하나 (주)CHINGU였고, 그 중에서도 비선조직뿐이었다.

물론 충분하지 않았다.

여동훈이 혼잣말로 흘리는 목소리는 사뭇 무거웠다.

"혼수모어(混水摸魚:물을 흐려놓고 고기를 잡는다), 반객위주(反客爲主:손님이 도리어 주인 노릇을 한다)라고 했던가?"

*   *   *

  부산항 5부두 인근의 오피스텔 공사장에 관한 첩보는 정심
회로도 제공이 되었다.

  아울러 여동훈과 강순태는 최종적인 확약을 교환했다.

  "사냥은 귀측에서 주도를 하십시오."

  "손도 안 대고 코를 풀겠다는 건가?"

  "하하하! 대신 금괴는 오롯이 귀측의 차지이지 않습니까?"

  "정말 누렁이에는 조금도 생각이 없다는 건가?"

  "우리의 관심이 다른 쪽에 있다는 것은 이미 말씀드린 바
있습니다. 그러니 가져갈 만큼 가져가십시오. 우리는 조금도
상관하지 않겠습니다. 하하하! 물론 나중에 배탈이 나지 않을
만큼만 가져가시는 게 좋겠죠."

  강순태는 은밀하게 백여 명 규모의 별동대를 조직했다.

  자신의 심복과 친위조직 중심이었다.

  물론 철저한 보안 유지 속에서 정심회의 다른 핵심간부들
에게조차 비밀로 진행된 일이었다.

  별동대는 사냥 날짜 하루 전에 부산으로 이동하기로 했다.

  여동훈은 그런 강순태의 동향을 아주 정확하게는 아니더
라도 비슷하게는 호국사 측으로도 흘렸다.

SM팀에서 호국사 쪽으로 구축해 놓은 별도의 비선(秘線)을 통해서였다.

*   *   *

"아무래도 그쪽 지역의 경찰이라도 좀 움직여서 대비를 하는 게 좋을 것 같습니다."

사내가 서 있는 자세는 마치 익숙하게 몸에 밴 군인의 차려 자세와도 같이 꼿꼿했다.

그리고 사내의 말투에도 역시 은근하게 배어 있는 절도가 있었다.

사내의 앞에는 안락의자에 깊숙이 등을 파묻고 앉은 노인이 있었다.

노인은 느긋하게 고개를 저었다.

"아니, 아니야. 그러다가 괜히 일만 커지는 수가 있어. 기자 나부랭이라도 꼬여들면 귀찮게 되고, 또 그러다가 정보가 흘러 나가기라도 해서 일이 잘못 꼬이기 시작하면 자칫 한순간에 모든 것이 만사휴의(萬事休矣)가 될 수도 있어."

"그럼 장소를 다른 곳으로 옮깁니까?"

"허! 그것 또한 여의치가 않아. 이미 물건들이 상당수 도착을 했고, 또 속속 도착을 하고 있는 중이니 다른 장소로 옮긴다고 하더라도 물건들이 다 모이고 또 일차적인 정리가 끝나고 난 다음이라야 할 거야. 그러자면 최소한 일주일 정도는 더 기다려야 하는데, 돌아가는 형세가 그렇게까지 여유있는 것은 아니라고 하잖아. 그리고 비록 파리들이 냄새를 맡고 몰리기는 했지만 그래도 아직까지는 거기만큼 안전한 곳도 또 없어."

"그럼 강순태 쪽에다가 선을 한번 넣어보는 것이 어떻겠습니까? 놈이 바라는 게 구체적으로 무엇인지 알아보기 위해서라도."

"그럴 것 없어. 어설프게 얼치고 달래려고 하다가는 괜히 놈들 기만 살려주는 꼴이 돼. 근본이 깡패 새끼들이야. 한 번 기가 살면 죽을 둥 살 둥 모르고 머리꼭대기까지 기어오르는 놈들이라고."

"그럼……."

"음! 정보 쪽에서 하는 얘기를 들어보면 놈들이 뭔가 냄새를 맡긴 맡은 것 같은데, 그렇다고 다 아는 것 같지는 않다는 말이야? 그리고 놈들은 아마도 잔뜩 욕심을 부리고 있는 모양으로, 아직까지는 다른 꼬리가 붙은 흔적은 없다는 거야. 그러니까 그냥 정석으로 가자고. 시끄럽지 않게, 그리고 단 한 번으로 깨끗하게 깨버리자는 거지."

사내는 노인의 말을 되새겨 정리하는 듯 잠시 침묵하고 있었다.

그리고 잠시 후 그가 차분한 목소리로 다시 물었다.

"소요 인력은 어느 쪽에서 빼면 되겠습니까?"

"직접 놈들을 상대하기는 아무래도 여러 가지로 걸리고 찜찜한 게 많겠지?"

"그렇습니다."

"그래서 내가 미리 일본 쪽에다 손을 좀 써보라고 지시해뒀어."

"일본 쪽이라면……?"

"그 뭐라고 하더라? 이나카와 가이? 하여간 제법 큰 야쿠자 조직이라고 하더군. 늦어도 모레쯤이면 그쪽에서 부족하지 않을 만큼의 인력이 들어올 거야. 그쪽 방면으로는 일본에서도 알아주는 실력파들을 보낸다고 하니까, 후후! 놈들에게 아주 잘 어울릴 것 같지 않나?"

"으음! 그래도 일이 시끄러워질 경우를 대비는 해두어야 하지 않겠습니까?"

"시끄럽지 않게 조용히 처리한다고 했어. 뭐, 그쪽 나름대로의 방법이 있다고 하더군. 그리고……."

말 중에 갈증이 나는지 노인은 잠시 말을 멈추고 뒤편의 책상 쪽을 돌아보았다.

그러자 사내가 재빨리 가서 물 컵을 들고 와 노인에게 건넸다.

노인이 물 한 모금을 마시고 나서 컵을 사내에게 건네주며 다시 말을 이었다.

"만약의 상황이 발생한다고 해도 어쨌든 우리는 지키는 입장이니까 상황에 따라 대처할 방법들이 없지는 않을 거야. 일본에서 건너오는 친구들에 대해서는 서류상으로 하자가 없도록 완벽을 기하라고 해두었고… 흠! 만약의 경우 필요하다면 합법적으로 공권력을 동원할 수도 있는 일이야. 거기는 엄연히 일본인의 사유재산인 거고, 더욱이 그 사람이 일본 정계에서도 제법 힘을 쓰는 인사란 말이지. 그러니까 상황에 따라서는 외교적인 채널을 동원하여 대응하는 방법도 있을 거고 말이야. 어쨌든 우리로서는 어떤 경우에도 최소한의 시간을 확보할 수 있으니까, 그 점에 대해서는 너무 염려를 하지 않아도 좋을 거야. 하지만 그렇더라도 만사 불여튼튼이니 자네는 검경이나 국정원 쪽 동향을 포함해서 주변 돌아가는 형세를 놓치지 않도록 하게."

사내가 일시 부동자세로 돌아가며 절도있게 대답했다.

"예! 각하!"

3. 반객위주(反客爲主)

부산항 5부두 인근의 오피스텔 공사 현장.

어느 날부터 분주하던 공사장의 움직임이 갑자기 눈에 띄게 한산해졌다.

타워크레인은 움직임을 멈추었고, 수시로 들락거리던 공사용 트럭들의 움직임도 뜸해졌다.

외국인 현장 공사인력들이 바깥으로 나오는 것을 봤다는 인근 주민도 있었다.

또 지난밤 늦게 적어도 오륙십 명에 이르는 건장한 사내들이 공사장 안으로 들어갔다는 얘기도 있었다.

*　　　　*　　　　*

D—DAY.

시간은 밤 열두 시로 정해졌다.

강순태의 별동대는 이십 명씩 다섯 그룹으로 나뉘어 서면과 남포동 등 부산 시내에 대기하고 있었다.

그들은 시간에 맞추어 일제히 공사장으로 들이칠 예정이었다.

*　　　　*　　　　*

부산의 지역 신문 중 하나인 K신문 석간 판 사회면에 작은 기사 하나가 났다.

꽤나 흥미를 끌 만한 기사였으나 또한 잊을 만하면 한번씩 슬쩍 기사화가 되곤 하는, 흔한 말로 가십거리 정도의 기사이기도 했다.

일제 시대의 대규모 금괴 매장에 관한 소문이었다.

일제 패망 직전 일본군이 본국으로 가져가기 위해 전국 각지와 중국, 만주 등지에서 막대한 양의 금괴를 부산항 인근 모처의 지하에다 모았는데, 종전(終戰)이 예상보다 급박하게 이루어지는 바람에 미처 일본으로 가져가지 못하고 그대로 묻어둔 채 철수하고 말았다는 따위의 믿거나 말거나 식의 소문이었다.

당연히 잠깐의 눈요깃거리는 몰라도 크게 관심을 기울이는 사람은 없었다.

그것은 부산 지역을 중심으로 검경과 국정원, 그리고 주요 언론의 동향에까지도 세심하게 촉각을 곤두세우고 있던 누군가에게도 마찬가지였다.

하긴 익숙하게 정보를 다루는 전문가 집단이라고 해도 중앙일간지도 아닌 지역 신문에, 그것도 한구석에 조그맣게 실린 가십거리의 기사에까지는 미처 관심을 돌리지 못했을 것이었다.

*　　　*　　　*

시간이 가까워질수록 보이지 않는 가운데 긴장들은 치열해지고 있었다.

밤 열두 시.

이윽고 긴박한 움직임들이 시작되었다.

드디어 전쟁이 시작된 것이다.

그것은 한밤중에 느닷없이 벌어진 작은 전쟁이었다.

부르릉!

한밤의 적막을 깨는 육중한 엔진 소리와 함께 한 대의 대형 불도저가 공사장 뒤편 이면 도로로 접어들었다.

공사장의 입구가 있는 반대쪽이었다.

공사장을 둘러친 펜스 앞에 도달한 불도저는 멈추거나 방향을 틀 기색이 전혀 없어 보였다.

부아앙!

오히려 한껏 엔진RPM을 가속시키더니 그대로 앞으로 돌진을 해버리는 것이었다.

와자자작!

불도저의 돌진 앞에 거대해 보이던 오 미터 높이의 철제 담장은 한순간 다만 양철 쪼가리로 화하며 무너지고 말았다.

불도저는 미리 작정이라도 했다는 듯이 없던 길을 만들며 그대로 앞으로 밀고 들어갔다.

그때였다.

개구멍마냥 숱게 뚫린 인근 달동네의 골목들로부터 시커먼 그림자들이 일제히 달려나왔다.

언뜻 보기에도 백여 명에 달하는 그 그림자들은 손에 손에 쇠파이프나 각목 따위로 보이는 물건들을 들고 있었다.

그들은 불도저가 뚫어놓은 길을 통해 곧바로 공사장 안으로 진입해 들어갔다.

그러나 거칠고 맹렬한 기세에도 불구하고 그들 중 아무도 소리를 지르거나 하지는 않았다.

공사장 곳곳에 임시로 설치된 조명등은 오늘따라 켜져 있지 않았다.

다만 도시의 밤이 가지는 희미한 시계(視界) 속에서 난전이 벌어지고 있었다.

탱!

태탱!

딱!

따다닥!

예리하게 울리는 금속끼리의 부딪치는 소리와 상대적으로 둔탁한 목재끼리의 부딪치는 소리가 난무했다.

그 사이 사이로,

"악!"

"큭!"

하는 비명과 짧게 악다구니 쓰는 소리, 그리고 욕지거리들이 치열하게 섞였다.

그러나 그런 정도의 소음이라면, 백 수십여 명이 치열하게 얽혀 돌아가는 난장판치고는 차라리 조용하다고 해야만 했다.

어떻게 보면 기습을 한 쪽도, 기습을 당한 쪽도 모두 다 가능하면 소리를 내지 않기로 사전에 약속이라도 한 것 같았다.

처음에는 다분히 일방적이었다.

기습을 당한 데다 입구의 반대쪽 담장을 허물고 들어온 상대에게 허를 찔린 터라, 공사장 측에서는 일시 극도의 혼란을 겪으며 일방적으로 몰리는 형세였다.

그러나 그런 일방적 상황은 그리 오래가지 않았다.

공사장 측에서도 이런 기습이 아주 뜻밖의 일은 아니었던 모양이었다.

그리고 어느 정도는 미리 준비가 되어 있었던 모양이었다.

잠깐의 시간이 흐른 뒤부터 그들은 이내 조직적으로 대응하는 양상을 보이고 있었다.

양쪽은 이윽고 하나의 경계를 형성하게 되었다.

공사장 측에서 이제 이층 정도로 올라간 건물을 뒤로하고 방어선을 형성한 것이었다.

물론 그 넓이로 보아 그들 육십여 명이 건물 전체를 지키는 것은 불가능하였다.

그들이 지키려는 것은 좀 더 좁은 범위인 것 같았다.

그들이 치고 있는 방어선의 형태로 보아, 그들이 지키려 하고 있는 구체적인 목표는 바로 건물의 지하층으로 통하는 입구였다.

그런데 지상층 건물이 이제 겨우 이층 정도만 올라가 있고, 그나마도 시멘트 골조 단계에 머물러 있는 것에 비해 지하층으로 통하는 곳은 그 입구부터가 제법 완성된 형상을 갖추고 있었다.

대치한 상태에서 잠시간 더욱 치열한 양상을 보이던 싸움은 얼마 지나지 않아 다분한 소강상태를 맞았다.

공사장 측에서 방어의 범위를 대폭 축소시키자 상당히 안정되고도 견고한 방어선이 구축되었기 때문이다.

더욱이 이중 삼중의 대열을 쌓은 그들의 앞 열에는 지금 희미한 불빛 아래서 섬뜩한 빛들이 번뜩이고 있었다.

그 시퍼렇게 번뜩이는 서슬은 바로 그들의 손에 들린 일본도로부터 번져 나오는 것이었다.

정심회 측의 대열에서는 조금씩 당황의 기색이 번져 가고 있었다.

아니, 그 당황은 사실상 대열의 후미에서 느긋하게 돌아가는 상황을 지켜보고 서 있던 강순태로부터 시작된 것이었다.

그것은 뭔가 잘못되고 있다는 불길한 예감의 시작이기도 했다.

그들은 사전에 충분하다 싶을 만큼의 준비를 갖추었었다.

상대의 예상 전력에 비해 여유있다 못해 조금 지나치다 싶을 정도로 백여 명에 달하는 인력을 동원했고, 게다가 그들 모두는 정예라고 할 만했다.

그러고도 충분한 사전 검토와 모의연습을 거쳤고, 상대가 전혀 예상하지 못했을 방법으로 기습을 감행했다.

그러나 지금의 상황은 그들이 예상해 두었던 제이, 제삼의 시나리오마저도 빗나가게 만들 만큼 전혀 예상 밖의 것이었다.

그들이 예상했던 바로는 상대의 저항은 이런 정도로 조직적일 수 없었고, 또한 이런 정도로 강력할 수는 없는 일이었다.

상대의 수는 그들이 예상했던 것보다도 많았고, 더구나 마치 그들의 기습을 예상하고 있었기라도 하듯 기습 초기 잠깐 보였던 혼란 이후에는 너무도 차분한 대응을 보이고 있었다.

그리고 좀 전까지의 싸움에서 상대가 보였던 대응의 수준은, 그리고 그들 각자가 보였던 실력의 수준은, 또 그리고 난전 중에 그들에게서 튀어나왔던 짤막짤막한 소리들은 그들이 결코 보통의 건설 공사장의 인부들이거나, 혹은 기껏 용역 깡패들 정도가 아니라는 것을 너무도 확연하게 보여주는 것이었다.

그랬다.

상대는 전문가들이었다. 이런 종류의 싸움에는 그들 이상으로 이골이 난 전문가들.

그들은 바로 야쿠자들이었던 것이다.

지금 상대의 앞 열에서 일제히 겨누고 있는 일본도에서 뿜어져 나오고 있는 예기나 살기는 결코 어설픈 위협의 수준이 아니었다.

강순태 자신이 정식으로 검도를 익혀본 적은 없었지만, 싸움꾼의 본능만으로도 눈앞의 상대들은 제대로 검을 익힌 자들이었다.

상대가 이미 대비하고 있었다는 사실, 그리고 그들이 바로 일본 본토의 야쿠자들이라는 사실은 강순태에게는 다만 당황과 불길함 정도일 뿐인지 몰라도, 그의 부하들에게는 이미 두려움으로 번져 가고 있는 중이었다.

계속될 듯하던 양측의 팽팽한 대치는 뜻밖의 사태로 인해 일시에 깨어져 버렸다.

공사장 입구의 철제 대문이 거칠게 열어젖혀지며 갑작스럽게 치고 들어오는 한 무리의 난입자들 때문이었다.

돌진해 들어오고 있는 그들 오십여 명의 무리는 마치 잘 훈련된 군인들처럼 잘 짜여진 대오를 갖추고 있었다.

그들에게서 잘 훈련된 병사의 느낌을 받게 되는 것은 비단 대오가 정돈되었기 때문만은 아니었다.

그들은 마치 데모 진압부대처럼 방패를 갖추고 있었고, 또한 저마다 금속제로 보이는 진압봉과 여타의 장비들로 무장하고 있었다.

더욱이 그들 중 선두를 이루고 있는 십여 명은 권총을 뽑아들고 있었다.

그리고 맹렬하게 두 무리가 대치하고 있는 곳을 향해 달려들고 있는 그들 또한 어떤 함성이나 구령 같은 소리는 일절 내지 않고 있었다.

우선은 바깥쪽에 있던 정심회의 무리들이 황급히 양쪽으로 갈라졌다.

새로 난입해 들어온 자들의 정체와 목적을 알 수 없기도 했지만, 선두에 선 자들의 손에 들린 권총이 총구를 겨누는 데는 일단 물러서고 볼 수밖에는 없는 일이었을 것이다.

당연히 난입자들은 곧바로 야쿠자들의 대열과 정면으로 맞부딪치게 되었다.

칙!

그것은 십여 자루의 권총이 일제히 발사되는 소리였다.

가스총이었다.

그 권총형 가스총은 잇따라 대여섯 번이나 연발로 가스를 분사해 내고 있었다.

야쿠자들의 방어 대열이 속수무책으로 무너져 나갔다.

순식간에 열 대여섯의 야쿠자들이 바닥으로 주저앉아 눈과 코 주위를 감싸 쥐고는 괴로워하고 있었다.

가스총만이 아니었다.

야쿠자들 중에는 순간적으로 펄쩍 뛰듯이 전율을 일으키고는 그대로 실신하듯이 바닥으로 나뒹구는 자들도 속속 생겨나고 있었다.

전기충격기였다.

그 외에 금속제 진압봉이 머리와 어깨 등을 가리지 않고 사정없이 가격하며 야쿠자들을 주저앉히고 있었다.

야쿠자들 중에는 일본도를 맹렬히 휘두르며 저항하는 자들이 있었지만, 이미 두 무리가 뒤섞이듯이 근접해 있는 상황에서 그들의 칼은 난입자들의 방패에 대해 의외로 무력함을 보이고 있었다.

집중적으로 발사되는 가스총과 전기충격기의 공격을 버티지 못하고 야쿠자들의 대열이 지리멸렬하고 만 것은 실로 잠깐만의 일이었다.

새로운 난입자들.

그들은 바로 6연발의 권총형 가스총과 전기충격기, 그리고 크롬도금 강철진압봉과 방패 및 여타의 대 테러부대 진압무기 수준의 최신형 경호장비로 중무장을 한 (주)CHINGU의, 그리고 여동훈의 비선조직인 'B팀' 이었다.

"계속 구경만 하고 계실 겁니까?"

등 뒤에서 들려오는 목소리에 강순태는 흠칫 놀라며 뒤를 돌아보았다.

거기에는 언제 나타난 것인지 여동훈이 서 있었다.

그리고 그의 곁에는 한 사람이 더 있었다.

비록 짙은 색의 선글라스를 끼기는 했지만 그가 김강이라는 것을 강순태는 바로 알아볼 수 있었다.

강순태는 문득 김강에게서 그가 지금 마치 여동훈의 경호원이 되어 있는 듯하다는 생각을 떠올렸다.

정심회 측의 사내들은 바닥에 주저앉아 있거나 일시 전의를 상실하고 한쪽으로 몰려 있는 야쿠자들을 확실하게 짓밟아 버렸다.

이어 그들은 미리 준비한 사제 수갑을 채워서 야쿠자들을 건물 일층으로 몰아넣고 꿇어앉혔다.

그리고 이십여 명으로 그들을 지키게 했다.

한편 공사장 입구의 철제 문을 다시 닫았고, 좀 전에 무너뜨린 담장 쪽은 불도저로 가로막았다.

그리고 각각 이십여 명으로 하여금 경계를 서게 했다.

그 각각의 이십여 명이 분주히 주변의 벽돌과 자갈들을 모으는 것으로 보아, 만약에 있을지도 모를 외부로부터의 예기치 못한 변화에도 미리 대비를 하는 것일 터였다.

바쁘게 돌아가는 정심회 측 사내들의 움직임들을 보면서 여동훈은 만약 바깥으로부터 어떤 공격이 있을 경우, 공사장의 경계를 두고서 그야말로 벽돌과 짱돌이 난무하는 한바탕의 공성전이 벌어질지도 모른다는 생각을 잠시 했다.

그리고 그런 데까지 미리 감안을 한 강순태의 계획과 사전 준비의 철저함에 대해 인정하지 않을 수 없는 심정으로 되었다.

여동훈이 힐끗 눈길을 돌려보니 강순태의 얼굴에는 마침 한가닥의 희미한 웃음기가 떠오르고 있었다.

강순태는 나머지 사십여 명의 부하들에게 건물 지하를 수색하라고 지시했다.

그러나 그때 이미 지하로 통하는 입구는 여동훈의 병력에 의해 철저하게 봉쇄되어 있었으므로 강순태의 부하들은 선뜻 접근하지 못하였다.

"이건 무슨 뜻인가?"

강순태가 이마에다 한 가닥의 주름을 만들며 여동훈에게 물었다.

그러나 여동훈은 빙긋이 웃으며 대답했다.

"극비문서라고 했지 않습니까? 취급에 신중을 기할 수밖에 없습니다. 그러나 이미 약속드린 대로 금괴에는 손을 대지 않겠습니다."

그때 B팀의 요원 하나가 지하로부터 나오며 보고했다.

"본부장님! 물건 확인했습니다."

여동훈이 언뜻 밝은 표정이 되며 지시했다.

"좋다! 지금부터 신속하게 물건을 이동시킨다."

그리고 강순태에게 들으라는 듯이 조금 소리를 높여 지시에 덧붙였다.

"미리 주지했지만, 가벼운 것만 우리 것이다. 무거운 물건은 하나라도 건드리지 마라."

지하로부터 가방들이 옮겨지고 있었다.

007가방도 있었고 다른 서류가방 형태도 있었으나, 그 대부분이 손가방의 크기를 넘지 않는 것들이었다.

여동훈 측의 신속한 움직임을 유심히 지켜보면서 강순태는 그들이 옮기고 있는 가방들 안에 금괴가 들어 있지는 않다는 것을 쉽게 알아볼 수가 있었다.

그가 확보한 거의 정확한 정보에 의하면 금괴는 일 킬로그램 단위였다.

그리고 007가방을 기준을 할 때 가방 하나에는 대략 삼십여 개쯤의 금괴들이 들어가 있을 것이었다.

그렇다면 그 무게는 족히 삼십 킬로그램에 이른다.

결국 지금 여동훈 측 사람들이 다루고 있는 것처럼, 줄을 서서 던지듯이 가볍게 주고받을 수 있는 무게는 결코 아니라는 의미였다.

공사장의 공터에는 이미 운반용 차량들이 준비되어 있었다.

정심회 측에서는 트럭 한 대를 준비했고, 지금 가방들이 쉴 새 없이 실리고 있는 두 대의 냉동 탑차는 여동훈 측에서 준비해 온 것이었다.

탑차에 실린 가방은 어림잡아도 이미 백 개 단위를 훨씬 넘기고 있었다.

오십여 명이 한동안이나 일사불란하게 작업을 진행한 끝에, 이윽고 지하로부터는 더 이상의 가방이 나오지 않게 되었다.

탑차의 문이 견고하게 닫혔고, 여동훈에게서 별도의 명령이 없었지만 두 대의 탑차는 곧바로 시동을 걸었다.

부르릉!

두 대의 탑차가 엔진 RPM을 높이며 급하게 출발을 하려 할 때였다.

"잠깐!"

강순태가 나직하게 제지했다.

강순태가 일단 제지를 한 이상, 탑차는 순순하게는 입구를 빠져나갈 수 없었다.

입구를 지키고 있는 이십여 명을 먼저 제압한 다음에야 견고하게 닫힌 철제 대문을 열 수 있을 테니까.

입구를 지키고 있던 부하들이 쇠파이프를 들고 탑차의 앞으로 가로막는 것을 보며 강순태는 여동훈을 향해 빙긋한 미소를 떠올렸다.

"거래는 끝까지 확실해야겠지?"

여동훈이 역시 빙그레 웃으며 말을 받았다.

"확인을 해보셔야겠다는 겁니까?"

강순태가 고개를 끄덕여 보인 다음 지하통로 쪽에 대기하고 있던 부하들을 향해 눈짓을 했다.

그러자 그의 부하들 중 십여 명이 곧바로 지하로 들어갔다.

여동훈 측의 요원 십여 명이 그때까지 입구를 지키고 있었지만, 그들은 강순태의 부하들을 제지하지 않았다.

여동훈이 가볍게 고개를 끄덕였기 때문이다.

지하로 들어갔던 강순태의 부하들은 금방 나왔고, 그들의 손에는 007가방 두 개가 들려 있었다.

가방을 든 어깨들이 아래로 축 처진 것을 보아 상당한 무게임이 분명해 보였다.

"열어!"

강순태의 명령에 번호를 맞출 것도 없이 누군가 가져온 곡 괭이 두 개가 동시에 두 개의 가방을 찍었다.

콱!

콰직!

잇달아 서너 번을 내려친 끝에 하나의 가방이 열릴 것도 없이 그냥 깨지고 터져 버렸다.

그리고 가방 안에서는 사방의 희미한 빛을 받아 은은하게 누런 빛이 비쳐 나오고 있었다.

금괴였다.

손바닥만 한 넓이에 두께는 일 센티미터도 안 되는 얇은 금 덩이, 그런 금덩이 수십여 개가 가방 안에 차곡차곡 들어 있었다.

부하가 가져온 금덩이를 들고 자세히 살펴본 강순태의 입 가로 만족스러운 미소가 떠올랐다.

그때 또 하나의 부서진 가방 내부에서 꺼내진 금덩이가 강 순태에게 전해졌다.

"회장님! 여기!"

강순태가 금덩이를 받아 들며 부하에게 물었다.

"지하에 저런 가방이 몇 개쯤 있더냐?"

"대략 백여 개쯤 됩니다."

"무게는 다 확인해 봤나?"

"예! 모두 이것들과 비슷한 무게들입니다."

"음! 좋아!"

이윽고 강순태의 미소가 얼굴 전면으로 번져 갔다.

강순태는 여동훈에게 손을 내밀었다.

"자네는 확실히 믿을 만하군. 좋은 거래였네. 그리고 자네에게도 좋은 거래였기를 바라네."

여동훈이 손을 마주 잡으며 덤덤하게 말을 받았다.

"물론 저희 쪽도 만족스러운 거래였습니다."

"자! 그럼 이쯤에서 각자의 길을 가도록 하지. 시간을 끌어서 좋을 것은 하나도 없을 테니까."

그리고 강순태는 김강을 향해서도 가볍게 손을 들어 보였다.

"잘 가게. 그리고 우리 아무쪼록 다시 만나는 일이 없도록 하세."

강순태의 작별 인사에 대해 김강은 아무런 반응도 보이지 않았다.

다만 그의 표정은 무심한 듯한 중에도 희미한 미소를 머금고 있는 듯하였다.

김강의 애매한 미소가 못마땅한 듯 강순태는 설핏 이마를 찌푸렸으나, 그는 이내 다시 느긋한 웃음을 떠올렸다.

그때 여동훈이 강순태를 향해 가볍게 고개를 숙여 보였다.

"그럼 저희는 이만!'

이어 여동훈은 그의 B팀을 향해 짧게 명령을 내렸다.

"철수!'

입구의 철제 대문이 활짝 열렸고 두 대의 탑차는 신속하게 공사장을 빠져나갔다.

그리고 그 뒤를 여동훈과 김강 등이 잰걸음으로 뒤따랐다.

잠시 후 몇 대의 승합차들이 일제히 떠났다.

여동훈 등이 잠시 만에 흔적도 없이 사라지는 모습을 지켜보고 있던 강순태가 문득 부하들을 다그쳤다.

"우리도 서두르자. 자칫하다가는 다 된 밥에 코 빠뜨리는 수가 생긴다."

그리고 공사장 안은 다시 분주해지기 시작했다.

수십여 명의 사내들이 부지런히 건축물의 지하를 오가며 금괴가 가득 든 묵직한 가방들을 트럭으로 옮겨 실었다.

*   *   *

0시 20분.

부산지방경찰청 당직실로 전화 한 통이 걸려왔다.

"여보세요! 경찰청이죠?'

"예! 그렇습니다만……?'

"여기 5부두 인근에 있는 S오피스텔 신축공사현장인데요. 지금 대규모의 집단 싸움이 벌어지고 있습니다. 그리고⋯⋯."

"여보세요? 여긴 경찰청 당직실입니다. 그런 신고라면 112로 해주십시오."

"여보세요. 나 K일보 사회부의 나성진 기잡니다. 지금 상황이 긴급해서 그래요. 112에 신고해서 기껏 순찰차 한두 대 출동시켜서 될 일이 아니란 말이오. 전경대나 경찰특공대가 비상출동을 해야 하는 긴급사안이라서 이쪽으로 바로 전화를 하는 거란 말이오. 내 말 무슨 말인지 알겠소? 지금 즉시 당신 윗선의 책임자급에게 직보(直報)를 하시오!"

전화 저쪽의 다급하면서도 다분히 위압적이기도 한 말투에 당직자는 일시 당황하고 말았다.

더욱이 상대는 지역 유수신문인 K일보의 기자라지 않은가.

아무리 위세 드높은 경찰청이라고 해도 신문사 기자라면 일단은 껄끄러운 존재인 것이다.

당직자는 한결 차분한 어조가 되었다.

"여보세요! 아무리 급하다고 해도 일에는 절차라는 게 있지 않겠습니까? 무슨 일인지도 모르는 상황에서 비상연락망을 가동할 수는⋯⋯."

그러나 전화 저쪽의 기자라는 사람은 고함으로 당직자의
말을 끊어버렸다.

"여보시오! 지금 급하다고 하지 않소? 당신과 노닥거리고
있을 시간이 없단 말이야. 당신 어디 소속에 누구야? 지금 천
억 원대의 금괴를 놓고 조폭과 야쿠자 수백 명이 전쟁을 벌이
고 있다고! 당신 오늘 신문도 안 봤어? 일제가 대규모의 금괴
를 부산항 인근에다 매장해 놨다는 기사 말이야! 그건 엄연히
우리나라의 국부(國富)야! 그게 자칫 국외로 유출되기라도 한
다면 당신이 책임질 거야? 이런 제길! 답답해 죽겠구만? 당신
휴대폰 있어? 내가 지금 여기 현장 동영상을 찍어서 보낼 테
니까, 당신 두 눈으로 직접 확인해 보란 말이야!"

기자는 다급하고도 흥분된 호통으로 횡설수설하다시피 마
구 지껄여 대고 있었다.

그러나 그때 당직자는 기자의 말이 대강 무슨 의미인지를
알아들었다.

마침 그는 당일 K일보의 석간에서 금괴 매장 건에 대한 가
십기사를 잠깐의 흥밋거리로 읽은 적이 있기도 했던 것이다.

상대가 기자라는 말, 그리고 당직자 자신이 신문에서 본 적
이 있는 일제시대 금괴에 관한 내용, 그리고 수백 명에 이르
는 조폭과 야쿠자 간의 전쟁.

전화기 저편의 기자라는 인물은 지금, 그야말로 큰일이 될

소지란 소지는 모두 가지고 있는 일대 사건을 신고하고 있는 것이었다.

만약 신고 내용이 정말로 사실이라면, 그리고 그런데도 제대로 초기 대응을 하지 못한다면, 나중에 당직자 자신은 물론이고 윗선으로 줄줄이 올라가면서 엄중한 문책을 당함은 물론, 나아가 경찰 전체가 엄청난 여론의 뭇매와 질책을 당할 것이 뻔히 그림이 그려지는 일이었다.

"좋습니다. 제 휴대폰 번호를 불러 드릴 테니, 우선은 말씀하신 동영상을 먼저 보내보십시오. 그 동영상을 보고 나서 다시 통화하기로 합시다."

당직자의 목소리에는 이윽고 확연한 긴장이 서려 있었다.

*　　　*　　　*

같은 시각.

부산지방경찰청장은 잇따라 걸려오는 긴급전화들 통에 곤한 잠을 깨야만 했다.

먼저 걸려온 전화는 재부산 일본총영사관으로부터였다.

총영사가 직접 전화를 걸었는데, 그가 하는 일본 말을 다시 통역이 전화를 넘겨받아 번역을 해주는 상당히 당혹스러운 형식의 전화였다.

그러나 총영사의 다급하고도 강경한 어조와 또한 통역이
된 그 내용의 심각성은 청장의 잠 기운을 한순간에 날려 버리
기에 충분했다.

  청장이 전화를 끊고 생각을 정리하기도 전에 기다렸다는
듯이 또 한 통의 전화가 걸려왔다.

  청장은 다소간 짜증스럽게 전화를 받았지만 이내 자세를
바로 해야만 했다.

  전화를 건 사람이 바로 경찰의 최고수뇌인 경찰청장이었
기 때문이다.

  경찰청장은 국정원으로부터 온 긴급협조 요청사항에 관해
간단하고도 명료하게 지시를 전달했다.

  "그쪽 요원들이 지금 현장에 나가 있으니까, 그쪽에서 지
원해 달라는 건 이유를 따지지 말고 무조건 지원해 주도록!"

  그리고 청장은 다시 세 번째의 전화를 받았다.

  휘하의 보안과장으로부터 걸려온 보고 전화였다.

  당직실로 신고되었다는 특이한 사건 하나에 대한 것이었
는데, 그것 역시도 앞서 걸려온 두 통의 전화와 내용상의 맥
이 닿고 있었다.

                    *   *   *

금괴를 모두 실은 트럭은 이제 짐칸의 마지막 정리를 하고 있는 중이었다.

시간은 새벽 1시를 십여 분 정도 남겨두고 있었다.

그토록 난리를 쳤음에도, 그리고 미처 예측하지 못했던 돌발 상황들을 겪었음에도 천억 대의 금괴를 통째로 먹는 일대 거사를 치르는 데는 한 시간이 채 걸리지 않은 것이다.

일의 전반적인 진행 과정과 속도에 대해 강순태는 만족스러웠다.

그러나 어쨌든 서두르는 것이 좋았다.

일 분이라도 빨리 현장을 빠져나가는 것이 백번 천번 유리한 것이다.

한순간 강순태는 언뜻 한가닥의 불길함을 떠올리고 있었다.

그러나 다음 순간 그것은 이미 예감이 아니라 실감이 되고 있었다.

멀리서, 아득하게 소리들이 들려오고 있었다.

사람을 불안하고 다급하게 만드는 소리.

그것은 사이렌 소리였다.

그러나 강순태는 곧 실없는 웃음을 짓고 말았다.

경찰차 소리라고 해도 이곳의 일과 관련된 것일 리는 없었다.

얼마나 치밀한 계획과 준비 과정을 거친 일인데, 경찰에서 어떻게 알았을 것이며, 더욱이 그들이 행동을 개시한 지는 채 한 시간도 지나지 않았는데, 경찰이 이렇게 빨리 대응을 할 수는 없는 일이었다.

만약의 가능성을 굳이 찾는다면 양쪽이 다 큰 소리를 내지 않으려는 입장이긴 했지만, 그래도 좀 전 소란의 과정에서 인근에 사는 주민들 중의 누군가가 경찰에다 시끄럽다는 신고를 했을 수는 있을 것이었다.

그러나 그런 신고를 받고 출동을 했다 한들, 기껏 근처 지구대의 순찰차 한두 대와 또한 기껏 몇 명의 순경 나부랭이들일 뿐일 것이었다.

그리고 그쯤이야 그대로 밀어붙이고 나가면 그만일 일이었다.

어쨌든 만약에 만약을 가정하여 더한 위험이 다가오고 있다 해도, 지금 이 순간에 최우선의 가치가 될 수밖에 없는 것은 역시 금괴였다.

인생에 기회는 두 번 있는 것이 아니었고, 지금의 이 기회야말로 자신의 인생에 있어서 마지막 기회라는 생각을 강순태는 진작부터 하고 있었다.

강순태는 트럭 위에서 바쁘게 천막을 덮고, 또 끈을 묶는 부하들을 다시 한 번 독촉했다.

"시간이 많이 지체되었다. 서둘러라."

삐용!
삐용!
처음에는 제법 멀리서 들린다 싶던 소리는 금방 가까워져
오고 있었다.
게다가 기껏 몇 대에서 나는 소리가 아니었다.
쉴 새 없이 울려대는 사이렌은 최소한 십여 대는 넘는 것
같았고, 어찌 듣자니 수십 대가 되는 것처럼 들리기도 하는
것이었다.
그 소리들은 곤히 잠든 도시의 밤을 화들짝 깨워놓기라도
하듯 요란해지며 빠르게 가까워지고 있었다.
'심상치 않다. 뭔가 잘못되고 있다.'
강순태가 인상을 딱딱하게 굳혔을 때는 공사장의 철제 담
장 너머로 벌써 몇 가닥의 번쩍이는 경광등 빛이 밤하늘을 물
들이기 시작하고 있었다.
그 불빛들이 공사장을 목표로 하고 있다는 것은 이제 의심
의 여지가 없었다.
"이곳을 빠져나간다."
잔뜩 긴장한 채로 굳은 듯이 모든 움직임을 멈춰 버린 부하
들을 향해 강순태가 소리쳤다.

그리고 그 자신부터 급하게 트럭의 조수석으로 올라탔다.

금괴로부터 조금이라도 떨어질 수 없다는 심정일 것이었다.

와르릉!

트럭이 진저리를 치며 시동을 걸더니 이어 그 육중한 차체를 성급하게 움직이기 시작했다.

강순태의 부하들 중 트럭의 짐칸에 탄 몇몇을 제외한 모두가 마치 호위라도 하는 것처럼 트럭의 양옆과 뒤를 잰걸음질로 따랐다.

그러나 트럭은 미처 공사장의 입구를 다 빠져나가기도 전에 멈추어 서야만 했다.

트럭이 나갈 입구 앞의 도로가 차단되고 있었기 때문이다.

끽!

끼익!

네 대의 순찰차들이 경주라도 하듯이 화급하게 달려와서는 급하게 브레이크들을 밟고 있었다.

"길을 열어라!"

강순태의 명령에 그의 부하들이 일제히 앞으로 달려나갔다.

퍽!

콰자작!

쇠파이프가 난무하며 순찰차들을 사정없이 내려찍기 시작했고, 그 와중에 순찰차들의 사방 유리가 자잘한 파편으로 금이 가며 대번에 뿌옇게 흐려졌다.

안에 탄 경찰들은 생각지도 못한 무법천지의 상황에 잔뜩 질려 버렸는지 감히 차에서 내릴 생각조차 못하고 있는 것 같았다.

강순태의 부하들 중 몇몇이 순찰차들의 문을 열려고 했지만, 안에서부터 문을 잠가 버린 듯 당장에 어떻게 하지를 못하는 모습들이었다.

강순태가 신경질적으로 옆에서 운전대를 잡고 있는 부하에게 명령했다.

"그냥 밀어버려!"

"예! 회장님!"

그러나 강순태의 부하는 과감하게 엑셀 페달을 밟지 못했다.

그리고 강순태 역시 그런 부하를 다시 독촉하지 못했다.

대신 그의 얼굴은 참혹할 정도로 일그러지고 말았다.

끽!

끼익!

마치 군사작전이라도 벌어지고 있는 듯했다.

수십 대의 순찰차가 속속 도착하며 주변 일대의 도로를 겹

겹이 차단하고 있었고, 뒤이어 또한 수십여 대에 이르는 경찰 버스들이 도착하면서 새카맣게 전경들을 토해내고 있었다.

삽시간에 수백여 명의 숫자를 이룬 전경들은 공사장 주변 일대를 완전히 포위하고 있었다.

강순태의 부하들은 심하게 동요하며 주춤주춤 공사장 안쪽으로 물러서고 있었다.

그럼에도 강순태는 트럭에 탄 채로 일시 넋이라도 잃은 듯 아무 명령도 내리지 못하고 있었다.

그리고 그때 다시 일단의 무리들이 달려나와서 공사장 입구 앞쪽에 일렬로 늘어섰다.

소대 규모의 경찰특공대였다.

그들이 일제히 겨눈 총구를 보면서 강순태는 이윽고 모든 생각과 의욕을 포기할 수밖에 없었다.

일본 총영사관 측에서 현장에 나타난 것은 경찰의 포위망이 완전하게 구축되고 난 다음이었다.

일본 총영사는 곧바로 경찰 쪽 지휘책임자인 부산지방경찰청 경비과장에게 자신의 입장을 강력하게 피력했다.

공사장에 속하는 모든 것은 어디까지나 일본국 국민의 사유재산이므로 자국 국민의 인권과 사유재산권이 조금이라도 침해되는 일이 없도록 해달라는 요구였다.

일차적으로 한국 측의 조폭 집단에 의해 불의의 폭행을 당하고 지금도 사제수갑 등으로 강제당해 있는 자국의 선량한 국민들을 즉시 풀어줄 것과 또한 그들로 하여금 한국 측 조폭 집단이 탈취하려고 했던 트럭의 물건을 그 물건들이 본래 있던 장소인 신축건물 지하로 다시 옮길 수 있도록 조치해 달라고 했다. 그리고 기타의 자국 국민들이 당한 인적, 물적 피해에 대해서는 자세히 파악한 연후에 법적 대응을 취할 것이라고도 했다.

그러나 일본 총영사의 요구에 대한 답은 경비과장이 하지 않았다.

대신 그 답은 경비과장의 곁에 서 있던 사복 차림에다 짙은 색의 선글라스를 착용한 사내가 했다.

총영사가 소속과 직책을 묻자 사내는 자신을 보안과 소속이라고만 대답했다.

그러나 경비과장이 현장의 모든 상황에 대해 전적으로 사내에게 일임하겠다는 태도를 취하였으므로 총영사로서는 싫어도 사내를 상대하는 수밖에는 다른 도리가 없었다.

보안과 소속이라는 사내는 우선 일본 총영사가 자국의 선량한 국민들이라고 몇 차례나 강조한 바 있는 자들에 대해 그들이 사실은 야쿠자들임을 분명하게 밝혔고, 필요하다면 날이 밝는 대로 관련 근거를 제시하겠다고 했다.

그리고 그들 야쿠자들에 대해서는 일단 경찰서로 연행하여 조사를 할 것이라고 했다.

일본 총영사는 그들이 야쿠자들이라고 해도 엄연히 피해자의 입장이고, 또한 내국인이 아닌 외국인인 이상 합당한 절차를 갖추지 않은 상태에서 경찰로의 연행에는 동의할 수 없다고 강하게 항의했다.

그러나 사내는 조금도 물러서지 않았다.

신고가 들어온 내용과 현장의 여러 가지 정황으로 볼 때, 우선은 양쪽 모두가 소란의 당사자로 보이니 어느 쪽이 과연 가해자이고 또 피해자인지를 가리기 위해서라도 양쪽 모두를 연행해야만 하겠다는 것이었다.

또한 외국인이라고 해도 엄연히 일본도 등 불법흉기를 소지하고 폭력을 행사한 현장사범인 만큼 대한민국의 법을 따라야만 한다고 했다.

또한 사내는 트럭에 실린 물건을 원위치할 수 있도록 조치해 달라는 총영사의 요구에 대해서도 단호하게 거부했다.

물건을 확인한 결과 수톤에 이르는 막대한 양의 금괴로 확인이 되었고, 한국과 일본의 폭력조직이 연관된 이상 어떤 심각한 범죄와 연루가 되어 있을 가능성이 크다는 이유였다.

따라서 일단 경찰에서 압수하고 향후 조사 결과가 나오는 대로 적법한 소유주에게 돌려줄 것이라고 했다.

"당신의 말은 독단에 가깝소. 이 일은 분명히 양국 간의 외교 경로를 통해 해결되어야만 할 일이고, 나는 지금 바로 이 일에 대해 본국에 보고할 것이오."

일본 총영사는 그렇게 경고했다.

외교문제화하겠다는 경고였다.

그러나 사내는 여전히 단호하기만 했고, 또한 거침이 없었다.

"이의가 있다면 나중에 얼마든지 항의해도 좋소. 그러나 지금 더 이상 우리를 방해한다면, 공무집행을 방해하는 행위로 보고 귀하에 대해서도 조치를 취할 수밖에 없소."

일본 총영사는 엄연히 고위 외교관의 신분이었으므로 사내의 그러한 강경성과 엄포성에는 상당한 무리가 있는 것이었다.

그러나 총영사는 더 이상 고집을 부릴 수가 없었다.

그때쯤에는 그 스스로도 뭔가 이상하다는 생각을 강하게 하고 있는 중이었기 때문이다.

비록 비공식 루트를 통해 본국의 정치원로급으로부터 강력한 압력성의 부탁을 받긴 했으나, 현장의 돌아가는 상황들이 그로 하여금 더 이상은 관여하지 말 것을 경고하고 있었던 것이다.

우선은 저런 막대한 양의 금괴는 결코 정상적인 물건일 수가 없었다.

그리고 야쿠자의 개입, 또한 언론의 발 빠른 개입을 포함해서 언뜻 이해가 가지 않는 몇 가지의 정황들이 더 있었다.

결코 간단치 않은 어떤 흑막이 있는 게 분명했다.

나중에 가서 보다 강력하게 개입하지 않았다는 비난을 받을 수는 있겠으나, 그것이야말로 어디까지나 그의 개인적인 문제였다.

만약 더 이상 깊숙이 개입했다가 자칫 민감한 외교문제로 비화될 시에는 감당하기 어려운 여파로 번질 소지가 다분히 있어 보이는 것이었다.

경찰특공대의 삼엄한 경계 속에서 트럭으로부터는 금괴들이 다시 내려지고 있었다.

그런데 조금, 아니, 상당히 특이하면서도 예외적이라고 해야 할 모습은 그 와중에 십여 대의 전동절단기가 동원되어 현장에서 바로바로 007가방들을 일일이 절단하고 있다는 것이었다.

수많은 눈들이 놀라워하는 가운데 엄청난 양의 금괴들이 한곳에 쌓이고 있었다.

그리고 다시 바퀴가 달린 대형가방들이 동원되었고, 수기(手記)와 카메라 촬영을 병행하며 금괴를 옮겨 담는 과정이 이루어졌다.

그런데 카메라는 경찰의 것만 있는 건 아니었다.

언제 도착했는지 휘황한 조명이 비춰지는 가운데, 방송사의 로고가 선명한 카메라들이 그 희대의 장면들을 촬영하고 있는 중이었다.

그 틈 사이 사이로 사진기자들의 카메라 플래시들이 연신 번쩍거리며 눈부신 빛을 토해내고 있었다.

금괴를 가득 담은 대형가방들이 마침 도착한 경찰의 특수 호송차량에 실리는 것으로 쉽게 보지 못할 그 일련의 대단한 광경들은 마침내 끝이 났다.

그런데 처음부터 끝까지 공개적으로 행해진 그 일련의 과정들에서 경찰은 사뭇 의도적인 데가 있는 것 같았다.

마치 보란 듯이 일을 벌여놓는 듯한 감이 없지 않다는 것이다.

경찰 호송차 안에서 강순태는 가만히 되짚어보고 있었다.

어디서부터, 무엇으로부터 일이 잘못되었는지…

그리고 자신의 결정적 실책은 무엇이었는지…

그의 얼굴이 조금씩 붉어지고 있었다.

이내 그의 두 눈이 시뻘겋게 충혈되기 시작했다.

이윽고 악물린 그의 입속에서는 시린 소리가 새어 나왔다.

"으드득!"

*　　　*　　　*

다음날 아침 방송이며 신문이며 각종의 언론매체들에서는 한바탕 난리가 났다.

일제가 남긴 것으로 추정되는 금괴매장 소문에 관한 소식이었다.

더구나 막대한 양의 금괴를 두고서 한국과 일본의 폭력조직들이 한밤중의 대규모의 난투극을 벌인 것은 그대로 한 편의 영화와도 같은 극적인 흥미를 불러일으키는 데가 있었다.

한편 여론은 금괴의 출처에 대한 조사가 본격적으로 시작되기도 전에 벌써 금괴의 처리 방안을 놓고 불붙고 있었다.

금괴가 보관되어 있던 곳이 일본인 소유의 신축공사건물 지하라는 것이 보도되고, 또한 간밤 경찰의 진압 작전 중에 일본 총영사가 직접 현장에까지 와서 금괴가 일본인 건축주의 소유라는 점에 대해 강력히 언급했다는 소식이 잇따라 보도되면서 여론은 더욱 뜨거워지고 있었다.

여론의 결론은 분명했다.

천억 원이 넘는 금괴가 소문대로 일제가 남긴 것이라면, 그것은·결국 일제가 우리나라에서 강탈한 것이므로 당연히 우리의 국부(國富)라는 논리였다.

만약 일제와는 무관하게 어떤 범죄와 연관된 것인 경우에도 우리나라 땅에서 압수된 것인 만큼 또한 우리의 것이라는 주장이 일방적이었다.

여론의 결론은 그 어떤 경우이건 간에 그 금괴는 당연히 우리 국고로 환수되어야 한다는 것이었다.

＊　　　　＊　　　　＊

한 달여 뒤, 검찰의 조사는 일단락이 되었다.

그러나 사건의 경위와 사건에 관련된 폭력집단의 처리 방향에 대한 언급만 되었을 뿐, 금괴에 대한 사항은 자세히 다루어지지 않았다.

일제가 매장한 것이라는 근거도 나오지 않았고, 다른 출처 또한 밝혀지지 않았다.

더욱 묘한 일은 일본인 건축주 측에서도 금괴에 대해서는 자신들도 알지 못하는 일이라고 해명을 했다는 사실이었다.

결국 금괴의 소유권을 주장하는 사람은 아무도 없는 셈이된 것이고, 당연히 그 출처 또한 오리무중의 상황이 되어버린 것이다.

그러한 상황에 대해 검찰도 더 이상 특별한 언급을 하지 않았고, 더욱이 금괴에 대한 처리 방안에 대해서는 마치 약속이라도 한 듯 언론을 포함해 그 누구도 언급을 하지 않았다.

그러나 또한 모두는 짐작할 수 있었다.

그 금괴가 어떻게 처리될 것인지에 대해.

그렇게 해서 군사정권 시절 누대에 걸쳐 부정 축적된 이른바 통치비자금은 결국 일제가 강탈한 민족자본쯤으로 화해서 국고에 귀속되게 되었다.

그에 대해서는 누구도 이의를 제기하지 않았고, 또한 시비가 있을 것도 없었다.

어쨌든 막대한 양의 금괴가 국고로 들어갔다는 사실이 중요한 것이었으니까.

그러나 극소수의 사람들을 제외하고는 국고로 귀속된 것이 그 막대한 양의 금괴가 다가 아니었음을 알지 못했다.

실제로는 그 금괴가 빙산의 일부였을 뿐이라는 것에 대해 그보다 훨씬 더 엄청난 천문학적인 돈이 국고로 환수되었음을 말이다.

그러한 것은 어디까지나 국가의 일급기밀 사항이었다.

여동훈은 김강에게 그 알려지지 않은 거대자금이 적법한 절차를 거쳐 국가를 위해 보다 의미있는 일에 쓰이게 될 것이라고만 간략히 언급하였다.

비록 깨끗하지 못한 자금이지만, 진정 필요한 일에 잘만 쓰인다면 국가를 위해 더할 수 없는 기여를 할 수도 있을 것이라는 개인적인 기대를 함께 피력하면서.

김강 또한 무덤덤하기만 했다.

마치 처음부터 그런 천문학적인 거금에는 욕심은커녕 실감조차 하지 못하였으니 언급할 것 또한 없다는 듯이.

4. 도전과 응전

(주)CHINGU의 생존을 압박하려는 일련의 도전들은 어느 날 갑자기 시작되고 있었다.

먼저는 경호업계들의 담합이었다.

그들은 대(大) 바겐세일이라 할 만큼 출혈성이 명백한 저가 공세와 무료 개념의 부가서비스 제공을 내세워 일제히 (주)CHINGU의 고객층을 상대로 공략에 나서고 있었다.

그러한 업체들의 돌연한 움직임은 그들의 배후에 어떤 막강한 주체가 있다는 짐작을 가능하게 했다.

그러기에 그들이 일시에 그토록 조직적인 공세를 취할 수 있는 것일 터였다.

또한 그들의 입장에서도 당장에 겪어야 할 금전적 손해가 있을 것이 분명한데, 모두가 일괄적으로 그것을 감수하고 공세를 감행하는 것을 보면 손해를 만회시켜 줄 막강한 자금지원이 있다는 의미가 아니겠는가.

아울러 그들은 (주)CHINGU에 대한 비방과 흑색선전까지도 마다하지 않고 있었다.

한마디로 그들은 일제히 연합하여 '(주)CHINGU 죽이기'에 돌입한 것이었다.

(주)CHINGU가 한창 다양한 분야로 사업을 확대 발전시켜 가고 있기는 하였지만, 그래도 아직까지는 경호 분야가 회사의 주력 사업이었으니 당장의 타격이 없을 리 없었다.

우선 일반 고객층들이 업체연합의 저가공세와 부가서비스 제공에 속속 돌아서고 있었다.

그리고 업체연합 쪽에서 또 어떤 연줄들을 동원한 것인지, 일정 규모 이상의 기업고객과 소위 사회 저명인사 층과 유명인 층의 고객들이 또한 줄줄이 빠져나가고 있었다.

고객들이 대폭 이탈하면서 매출이 확연하게 떨어지고 있었지만 당장에는 어떤 뾰족한 수가 있을 것이 없었다.

물론 같은 수준의 저가와 부가서비스 제공으로 맞불을 놓는 방법도 논의가 되었으나, 결국은 생사를 건 자금전쟁이 되고 말 그 방법은 적이 누구인지, 그리고 어느 정도의 전력(戰力)인지도 구체적으로 모르는 상황에서 섣불리 쓸 만한 방법은 결코 아니었다.

그나마 경호사업부가 아주 파리를 날리지 않고 있는 것은, 그 난리의 와중에도 의리를 지키고 있는 충성도 높은 고객층들이 있는 덕분이었다.

바로 (주)CHINGU의 경호특구라 해도 좋을 강남의 유흥업계였다.

(주)CHINGU의 경호사업부에 있어 그쪽만큼은 가히 철옹성이라고 할 만했다. 아직까지는…….

두 번째의 도전은 자금의 압박이었다.

(주)CHINGU의 주거래 은행을 포함해 여타의 거래은행들이 뚜렷한 이유나 사전예고조차도 없이 잇달아서 대출자금을 회수하겠다고 통보해 온 것이다.

은행들의 그러한 일방적인 조치는 최근의 급격한 사업확장을 위해 은행들로부터 대출받은 자금이 만만치 않은 수준에 달해 있던 (주)CHINGU로서는 굉장한 압박이 될 수밖에 없는 일이었다.

곧바로 적절한 대응 방안을 강구하지 못한다면 당장에 운영자금의 부족으로 심각한 유동성 리스크를 겪을 입장에 처하고 만 것이었다.

자금부에서 거래은행들을 다니며 강력히 항의도 해보고 사정도 해보았지만, 은행들의 반응은 사뭇 단호하고도 냉랭하기까지 하였다.

사실 (주)CHINGU의 신용도와 담보 능력은 극히 우수한 편이어서 바로 얼마 전까지만 해도 은행들은 자신들의 여유자금을 좀 가져다 쓰라고 부탁을 하던 판이었다.

그런데 이렇게 갑자기, 그것도 모든 거래은행들이 담합하여 대출자금의 회수 조치에 나선 것은 (주)CHINGU의 목을 조이겠다는 명백한 의도라고밖에는 달리 해석이 되지 않았다.

분석평가 팀과 여동훈의 개인정보망을 통한 조사 결과, (주)CHINGU를 목표로 한 일련의 도전들의 배후에는 동방그룹이 있었다.

더욱이 의외인 것은 그 모든 도전들을 주도하는 구체적인 배후로 지목된 곳이 바로 (주)동방유통이고, 그 동방유통의 대표가 바로 이승조라는 점이었다.

조사 결과를 처음 접하면서 여동훈은 문득 자신과 이승조 사이에 여러 가지로 악연이 겹친다는 생각을 하지 않을 수 없었다.

그러나 어쩌면 이미 예견된 악연인지도 몰랐다.

크게는 여동훈 자신이 먼저 시작했다고 해야 할 호국사와의 전쟁이 그 악연의 시작이었고, 작게는 김강과 정들, 그리고 이승조 간의 삼각관계에 있어서도 여동훈 자신 또한 아주 무관하지는 않다고 해야 할 것이니 말이다.

어쨌든 악연의 고리는 이미 단단히 얽혀 버렸고, 그런 이상 그 악연은 이미 돌이킬 수 없는 것임에 분명했다.

조사 결과를 보고받고 나서 김강은 과연 그다운(?) 선언을 했다.

"그 어떤 종류의 싸움이건, 상대가 그 누구이건, 일단 걸어오는 싸움이라면 피하지 않는다!"

김강의 선언에 대해 여동훈은 다행이라는 생각을 먼저 떠올렸다.

어쨌든 그와 김강은 큰 선에서 입장의 일치를 보인 것이었다.

비록 이승조에 대해서는 개인적으로 만감이 교차하였지만, 어쨌든 이미 시작된 전쟁인 이상 적의 뿌리까지 뽑아야 한다는 것이 여동훈의 생각이었다.

아니, 신념이었다.

그의 적은 호국사였다.

그리고 동방그룹이야말로 호국사의 뿌리였다.

동방그룹의 부를 두고 흔히 민족자본 운운하는 소리들이 있지만 그들의 부는 결국 일제 패망 이후의 친일자본이 바탕이 되었고, 군사정권과의 정경유착을 통한 무수한 이권의 독식과 그 과정에서의 온갖 부정축재, 그리고 군사정권 이후의 현재까지의 탐욕스러운 부의 확대 과정을 거쳐 얻어진 더럽고 어두운 부였다.

적어도 여동훈이 지금껏 조사한 내용들을 근거로 최종적으로 정의 내린 바에 의하면 그랬다.

동방그룹을 흔들고 약화시키면 시킬수록 호국사라는 거대한 몸통이 또한 그만큼 약화되고 흔들리게 될 것이었다.

물론 여동훈이 스스로 판단하고 있는 바로도 그와 혹은 그를 포함한 그와 뜻을 같이하는 편에서 동방그룹과의 전쟁을 승리로 귀결지을 수 있다는 보장은 사실상 희박하다고 해야만 했다.

다만 얼마만큼 타격을 입힐 수 있느냐 하는 측면에서의 접근만이 현실적이라고 할 것이었다.

그러나 계란으로 바위 치기가 될지라도 누군가는 해야만 하는, 아니, 이미 그 일을 자신의 숙명이자 신념이라고 정해버린 여동훈 자신이 반드시 해야만 하는 일이었다.

사실은 여동훈이 지난번 이백조 원대의 통치비자금에 대한 국고환수 건을 처리한 다음에 지금까지 어떤 뚜렷한 후속적인 시도를 하지 못하고 있었던 것은, 동방그룹과의 본격적인 전쟁 시도야말로 '그와 그의 편'의 거의 '무조건적인 희생'을 전제로 해야만 하는 것이기 때문이었다.

  좀 더 솔직히는 그가 '그와 그의 편'이라고 정의하는 사람들 중에서도 가장 큰 희생을 당해야 하는 것이 바로 김강이기 때문이었고, 또한 어떠한 희생이라 할지라도 이미 스스로의 숙명이자 신념이라고 정해 버린 여동훈 자신과는 달리, 김강에게는 그런 복구불능의 희생을 강요당해야 할 아무런 명분도 이유도 없는 것이기 때문이었다.

  "그쪽 말이야, 동방유통이라는데……."

  "예!"

  "거기 주식회사 맞지?"

  "예!"

  "그럼 티격태격 애들 장난처럼 싸울 생각 하지 말고, 아예 우리가 그쪽을 인수해 버리는 것도 한번 생각을 해봐! 돈은 얼마든지 들어도 좋아. 그러니까 금융전문가들과 그리고 거 뭐야, M&A전문가들이라고 해야 하나? 하여튼 머리들 좀 짜내서 방법을 한번 만들어보라고!"

김강과 나눈 그 몇 마디의 대화 끝에, 좀 더 구체적으로는 김강의 너무도 과격한 발상 때문에 여동훈은 한동안이나 당혹스러운 심정을 추슬러야만 했다.

여동훈은 문득 걱정들을 떠올리고 있었다.

괜한 걱정 하나와 사실은 별로 걱정되지 않는 걱정 하나.

괜한 걱정 하나.

'정말로, 만약에 정말로 그가, 아니, 김강이 전쟁에서 이기면?'

'그래서 동방그룹이 정말로 무너져 버린다면?'

'그로 인해 야기될 국가경제의 일대 혼란은 어떻게 하나?'

그러나 그런 자문(自問)에 대해서 여동훈은 별로 어렵지 않게 자답(自答)을 할 수 있었다.

물론 그런 데에는 만약에 또 만약을 가정하였다는 데서 오는 편안함이 있기도 했다.

'동방그룹의 경제적 규모에 비해 그들이 실제로 국가경제에 기여하는 생산적 차원에서의 비중은 의외일 정도로 작다.'

'물론 그렇다고 하더라도 국가경제 전반에 걸친 상당한 충격은 불가피하겠지만, 차라리 이번 기회에 깨끗하게 청산해 버리고, 가능하다면 진정한 국민기업으로 재탄생할 수 있도록 유도하는 것이 장기적으로는 국가경제에 더 큰 이익이 될

것이다.'

'그러기 위해서는 반드시 호국사와의 연계고리를 끊어내야 할 것이고, 우선적으로는 동방그룹에 대한 이씨 일가의 독점지배부터 벗겨내야만 할 것이다.'

그리고 별로 걱정되지 않는 걱정 하나.

김강이 별일도 아닌 것처럼, 그리고 단순 무식하다 싶을 정도로 용감하게 언급한 '인수' 라든지 'M&A' 따위의 단어들은 사실 거대한 자금전쟁을 의미하는 것이었다.

동방유통이 문제가 아니라, 결국은 동방그룹이라는 거대 공룡과 맞짱을 떠야 하는 전쟁 말이다.

그런데도 그것이 여동훈에게 별로 걱정이 되지 않는 걱정이 되는 이유는 그 큰소리가 바로 김강에게서 나왔기 때문이다.

물론 여동훈은 김강이 바로 국내 사채업계의 전설적 대부로, 비금융권에서는 국내 최고의 현금성 자산을 보유한 것으로 알려진 윤중호(尹重豪)의 손자라는 것을 알고 있었다.

그러나 그가 그런 시답지 않은 걱정을 하는 이유에는 그런 명시적인 근거보다는 보다 불확실한 추상적인 이유, 즉 그가 김강이라는 인물 자체에 대해 가지고 있는 어떤 신뢰가 더 큰 이유가 된다고 해야만 했다.

비록 여동훈 스스로도 김강에 대한 자신의 그런 신뢰가 언제 어떤 근거로 생겨 버렸는지에 대해서는 명쾌한 논리를 세우지 못하는 것이었지만.

한편 여동훈은 이 시점에서 진정으로 궁금해지는 것이 하나 있었다.

바로 김강이 왜 이 일에 굳이 끼어들려고 하는지에 대해서였다.

자신과는 별다른 이해타산을 따질 것도 없을 뿐만 아니라, 그의 입장에서는 이기든 지든 결국은 파멸의 길로 갈 것이 확실해 보이는 이 공공의 전쟁에 왜 그토록 적극적이 되려고 하는지를 여동훈은 도저히 이해할 수 없었고, 그러기에 그 진정한 이유가 정말로 궁금해지기까지 하는 것이었다.

*　　　*　　　*

"도대체 어떻게 된 거요? 놈들이 끌어들이는 자금의 성격이 어떤 건지조차 아직 파악하지 못하고 있다는 겁니까? 그럼 놈들의 자금이 하늘에서 떨어지기라도 했다는 거요, 뭐요?"

이승조는 격노하고 있었다.

그의 앞에 선 동방유통의 자금담당 임원은 전전긍긍하는 모습이었다.

(주)CHINGU는 거래은행들의 대출금 반환요청에 대해 하

루아침에 대출금을 갚아버리는 기적을 보였다.

더욱이 그런 밑도 끝도 없는 거대자금을 도대체 어떻게, 어디로부터 조달했는지에 대해서는 아는 사람이 없었다.

그리고 (주)CHINGU는 공개적으로 무차입경영을 선언해 버렸다.

"놈들의 자금원이 어디인지 알아내세요. 그리고 무슨 방법을 쓰던 간에 그쪽의 자금이 다시 거두어지도록 조치를 취하세요."

자금담당 임원이 조심스럽게 말을 꺼내고 있었다.

"사장님! 좀 더 신중한 대응이 필요할 것 같습니다. 그동안 협력해 왔던 경호업체들 쪽에서도 더 이상은 무리라는 입장들을 보이고 있고, 특히 은행들 쪽에서는 상당히 당황하고 있는 눈치들입니다. 이 시점에서 신중한 검토 없이 사태를 키우는 것은 자칫 예기치 못한 문제로 확대될 소지가 다분하고, 더욱이 이제는 회장님께 상세한 보고를 드리지 않을 수도 없게……."

그에 이승조는 버럭 소리를 지르고 말았다.

"이 양반이 지금 무슨 소리를 하고 있는 거야? 그러니까 문제가 되지 않도록 당신이 잘하면 될 거 아냐? 임원이라는 사람이 그런 정도도 알아서 처리하지 못할 거면 차라리 옷을 벗든가?"

＊　　　＊　　　＊

사태는 기묘한 반전을 일으키고 있었다.

기묘하다는 것은, 누구도 예상하지 못했던 쪽으로 사태의 추이가 흐르고 있다는 의미이다.

동방유통은 창사 이래 처음으로 일시적인 운영자금의 부족을 겪고 있었다.

황당한 것은 그 일시적인 자금 부족의 이유가 바로 거래은행들 중 몇 군데에서 통상적으로 거래하고 있던 신용융자와 어음 관련 업무를 일방적으로 유보시켜 버렸기 때문이라는 사실이었다.

물론 동방유통은 시중 5대은행 중 하나를 주거래 은행으로 두고 있었기에, 그리고 그룹으로부터도 유동성의 지원을 받을 수 있었으므로 당장에 어떤 위기에 처할 처지로까지 몰린 것은 아니었다.

그러나 그런 초유의 사태는 이승조를 당황하게 만들기에 충분했다.

알아본 결과, 그들 몇몇 은행들은 동방유통과의 거래를 일시 유보시키지 않으면 예치해 놓은 거대자금을 다른 곳으로 옮기겠다는 VIP고객들의 위협(?)을 받았다고 했다.

하나둘도 아닌 꽤나 다수인 그들 VIP고객들이 왜 일시에 그런 요구를 해왔는지에 대해서는 은행들로서도 도무지 감조차 잡지 못한다는 것이었다.

그러나 이승조는 대번에 직감할 수 있었다.

그 일의 배후에 (주)CHINGU가, 그리고 김강의 영향력이 있다는 것을.

그것은 곧 일전에 이승조 자신이 (주)CHINGU에 가했던 일련의 위협들에 대한 보복이었고, 또한 경고이자 시위일 것이었다.

어느 날 동방유통의 대표이사 앞으로 등기우편 한 통이 배달되었다.

그것은 (주)CHINGU의 대표이사 회장으로부터 온 것이었고, 한 가지의 제안을 담고 있었다.

시가보다 10%를 더 쳐줄 테니 귀사의 주식 2조 원 어치를 우리에게 파십시오. 단, 결정은 이번 주 안으로 해주시기 바랍니다.

2조 원 어치의 주식.

그것은 시가 총액 기준으로 동방유통 총 주식의 반에 해당하는 것이었고, 또한 동방유통이 보유한 우호지분의 거의 대부분에 해당하는 규모였다.

(주)CHINGU의 제안은 곧 동방유통의 경영권을 통째로 인수하겠다는 무서운 제안이자 위협이었던 것이다.

동방유통은 당연히 제안에 응하지 않았다.

아니, 아예 무시해 버렸다.

그러나 무시한다고 끝이 나는 건 아니었다.

곧 시장에는 (주)CHINGU가 동방유통에 대해 제시한 제안 내용이 공개되었다.

그리고 그 결과는 동방유통 주가의 대폭하락으로 이어졌고, 그러한 결과는 또한 정말로 동방유통의 적대적 M&A가능성을 더욱 현실적으로 평가하게 하는 결과로 이어졌다.

상대적으로 장외시장에서의 (주)CHINGU의 주가는 천정부지로 치솟았다.

5. 공작(工作)

'옳지 않은 것을, 또한 옳지 않은 방법으로 단죄하는 것은 과연 옳은 일일까?

여동훈은 잠시 그러한 명제에 직면했지만, 그러나 다만 짧게 젖어보는 감상 정도로만 지나치고 말았다.

어차피 그는 그러한 명제를 이미 여러 차례나 넘나들고 있는 중이었던 것이다.

그리고 무엇보다도 최근에 그가 확보한 일련의 정황들은 그로 하여금 지금까지보다 더한 편법을 행하도록 충동하는 데가 다분히 있었다.

여동훈은 기꺼이 다시 한 번의 편법을 행하기로 하였다.

그 자신의 욕심, 공공의 가면을 덧씌워 놓았지만 사실은 너무도 이기적일 뿐인 그 욕심을 조금이라도 더 빨리 이루기 위해서.

그리고 그를 위해 도무지 이해되지 않는 희생을 전적으로 감수할 태세인, 아니, 이미 그 희생의 길에 들어서 있는 '그의 편' 들이 조금이라도 작게 희생을 치르도록 하기 위해서.

여동훈은 최근 입수된 한 가지 첩보에 주목했다.

동방그룹이 이권과 관련하여 정치권에 은밀한 로비를 했을 가능성에 대한 첩보였다.

물론 한국의 재벌들이 어떤 형태로든 정치권과 끈을 맺고 있을 것이라는 추측은, 추측을 넘어 공공연한 현실로 인지되고 있는 바가 있었다.

다만 그런 사실들이 당사자들 외엔 외부로 알려지기 힘들다는 특성이 있기에, 공공연한 비밀로 치부되고 있을 뿐인 것이다.

그러니 동방그룹이 정치권에 로비를 했을 가능성이 있다는 따위의 첩보는 정보로서의 어떤 가치나 중요성을 지니지는 못한다고 할 수도 있었다.

그럼에도 불구하고 여동훈이 그 첩보에 대해 주목하게 된 것은 만약 그 첩보에 대해 구체적인 사실화를 시킬 수만 있다면 동방그룹에 강력한 수준의 데미지를 가할 수가 있을 것이라는 관점에서였다.

재벌들 중에서도 총수일가의 지배력이 가장 강력한 동방그룹이니만큼, 만약 총수일가를 법적으로 옭아맬 수만 있다면 그 이후에 동방그룹 전체에 미칠 여파와 파장은 누구도 상상하기 어려울 만큼 커질 수도 있는 문제인 것이다.

그렇다면 그것이 아무리 은밀히 감추어진 비밀이라고 해도, 혹은 극단적으로 사실이 아닐지라도, 여동훈으로서는 사실화를 시도해 볼 의욕을 충분히 가져볼 수 있는 것이었다.

관건은 비자금이었다.

비자금의 존재 여부와 그 조성 경로만 찾을 수 있다면 그다음은 다분히 절차적인 행위만 남는다고 할 수 있었다.

그리고 여동훈은 그러한 관건에 접근할 수 있는 가장 효과적인 방법을 알고 있었다.

비밀을 알아내는 가장 좋은 방법은, 바로 그 비밀의 핵심부에 있는 사람을 통하는 것이라는 단순한 이치를.

물론 쉽지는 않겠지만, 기왕에 편법과 불법을 굳이 마다하지 않기로 한 이상, 분명 방법이 없지는 않을 것이었다.

공작(工作)!

여동훈은 어떤 공작을 생각하고 있었다.

*   *   *

일요일 오전 열 시, 동방유통 서울 본사건물 십층.

대검 중수부 소속의 검사와 수사관 대여섯 명이 들이닥치면서 한가한 휴일 근무를 하고 있던 사무실 직원들을 놀라게 했다.

잠깐 동안 사무실들을 둘러본 수사관들은 곧장 한곳으로 향했다.

재무관리 팀장 자리 뒤편으로 위치한 문서고였다.

그러나 수사관들은 문서고 가득히 정돈된 문서들에 대해서는 처음부터 관심이 없었던 모양이었다.

검사의 지휘에 따라 수사관들은 문서고 한쪽 벽면으로부터 책장들을 밀쳐 내기 시작했다.

그런데 상당히 육중해 보이던 그 책장들은 바닥에 바퀴가 달려 의외로 쉽게 옆으로 이동이 되는 것이었다.

책장의 뒤는 흰색의 페인트칠이 된 평범한 벽이었다.

잔뜩 긴장한 모습들로 문서고 입구에 몰려들어 있는 직원들을 향해 검사가 물었다.

"여기 책임자가 누굽니까?"

그러자 와이셔츠 차림의 중년 남자 하나가 당황한 얼굴 그대로 앞으로 나섰다.

"제가 재무관리 팀장입니다만……."

검사가 재무관리 팀장을 향해 차분하게 말했다.

그러나 그 말은 그야말로 느닷없고도 황당하기만 한 것이었다.

"이 벽을 여세요!"

그냥 보통의 벽이었다.

그런데 문도 아닌 벽을 열라니, 설마 시멘트 벽을 깨부수기라도 하란 말인가?

그러나 그때, 정작으로 재무관리 팀장의 얼굴은 창백하게 변해 버렸다.

반대로 검사의 얼굴에는 회심의 빛이 돌았다.

이어 그는 수사관들을 향해 턱짓을 해 보였고, 수사관들은 곧장 벽으로 달라붙어서 벽면 여기저기를 쓰다듬고 쿵쿵 두드려 보기 시작했다.

잠시 후.

벽이 열렸다.

벽면 전체를 밀 듯이 벽면의 한쪽 끝 부분에서부터 지그시 힘을 가하자 마치 거짓말처럼 벽면이 스르르 열려 버린 것이었다.

그야말로 비밀의 문이었다.

벽 속에는 또 하나의 비밀의 공간이 존재하고 있었다.

열 평 정도의 방이었다.

몇 개의 책장들이 비치되어 있었고, 거기에는 드문드문 문서철들이 꽂혀 있었다.

하나도 남김없이 문서들을 수거한 다음에 수사관들은 다시 벽 쪽의 책장들을 한옆으로 밀쳐 냈다.

그러자 그곳에는 다시 철문 하나가 나타났다.

철문에는 열쇠와 카드 키를 필요로 하는 이중 잠금장치가 되어 있었다.

그러나 수사관들이 철문을 여는 데는 별 어려움이 없었다.

그때쯤에는 이미 수사관들 중의 한 사람이 재무관리 팀장의 책상에서 열쇠와 카드 키를 찾아왔기 때문이다.

수사관들은 처음부터 비밀의 공간에 대해 자세히 알고 온 것이 분명했다.

철문을 열고 들어간 곳에는 두 평 남짓 되는 또 하나의 작은 공간이 있었는데, 중앙에 대형 금고 하나가 놓여 있었다.

수사관들은 여전히 거침이 없었다.

지체없이 금고의 비밀번호를 누른 것이다.

그렇게 비밀의 금고는 조금도 비밀스럽지 않게 열리고 말았다.

금고 안에는 다수의 비밀보고서와 회계장부 등 서류들이 가지런히 정돈되어 있었다.

그리고 백 달러짜리 지폐 다발과 만 원권 현금 뭉치, 수표와 양도성 예금증서(CD) 따위가 또한 차곡차곡 쌓여 있었다.

비밀의 방에 있던 모든 것들을 압수한 수사관들은 처음에 들어갔던 길로 나오지 않았다.

비밀의 방 맞은편에는 다시 또 하나의 비밀의 문이 있었기 때문이다.

수사관들이 나온 곳은 바로 동방유통의 사장실이었다.

동방유통의 재무관리 팀을 들이닥친 수사관들이 비밀의 방을 거쳐서 다시 사장실을 통해 나가는 데 걸린 시간은 겨우 십 분여나 될까 말까 한 짧은 시간이었다.

동방유통의 직원들은 수사관들의 거침없는 행보에 하얗게 질려 있다가 그들이 볼일을 다 마치고 철수할 즈음이 되어서야 허겁지겁 몇 개의 비상라인을 통해 상황을 보고하느라 분주해지고 있었다.

*　　　*　　　*

동방그룹에 비상이 걸렸다.

그들의 경악과 당황은 요약하여 두 가지 관점이었다.

'지금 도대체 무슨 일이 벌어지고 있는 것이냐?

그리고,

'검찰이 어떻게 안 거냐?

그중에서도, 동방그룹 내에서도 극히 제한된 핵심 인원들만 알고 있는 극비 중의 극비인 비밀금고의 존재와 그 위치를 검찰에서 어떻게 알았느냐 하는 점과 더욱이 검찰이 비밀금고를 여는 비밀번호까지 미리 알고서 압수 수색을 한 데 대해서는 그룹의 최고위층들이 모두 일시적으로 공황상태에 이를 정도로 당혹스러워하였다.

그러나 조금만 냉정히 따져 본다면, 검찰이 어떻게 비밀을 알았느냐 하는 문제의 답은 그리 어려운 것이 아니었다.

그룹의 내부에, 그것도 비밀금고에 관해 잘 알고 있는 핵심급 인물의 제보가 있지 않고서는 그 같은 일은 도저히 일어날 수 없는 일인 것이다.

그룹의 모든 역량을 총동원하여서 검경을 통해 긴급히 알아본 결과, 과연 내부 제보자의 결정적 도움이 있었다는 언급을 얻어낼 수 있었다.

그러나 그 내부 제보자가 누구인지에 관한 문제는 지금 당장 급한 것이 아니었다.

당장의 불똥은 동방그룹이 지금, 이제 곧 수면 위로 부상할 하나의 거대한 사건에 직접적으로 연루가 되어 있다는 사실이었다.

또한 그로 인해 검찰 스스로도 함부로 움직이거나, 혹은 조금의 여지조차도 임의로 둘 수 있는 입장이 못 되니 동방그룹 차원에서도 최악의 상황을 각오하여야만 할 것이라는 엄중한 충고가 있었다는 사실이었다.

*　　　*　　　*

이전 정부와 현 정부에 걸쳐서 거물급 금융 브로커로 활동하고 있는 김모씨가, 동방그룹의 굵직굵직한 건축 인허가와 신사업 진출 등에 대한 정부의 인허가 등과 관련해 수백억 원대의 비자금을 받아 정관계 로비에 사용한 정황을 검찰이 포착하고 수사를 확대하고 있다.

대대적인 언론 보도가 나왔다.

그리고 언론의 보도를 기다리기라도 했다는 듯이 바로 뒤따라서 검찰의 발표가 있었다.

검찰은 압수 수색 영장을 발부하여 동방유통 본사 사무실을 조사하였고, 그 결과 은밀하게 관리되어 오던 비밀금고에서 미화와 현금 뭉치, 그리고 수표와 양도성 예금증서 등 총 수백억 원에 달하는 비자금과 관련된 각종의 보고서와 회계

장부 등을 압수하여 현재 정밀분석 중이라고 했다.

원래 검찰은 동방그룹의 비자금 조성과 관리 혐의에 대한 몇 가지의 유력한 정황들을 확보한 바 있는데, 이번 동방유통의 압수 수색을 통해 그 정황들이 실체임을 확인할 수 있었고, 그런 이상 앞으로 동방그룹 차원으로 범위를 확대하여 본격적인 수사에 들어갈 것이라고 했다.

그를 두고 언론에서는 검찰이 동방그룹에 대해 사실상 전면전을 선포한 것이라고 보도했다.

주요언론은 연일 1면 주요기사로 검찰의 수사속보를 보도했다.

동방그룹의 주요계열사들이 잇따라 검찰의 압수 수색을 받고 있는 중이고, 추정컨대 동방그룹이 불법적으로 조성한 비자금의 총 규모가 자그마치 수천억 원대에 이를 수도 있을 것이라고 했다.

여론이 비등하고 있었다.

그리고 여론에 떠밀리는 형세로 검찰의 수사는 자못 거침없는 급물살을 타고 있었다.

동방그룹의 핵심 관련 인사들이 연일 검찰로 소환되어 밤샘 조사를 받았다.

그리고 그들 중의 일부는 검찰이 구체적으로 제시하는 각종의 움직일 수 없는 증거들을 부인하지 못하고서 상당 부분의 사실들을 시인하였다.

동방그룹 이우영 회장에 대한 검찰의 전격적인 소환이 이루어졌다.

이 회장 측에서 검찰의 소환에 순순히 응한 것을 두고, 검찰 쪽에서 이미 비자금과 관련하여 그 상세한 조성 내역과 정관계에 대한 불법로비자금 제공 내역은 물론, 동방그룹의 전현직 핵심임원급들의 진술 등 이 회장 측으로서는 꼼짝도 할 수 없을 정도의 확실한 물증과 진술들을 확보했다는 판단을 내린 것으로 보는 시각들이 많았다.

이 회장 측이 더 이상 버티는 것보다는 차라리 혐의 중의 일정 부분을 시인하는 대신 검찰 및 여론과 적정한 수준의 협상을 모색하기로 한 것이라는 분석도 있었다.

즉, 대그룹 총수가 전격 구속되는 초유의 사태에 따른 사회적인 파장과 국민경제에 미치는 영향, 그리고 그동안 동방그룹이 국가경제에 기여해 온 공적 등을 들어, 일단 이 회장에 대한 구속수사만큼은 피할 수 있도록 유도하고, 나아가 처벌의 수위를 최대한 낮추도록 협상하는 편이 낫겠다는 판단을 한 것으로 보는 것이었다.

그러나 이우영 회장에 대한 검찰의 행보는 세간의 예상보다도 오히려 한참이나 더 빨리 나아가고 있었다.

소환조사에 이어 곧바로 구속영장이 청구되었고, 뒤이어 이 회장을 구속 수감시킨 것이었다.

불법비자금 조성을 지시하고, 또한 불법로비자금의 전달을 지시한 혐의였다.

사상 최초로 이루어진 대그룹총수의 구속 수감이 미치는 여파는 참으로 대단하였다.

가장 먼저 동방그룹 주요계열사들의 주가가 직격탄을 맞아 대폭락하였다.

이어 동방그룹 차원 및 각 계열사들이 진행 중이거나 계획 중이던 주요 사업들이 속속 중단되거나 보류되었다.

국내외적으로 기업신인도에 치명적인 타격을 입은 것이다.

그런 중에도 예외적으로 신속하게 검찰의 최종 수사 결과가 발표되었다.

그런데 그 발표는 다시금 세간에 일파만파의 파장을 일으키고 말았다.

바로 이전까지는 전혀 언급이 없었던 사실로, 동방그룹의 비자금이 사실은 과거 군사정권 때 비밀리에 축재되었던 통치비자금 중의 일부라는 사실이 새로이 추가되었기 때문이다.

물론 일반의 국민들이 이미 몇십 년이나 지난 옛 정권들의 통치비자금이 어쩌고 하는 사실에 대해 그다지 실감을 느끼지 못할 수는 있었다.

그러나 그것이 부정축재의 대명사로 여겨지고, 지금까지도 국고환수를 위한 범대중적 공감대와 노력과 시도들이 계속되고 있는 전직대통령 H의 비자금일 가능성이 농후하다는 내용에 이르러서는 이윽고 여론은 폭발하고야 말았다.

그리고 그 폭발은 곧 동방그룹 자체를 심판의 표적으로 삼아버리는, 누구도 감히 감당하기 어려운 엄청난 대중적 분노로 이어졌다.

동방그룹에 대한 비판과 비난이 봇물처럼 쏟아져 나왔고, 그런 중에는 동방그룹 상품에 대한 불매운동 등의 직접적인 응징의 움직임 또한 일고 있었다.

그러나 그러한 움직임들은 다만 일차적인 것에 불과했다.

동방그룹에 대한 범대중적인 거부감과 분노는 마침내 아무도 상상할 수 없었던 결과들을 만들어냈다.

동방그룹과 직간접적으로 관계를 맺고 있던 기업들이 이미지 손상 내지는 실질적인 불이익을 우려하여 동방그룹과의 관계를 자체적으로 정리하기 시작한 것이다.

이어 시민단체 및 소액주주들의 강력한 요구에 직면한 민간은행을 시작으로, 대부분의 은행들이 동방그룹 계열사들에 대한 금융거래를 정리하거나 보류하는 쪽으로 속속 조치를 취해 나가기 시작했다.

그에 따라 동방그룹은 그야말로 치명적인 유동성의 위기를 겪게 되었다.

더구나 동방그룹의 근간이 되었던 보수자본들 역시도, 자의(自意) 내지는 여론의 눈치를 살피느라 동방그룹에 대해 당장에는 감히 도움의 손길을 내밀지 못하였다.

거대 재벌 동방그룹은 믿기지 않을 정도의 속도로, 그리고 가시적으로 위축되어 갔다.

주가폭락 등으로 인한 자산 규모가 급속하게 줄어들었고, 계열사들은 잇따른 부도 위기와 아울러 적대적 M&A의 위험에 심각하게 노출되었다.

재계일각에서 벌써부터 조만간의 붕괴를 예측하는 시각이 공공연히 나올 정도로 동방그룹은 이제 돌이킬 수 없는 추락의 길로 들어선 듯 보였다.

동방그룹은 이제 시간이 지날수록 더욱 빠르게 쇠락해 가다가, 어느 순간 완전히 몰락하며 세상의 관심 속에서 사라져 버릴 운명이 되고 만 것 같았다.

6. 선택

그것은 어느 순간 갑작스럽게 찾아온 격심한 혼란이었다.

바로 정체성의 혼란이었다.

'나는 누구인가? 산인가? 아니면 강인가?

그는 이제 더 이상 이중(二重)이고 싶지 않았다.

특별한 자신에 대한 욕구는 어느 순간부터였는지 이미 희미해져 있었다.

특별함이든 평범함이든, 그런 것은 이제 중요하지 않아져 버린 것이다.

그저 그 자신이고 싶었다.

다만 어느 쪽이 정말로 그 자신인지에 대해서는, 혹은 어느 쪽을 더 자신이고 싶어하는지에 대해서는 애매하기만 하였다.

특별한 자신에 대한 욕구가 희미해진 것은 분명한데, 그렇다고 평범한 자신에 대해 아주 긍정적으로 된 것도 아닌 것이다.

물론 둘 중 어느 쪽이든 이미 자신의 삶인 것만은 분명했다.

그러나 그렇다고 해도, 그는 스스로의 정체성을 감히 결정할 수가 없었다.

'그녀로 하여금 선택하도록 하자.'

그가 택한 결론은 그러했다.

돌이켜 보면 이 발칙하기만 한 이중의 시작은 특별함에 대한 그 스스로의 욕구로부터 시작이 되었지만, 다시 한 꺼풀을 벗기고 들어가 보면 그 욕구는 결국 그녀로부터 비롯되었다는 것을, 최소한 그 직접적인 동기가 바로 그녀였다는 것을 또한 부정할 수 없었다.

그렇다면 이제 그녀로 하여금 그의 정체성을 선택하도록 하는 것이야말로 어쩌면 가장 근본적인 해결책이 된다고 할 수 있지 않겠는가.

그녀가 결정해 주는 대로, 특별하면 특별한 대로, 혹은 평범하면 평범한 대로, 그 자체로 당연한 그런 존재이면 되는 것이었다.

사실 그녀의 선택은 이미 정해져 있다고 해야만 했다.

거기에는 만약의, 또 만약을 가정한대도 다른 결정이 나올 확률은 조금도 없었다.

그녀의 선택은 그녀가 원하는 것을 가진 사람, 바로 강이어야만 했다.

사실 강이야말로 처음부터 그녀가 원하는, 그리고 원할 것이라고 생각되는 요소들을 두루 갖춘 인물로 탄생된 것이 아니던가.

그러나 바람마저 없지는 않았다.

그녀가 강이 아닌 산을 선택하는, 도저히 일어날 수 없는 일이 일어나기를.

둘 모두가 어차피 자신이라고 생각하면서도, 그러니 선택당하는 쪽이 어느 쪽이든 별 상관 없다고 자위하면서도, 얼마든지 강으로서만 살아갈 수 있다고 생각하면서도, 결국 그는 자신이 강이기보다는 산이기를 바라는 것이었다.

특별하기에, 그래서 그녀에게 이상적인 상대가 될 강보다는, 비록 못나고 부족하지만 어쩔 수 없이 자신의 본래일 수밖에 없는 산으로서의 자신을 그녀가 선택해 주기를 바라는 것이었다.

물론 그 바람이 조금의 확률도 없다는 점에 대해서는 몇 번이나 다시 생각해 봐도 역시 단정적이었다.

그러나 그럴수록 더욱 간절하기에, 그것은 바람이라기보다는 차라리 서글프기만 한 열망이 되어버리는 것이었다.

"영원히 내 반쪽이 되어줘!"

예전부터 수많은 연인들에게 애용되었을 법한 고전적인 대사, 그래서 유치하기까지 한 그 대사를 정들은 그럴듯한 이벤트도 아닌 휴대폰을 통해서 들어야만 했다.

그것도 두 사람에게서 잇달아, 판에 박은 듯이 똑같은 방법과 대사로.

그러나 그것은 분명한 청혼이었다.

정들은 혼란스럽기 이전에 가슴부터 아파왔다.

동시에 청혼을 하기까지 그들 두 사람이 공유했을 마음의 상처를 짐작해 볼 수 있었기 때문이다.

절친한 사이였고, 서로 간에 마지막의 의지가 되어준 적이 있었던 두 사람이라고 하지 않았던가.

두 사람은 마침내 서로가 할 수 없는 마지막의 결정을 정들 자신에게 맡기기로 한 것이리라.

그리고 그녀가 내리는 결정이 무엇이건 무조건 따르기로

했을 것이다.

그것이 그들 두 사내들이 내릴 수 있는 최선의 방법이었을 것이다.

사실은 정들 그녀 자신에게도 또한 최선의 방법일 것이었다.

비록 극심한 갈등을 겪긴 했지만 정들은 선택을 하는 데 그리 오랜 시간을 소비하지는 않았다.

누구를 더 사랑하느냐의 문제는 아니었다.

또한 누구를 선택해야 더 만족스럽겠는가, 혹은 더 행복해지겠는가 하는 이해타산의 문제도 아니었다.

오로지 그녀 자신과 맺어졌을 때, 두 사내 중 누가 덜 불행해지겠느냐 하는 소극적인 관점에서 내린 선택이었다.

당연히 김강이었다.

김강이야말로 그 어떤 불행에 대해서도 능히 극복을 해내고 말 강한 남자였다.

반면에 김산의 성격으로는 홀로 불행을 감수하고 말, 지지리도 약해 빠진 남자였다.

두 남자에게 있어서 그녀와 결혼하지 못한다는 것은 이미 불행이 될 수 없었다. 특히 김산에게는.

김산은 이미 그녀와 결합하지 못한다는 것을 기정사실화

해 놓고 있는 듯 보였으니까.

그리고 김강이야 더 말할 것도 없었다.

사실 그녀는 이번의 청혼이 있기 전까지만 해도 김강이 자신과의 결혼까지를 원하고 있다는 확신을 가지지 못하고 있던 중이었다.

그만큼 김강은 그녀가 자신할 수 없는, 그리고 대강이라도 그 속을 짐작할 수 없는 유일한 남자인 것이다.

그녀가 그녀 자신과 관련하여 그들 두 남자들에게 불행이라고 전제한 것은 오로지 앞으로의 일이었다.

즉, 그녀와의 결혼생활을 전제했을 때의 관점인 것이다.

그녀의 생각은 그랬다.

결코 평범하지 못한 자신과 맺어지는 사내가 누릴 행복은 그가 감당해야 할 불행보다는 크지 못할 것이라고.

그리고 거기에는 그녀가 스스로에 대해 내리는 냉정한 평가가 전제되어 있었다.

'나는 강하고 거센 여자다. 세상 어떤 남자에게도 좋은 파트너로서는 몰라도, 결코 좋은 아내의 역할을 하지는 못할 여자다.'

*   *   *

'김강을 택하면 굳이 김산을 버리지 않아도 될지 모른다. 김산은 내가 원한다면 그렇게 나만을 바라보며 평생을 음지에서 살아줄 수도 있는 남자이니까. 그러나 김산을 택하면, 나는 영원히 김강을 잃어버리고 말 것이다.'

그것은 지극히 속물적인 계산이었다.

누구에게도 결코 말하지 못할 속내였다.

정들로서는 너무도 솔직한 감정이었지만, 그러기에 지독히도 이기적일 수밖에 없는, 또한 누군가에게는 지독히도 악의적일 수밖에 없는 그런 계산이었다.

그러나 스스로에게 솔직하다는 관점에서, 그것은 또한 그녀에게 있어 지극히 간절하며 절박한 계산일 수밖에 없었다.

그녀는 청혼을 받은 지금도, 여전히 그들 두 남자를 다 가지기를 진정으로 원하고 있었으니까.

그 어떤 비난에도 불구하고 허락되어지기만 한다면, 혹은 가능하기만 하다면 말이다.

정들은 청혼에 대한 자신의 선택을 일단 유보해 두기로 했다.

물론 선택은 이미 내려져 있었지만, 그녀가 생각하는 환경과 시기가 될 때까지는 자신의 선택을 누구에게도 밝히지 않기로 한 것이다.

그렇다고 그 유보를 오래 지속할 것은 아니었다.

다만 그녀가 아주 중요하다고 가치를 두고 있는 몇 가지의 일들이 우선적으로 정리될 때까지만이었다.

7. 네 번째 발작

"좀 정리된 것이 있나?"

안락의자에 깊숙이 등을 파묻고 앉은 노인이 앞쪽에 꼿꼿한 자세로 서 있는 사내에게 물었다.

"예! 놈들에 대한 대강의 윤곽이 파악되었습니다."

"음!"

노인은 나지막한 비음(鼻音)으로 사내에게 계속 말할 것을 지시했다.

노인이 다시 입을 연 것은 사내의 보고가 끝나고 난 뒤 한참 만이었다.

"결국은 상대의 얕은 수에 철저하게 농락을 당했다는 것이군. 모두가 말이야."

사내는 마치 모든 잘못이 자신에게 있다는 듯 어깨를 움츠리며 짤막하게 대답했다.

"예!"

노인은 짜증스럽다는 듯 설핏 이마를 찌푸렸으나 이내 무심한 표정으로 돌아갔다.

"그런데 뭔가 좀 이상하지 않나?"

"……?"

"자그마치 2백조야. 그런데 언론 등에 공개된 내용은 물론이고, 국정원 쪽의 내부정보상으로도 기껏 천 몇백억 원 어치에 불과한 금괴에 관한 것들뿐이라니? 그리고 그런 것에 대한 아무런 문서적 근거도, 또 아는 사람도 없다니? 그럼 나머지 현금과 유가증권들, 그리고 스위스 비밀은행의 계좌정보들은 모두 어디로 증발했다는 건가?"

노인의 어조에 다시 은은한 노기가 서리자 사내는 흠칫 어깨를 움츠리고 말았다.

"저희 쪽에서 접근할 수 있는 한도 내에서는 더 이상의 정보가 없었습니다. 다만……."

사내가 잠시 머뭇거리자 노인이 날카롭게 채근했다.

"다만?"

"일이 발생한 시점 부근에서 국정원장이 대통령에게 대면 보고를 한 일이 있는데, 달리 그럴 만한 특별한 사안이 없었기에 아마도 본 건과 관련된 보고였을 거라는 추측이 있기는 했습니다."

"음!"

짧은 입속 소리를 흘린 노인이 지그시 눈을 감았다.

한동안이나 눈을 감고 있던 노인이 문득 눈을 뜨며 물었다.

"그런데 아무래도 이상하지 않나?"

"……?"

"그 여동훈이라는 자는 국정원 쪽과 관련이 있어 보인다니 그렇다고 친다 하지만, 나머지 인물들은 아무래도 동기가 뚜렷해 보이질 않아. 그렇잖나? 이제 서른 전후의 젊은 친구들인데, 아무런 보상이나 대가도 없이 오로지 국가에 헌납하기 위해 그 같은 수고와 위험을 자처하지는 않았을 것이 아닌가? 특히나 그 김강이라는 자 말이야?"

"예!"

"그자가 윤중호의 손자라고 했나? 지하경제계의 대부인 그 윤중호?"

"예! 그렇습니다. 몇 년 전에 양손자로 입적이 된 것으로 확인되었습니다."

"윤중호의 손자가 무슨 목적으로 그런 위험천만한 일에 끼어들었다는 말인가?"

질문 형식이었지만, 노인은 스스로에게 묻고 있는 중이었다.

"돈이겠지! 많이 가진 자일수록 끝없이 가지기를 추구하는 것이 바로 돈이라는 물건이니까. 더욱이 이백조라는 천문학적인 거금에 욕심을 낼 수 있는 사람이라면, 적어도 윤중호 정도의 그릇은 되어야겠지."

그러다 노인은 다시 사내를 향해 물었다.

"윤중호가 직접 개입된 흔적은 없다고 했나?"

"예! 윤중호는 이미 몇 년째 외유 중이라고 합니다."

"외유라……? 생각해 보니까 그것도 좀 이상하군. 아무래도 뭔가가 있어. 재주는 곰이 부리고 돈은 되놈이 챙긴다고, 이 일에는 어쩌면 전혀 엉뚱한 내막이 숨어 있을 수도 있겠다는 생각이 자꾸 들어."

한참이나 창밖을 바라보던 노인이 문득 단호한 어조로 지시했다.

"방법을 강구해서 처음부터 다시, 그리고 확실하게 파보라고 해."

사내가 허리를 꼿꼿하게 펴 부동자세를 만들며 대답했다.

"옛! 각하!"

*　　　*　　　*

몇 가지 결재를 하고, 또 밀린 잡무들을 처리하느라 여동훈은 느지막이 사무실을 나섰다.

퇴근 시간이 늦어서 좋은 몇 가지 안 되는 점들 중의 하나는 차가 덜 밀린다는 것이다.

도심을 달리면서 여동훈은 자신이 운전대를 잡은 차가 앞으로 나아가는 것이 아니라, 빌딩 숲으로 이루어진 야경들이 뒤로 미끄러져 나간다는 느낌을 받았다.

아마도 정말 오래간만에 차창 밖의 야경에 시선을 줄 만큼 그의 심정에 느긋함이 생겨 있었기 때문일 것이다.

신호등이 막 노란 불로 바뀌고 있었다.

여동훈은 급하지 않게 차의 속도를 줄였다.

그런데 너무 느긋했던 것일까.

앞 차와의 간격에 좀 여유가 있다 싶어서였던지, 옆 차선에서 가고 있던 승용차 한 대가 갑자기 여동훈의 차 앞으로 끼어들었다.

끼익!

여동훈은 급하게 브레이크를 밟았다.

그러나 아무래도 옆 차의 끼어들기는 너무 무모한 데가 있어서, 결국 옆 차는 가볍게 측면을 받힌 다음에야 비스듬하게 멈추어 섰다.

어쨌든 책임을 따지자면, 전적으로 옆 차의 과실이었다.

차에서 내리며 여동훈은 가볍게 얼굴을 찌푸렸다.

사고 자체에 대한 짜증이라기보다는, 정말 오랜만에 누리고 있던 여유를 방해받은 데 대한 아쉬움이 더욱 컸다.

그때 비스듬히 앞을 가로막고 멈추어 선 차의 앞문이 열리며 두 사람이 내렸다.

양복 차림의 사내들이었다.

그런데 그 순간 여동훈은 뭔가 찜찜한, 그리고 영 내키지 않는 듯한 느낌을 받았다.

그가 기대했던 것과는 전혀 다르게 사내들에게서는 당황해한다든지, 혹은 미안해하는 빛이 전혀 보이지 않고 있었던 것이다.

그들은 마치 이런 따위의 가벼운 접촉사고쯤은 아무 일도 아니라는 듯한 무덤덤한 기색들이었다.

그런 찜찜함 때문이었을까?

차에서 내려 두어 걸음을 걷던 중이던 여동훈은 문득 다시 차 쪽으로 몸을 돌렸다.

그러나 그때 남자들은 다가오는 걸음을 빨리하고 있었다.

여동훈은 미처 차에 올라타기도 전에 양옆으로 바짝 붙어 선 두 사내에게 각기 한 팔씩을 잡히고 말았다.

"지금 뭐 하자는 거야?"

여동훈이 거칠게 양팔을 떨치며 소리쳤다.

그때 마침 신호가 바뀐 모양이었다.

빵!

빠앙!

뒤쪽의 차들이 차선을 바꾸어 지나가면서 짜증스럽게 경음기를 울려댔다.

그러나 그때 여동훈은 오히려 저항의 몸짓을 멈추고서 순순해지고 말았다.

왼쪽 옆구리를 찌르는 뭉툭한 느낌 때문이었다.

섬뜩한 느낌이었다.

익숙하다고까지 할 것은 아니었으나, 그렇다고 아주 낯설지도 않은 섬뜩함.

한순간 여동훈의 머릿속으로는 그것이 바로 총구(銃口)일거라는 생각이 확 와 닿아 있었다.

"얌전히 구는 게 좋아!"

사내가 슬쩍 자신의 양복 자락을 들추었다.

과연 권총이었다. 가스총이 아닌 진짜 권총.

"너희들 뭐냐?"

오히려 차분해진 여동훈의 물음에 권총을 가진 사내가 엷은 웃음기를 떠올리며 말했다.

"우리? 우린 아무것도 아냐. 홋! 자네처럼 무슨 대단한 곳의 요원인 것도 아니고, 그냥 무소속이야."

"뭐?"

여동훈이 순간적으로 흠칫하며 몸을 뒤틀자 사내가 권총으로 옆구리를 강하게 쑤시며 나직이 위협했다.

"어허! 조용히 해. 소속이 없다는 것은 내 마음대로 할 수도 있다는 얘기야. 마음에 안 들면 그냥 가볍게 방아쇠를 당길 수도 있다는 거지. 그 정도 이치는 알 것 같은데?"

사내들은 여동훈을 차의 뒷자리로 밀어 넣고서 그의 양쪽으로 좁혀 앉았다.

저쪽 승용차에는 최소한 두 명이 더 타고 있었던 듯 또 다른 사내 하나가 여동훈의 차로 와서 운전석으로 탔고, 이어 그들이 원래 타고 있던 차가 앞서 출발을 했다.

뒤따라 여동훈의 차가 출발을 하면서 우측에 앉은 사내가 능숙한 손놀림으로 여동훈의 몸 수색을 했다.

여동훈은 이제 완전히 저항을 포기한 상태였다.

몸수색을 통해 사내가 거둔 수확은 휴대폰 하나뿐이었다.

그러나 사내는 곧 작은 기기(機器) 하나를 꺼내더니 다시금 여동훈의 몸 여기저기에 대보는 것이었다.

아마도 전파감지기의 일종인 모양이었다.

여동훈의 얼굴이 설핏 일그러지고 있었다.

차가 한강 다리 위를 지날 때, 사내는 여동훈의 휴대폰과 양복 상의를 차창 밖으로 던져 버렸다.

철저한 자들이었다.

휴대폰을 버린 것은 또 그렇다고 하더라도, 양복 상의를 함께 버린 것은 곧 그 안감 속에 비밀스럽게 심어져 있는 비상 위치정보발신기를 간단하게 무용화시켜 버린 것이었다.

또한 그것은 그들이 적어도 이런 방면에서는 전문가라는 사실을 말해주는 것이기도 했다.

어쨌든 그렇게 됨으로써 여동훈은 이제 자신의 처지와 위치를 우군에게 알릴 모든 수단을 해제당해 버린 처지가 되고 말았다.

한밤의 납치극은 그렇게 자연스럽게, 그러나 치밀하게 이루어졌다.

*　　　*　　　*

내내 눈을 가린 채 끌려와서 방 안에 들어오고 난 뒤에야 눈가리개가 풀린 터라 여동훈은 지금 자신이 있는 곳이 어디인지 대강의 짐작조차 할 수가 없었다.

다만 지하실일 거라는 짐작은 들었다.

차라리 음산하다고 해야 할 서늘한 느낌과 공기 중에 섞여 있는 퀴퀴한 냄새에 근거해서였다.

방 안의 풍경은 마치 이삼십 년 정도의 세월을 거슬러 올라간 것 같았다.

제법 넓은 방의 집기라고는 지금 그가 앉아 있는 의자와 탁자 하나, 그리고 맞은편의 의자 하나뿐이었다.

사방 벽은 투박한 시멘트 벽에다 하얀색으로만 페인트칠이 되어 있었다.

바닥과 천장마저도 흰색이었다.

방 안에는 그 말고도 세 사람이 더 있었다.

그의 맞은편에 앉아 있는 선글라스의 사내 하나, 그리고 조금 떨어져 벽 쪽에 꼿꼿한 자세로 서 있는 짧은 머리의 사내들 둘.

"우린 같은 질문에 대해 두 번은 묻지 않는 사람들이야. 하지만 첫 질문이니까, 한 번만 예외를 두도록 하지. 그렇지만 처음이자 마지막 예외야? 자! 다시 묻겠다. 소속?"

선글라스의 사내는 자신이 지금 두 번째로 같은 것을 묻고 있다는 점을 강조하고 있었다.

강조라기보다는 위협이었다.

그리고 무덤덤한 그 위협이 결코 단순한 위협만은 아닐 것이라는 점에 대해 여동훈은 벌써부터 각오를 다지고 있었다.

"소속? 허! 이 양반들아! 그럼 내가 어디 소속인지도 모르고 여기까지 끌고 왔다는 거야? 나, 제법 대단한 사람이야. 요즘 한창 뜨고 있는 회사인데, 주식회사 친구라고 알아? 내가 거기 총괄본부장이야. 서열상 회장 바로 다음의 넘버 투라고!"

짜악!

여동훈의 뺨에서 경쾌한 소리가 일었다.

선글라스의 사내가 몸을 일으키면서 그대로 후려갈긴 것이었다.

사내의 날선 목소리가 뒤따랐다.

"야! 이 새끼, 일단 군기부터 좀 잡아줘라!"

그것이 절대의 명령이라도 되는 듯 벽 쪽에 붙어 서 있던 짧은 머리의 사내 둘이 동시에 복명 소리와 함께 잰걸음으로 여동훈에게 다가섰다.

"옛!"

우당탕!

멱살을 잡혀 일으켜 세워지는 여동훈의 뒤로 그가 앉아 있던 의자가 퉁명스럽게 나뒹굴었다.

퍽!

다짜고짜로 복부에 꽂혀드는 주먹에 여동훈은 호흡이 끊

어지는 고통으로 진저리를 쳐야만 했다.

"헉!"

이어 무차별적인 구타가 시작됐다.

퍽!

퍼억!

구타는 대략 일 분여 동안을 거칠게, 그러나 차갑게 계속됐다.

방 안에는 오로지 타격음과 여동훈이 흘려내는 비명 소리만이 숨 가빴다.

정신없이 여동훈을 몰아쳐 가던 뭇매를 멈추게 한 것은 선글라스 사내였다.

"야! 잠깐 멈춰봐!"

역시 절대의 명령인 듯 짧은 머리의 두 사내가 즉시로 구타를 멈추었다.

"근데 이 새끼 왜 이래?"

선글라스의 사내가 가까이 다가와서 여동훈의 머리카락을 움켜잡아 올려 살피며 물었다.

여동훈의 얼굴은 하얗게 탈색된 채 잔뜩 비틀려 가고 있었다.

입에서는 걸쭉한 침이 흘러내리고 있었는데, 그 침은 점차로 북적거리는 거품을 만들어가고 있는 중이었다.

그러고 보니 여동훈은 좀 전부터 비명도 질러내지 못하고 있었다.

선글라스 사내의 얼굴로 일시 가벼운 당혹감이 스쳤다.

방금의 구타는 다만 가벼운 군기잡기에 불과했다.

피취조자에게 맞는 즉시의 고통은 줄망정 어떤 심각한 부작용이나 후유증을 남길 여지는 없는 정도였다.

즉, 고통보다는 두려움과 공포를 주기 위한 것이었고, 본격적인 취조에 앞서 행하는 통과의례 내지는 맛보기용 정도에 불과한 것이었다.

그런데 지금 여동훈은 뜻밖으로 중증의 증세를 보이고 있었다.

"크으으!"

여동훈이 흘리고 있는 소리는 고통을 억지로 참는 신음임에 분명해 보였다.

이빨을 악 다물고서 사력을 다해 뱉어내는, 정말로 극도의 고통을 견디다 못해 내놓는 신음인 것이다.

고통 외에도, 그 잔뜩 뒤틀려 가는 얼굴에는 또 다른 처절함 같은 것이 비치고 있었다.

도저히 견디지 못할 어떤 답답함 같은.

여동훈의 얼굴은 이미 진땀으로 번들거렸고 두 눈동자마저 하얗게 돌아가고 있었다.

"끄으으으!"

신음 소리가 더욱 처절해지면서 여동훈은 이제 얼굴뿐만 아니라 온몸을 뒤틀고 있었다.

그리고 이내 오그라든 채로 마치 석고상이라도 된 듯 전신이 딱딱하게 굳어드는 듯하더니 이윽고 그는 정신을 놓아버리는 듯했다.

선글라스 사내에게서 일시 당황의 기색이 뚜렷해졌다.

만약 바로 그때 여동훈이 어떤 행위를 보여주지 않았더라면, 사내는 현재의 상황을 상부에 보고하지 않을 수 없었을 것이다.

취조의 대상이 회복 못할 손상을 입는 것은 그의 권한과 책임 밖의 사항이었으니까.

여동훈이 보인 행위란 것은 무슨 말인가를 뱉어내려고 애를 쓰고 있다는 점이었다.

"개에……."

그러나 제대로 발음이 되지 않았고, 소리가 이어 나오지를 못하고 있었다.

여동훈은 어떤 한마디를 위해 전신의 힘을 모조리 쥐어짜듯이 사력을 다하고 있는 모습이었다.

그리고 마침내 어눌하나마 한마디의 말을 완성시켰다.

"개에… 새… 끼이!"

그래 놓고 여동훈은 안 그래도 비틀려 있는 입꼬리를 다시
한 번 억지로 비틀어놓았다.

그것은 처절함 중에서 만들어낸 한가닥의 힘겨운 웃음기
였다.

그리고 선글라스의 사내는 그것이 바로 자신에 대한 조롱
이이라는 것을 알 수 있었다.

여동훈의 처지에서 할 수 있는 최대한의 조롱.

순간 선글라스 사내의 입꼬리가 또한 비틀렸다.

이어 그가 차갑게 내뱉었다.

"오랜만에 독종을 만난 것 같군. 좋다. 오늘 제대로 된 풀
코스를 한번 밟아주지! 야! 이 새끼 옷 벗겨!"

여동훈은 벌거벗겨진 채로 욕조 안에 들어 있었다.

목 아래까지 물속에 잠긴 그는 두 손과 두 발이 모두 결박
당한 채였다.

선글라스 사내가 그의 머리맡에서 속삭이듯 말했다.

"지금까지 버틴 것만 해도 넌 제법 훌륭했어. 이 정도에서
대충 불어도 나중에 욕 들을 일이 아니란 얘기지. 이봐! 나도
한때는 너하고 같은 계통에 있었던 사람이야. 굳이 선후배 관
계를 따진다면 아마도 네 까마득한 선배가 될 거야. 후후! 알
아보니 너도 꽤나 화려한 경력을 가졌더군. 고시삼관왕에다,

검사 출신에다, 현직 변호사이기도 하고 말이야. 그런 친구가 어쩌다 이런 계통으로 발을 담그게 되었는지는 모르겠지만, 이 시점에서 네가 꼭 명심해야 할 게 하나 있어. 같은 계통이라고 하더라도 너하고 난 아주 많이 다르다는 거야. 웬 줄 알아? 바로 내가 이쪽의 맵고 짜고 쓰고 시린 온갖 밑바닥의 과정을 제대로 다 거친 진짜배기의 전문가이기 때문이지. 어때? 머리 하난 끝내주게 좋은 친구니까 내 말뜻도 쉽게 알아들었겠지? 괜히 힘 빼지 말라는 얘기야. 나 같은 전문가에게 걸리면 제아무리 독종이라도 결국은 다 불게 되어 있어. 그저 조금 더 버티고 덜 버티고 하는 차이가 있을 뿐이지. 그리고 너 같은 먹물 출신이 괜히 독종 흉내를 내다가는 결과는 뻔해. 결국은 불 거 다 분 다음에 후유증으로 평생불구가 되거나 혹은 시름시름 앓다가 젊은 나이에 요절하게 되는 거지. 또는 미쳐 버리는 경우도 있고. 뭐, 우리로서는 흔한 일일 뿐이지만 너같이 청춘이 구만리인 입장에서는 참으로 안타까운 일이 아니겠나?"

그것은 최후의 위협이었다.

그리고 어쩌면 사내의 말대로 같은 계통에 있었던 사람으로서 아주 약간의 진정이 들어가 있는 마지막 회유일 수도 있을 것이었다.

그러나 사내는 알지 못했다.

지금 여동훈이 정말로 두려워하고 있는 것은 사내의 위협도, 또 뒤따를 그 어떤 고문도 아니라는 것을.

바로 지금 그 자신에게서 일어나고 있는 발작이라는 것을.

그것은 여동훈에게 그 어떤 극단적인 고통도, 그리고 마침내는 죽음의 공포마저도 초월하는 마지막 의지의 시험대였다.

그 발작이 그의 인생에 있어서 네 번째로 오는 발작이었기에.

네 번째의 발작이 왔을 때, 그것을 자신의 의지로 통제하고 극복해 내지 못한다면 스스로의 생을 마감하고 말 것이라고 맹세한 바 있기에.

여동훈은 차라리 후련한 심정이었다.

육체가 뒤틀리는 고통과는 별개로 마음으로부터 오는 후련함이었다.

그는 이제 아무런 전제조건 없이, 아무런 계산도 없이, 있는 그대로의, 생기는 그대로의 결과만 보면 되는 것이다.

다만 이것이 스스로 정한 마지막 기회이기에 그는 스스로의 최선은 다할 작정이었다.

육체의 고통을 넘어 맑고 투명한, 그러나 절실하고 또 절실한 마음의 눈으로, 스스로의 의지로 자신에게 주어진 숙명의 마지막 순간을 통제하고 극복해 가는, 혹은 힘에 부쳐 결국은 굴복하고 마는, 어느 쪽이든 그 처절하면서도 엄숙한 과정을 차분하게 관찰할 작정이었다.

그 과정이 아무리 고통스럽다 하더라도.

여동훈은 다시금 입술을 비틀었다.

그런 탓에 이미 고통으로 가득한 그의 얼굴이 더욱 고통스럽게 일그러졌다.

말을 만들어내기 위해 그 스스로가 만들어내는 고통이었다.

"제발……."

선글라스 사내의 눈빛에 퍼뜩 이채가 서렸다.

"제발… 날… 미치게… 만들어… 봐!"

순간 사내의 얼굴로 격렬한 분노가 떠올랐다.

사내는 다시금 여동훈의 머리칼을 움켜잡아 그의 얼굴을 들어 올렸다.

그리고 여동훈의 눈을 들여다보며 잠시 이글거리던 사내의 눈가에 문득 한가닥의 미소가 피어올랐다.

잔인한 미소였다.

한편 먼저 여동훈의 눈이 웃고 있었기에 반사적으로 떠오른 미소이기도 했다.

여동훈의 눈빛은 고통으로 가득하였지만, 두려움은 없었다.

다만 주체할 수 없는 반발과 저항만이 가득했다.

물론 사내는 여동훈의 그 지독한 반발과 저항이 자신을 향한 것이라고 생각할 수밖에 없었을 것이다.

"미친 새끼!"

사내는 손에 들고 있던 조작기의 핸들을 발작적으로 돌려버렸다.

지지지직!

물의 표면과 여동훈의 몸이 맞닿아 있는 경계 면에서 눈에 보이지 않는 스파크가 작렬하고 있었다.

"끄으으!"

여동훈의 목이 뻣뻣하게 뒤로 넘어가며 그의 두 눈은 완전히 하얗게 뒤집어졌다.

8. 어떤 해탈

(주)CHINGU의 회장실로 한 통의 전화가 걸려왔다.

어젯밤 이후로 아무런 연락도 없이 여동훈의 행적이 묘연해졌기에 일단 관련된다 싶은 외부전화는 곧바로 회장실로 돌리라고 지시를 내려놓은 터였다.

다른 사람이 받을 틈을 주지 않고 장훈이 먼저 수화기를 낚아챘다.

"여보세요?"

그리고 장훈의 목소리는 대뜸 짜증스럽게 높아졌다.

"야! 너 뭐 하는 새끼야?"

장훈의 인상이 와락 험악하게 일그러지자 곁에서 보고 있던 김강이 수화기를 건네받으며 스피커폰 버튼을 눌렀다.

그러자 스피커에서는 기묘한 소리가 흘러나왔다.

"끄으윽!"

"끄으으으!"

사람의 감정을 잔인하게 긁어대는 듯한 그 소리에 김강 또한 설핏 이마를 찡그리고 말았다.

김강의 얼굴은 이내 딱딱하게 굳어졌다.

오래된 기억이었지만, 그런 종류의 소리가 누군가 스스로를 통제할 수 없는 극단적인 상황에서 고통을 못 이겨, 혹은 고통 그 이상을 넘는 절박함과 절망을 토해내는 소리와 비슷하다는 것을 떠올렸던 것이다.

그러나 김강은 무겁게 가라앉은 기색으로 묵묵히 수화기에서 흘러나오는 소리에 귀를 기울였다.

이윽고 전화 저편에서는 억양없이 차분한 말이 흘러나오고 있었다.

"방금 들은 대로 여동훈이는 우리가 잘 데리고 있다."

김강이 역시 감정이 실리지 않은 건조한 투로 물었다.

"원하는 게 뭔가?"

"우선 그쪽 신분부터 밝히는 게 순서 아닐까?"

"나, 김강이다."

"그래? 후훗! 전화가 아주 제대로 연결이 되었군."

"내가 어떻게 하면 되겠나? 돈을 요구하는가?"

"돈? 그런 거 필요없어. 우리가 원하는 건 바로 당신이야."

"나를 원한다고?"

"지금 즉시 이쪽으로 와줘야겠어. 물론 당신 혼자만."

그때 전화기 주변으로 바짝 다가서 있던 조유진이 김강을 향해 강하게 고개를 저었다.

김강이 잠깐 이마를 찌푸렸다가 다시 말했다.

"이봐! 그쪽에 조금도 위협이 되지 않을 만큼, 최소한의 인원으로만 가도록 하겠다. 거기가 어딘가?"

그러자 전화 저쪽에서 입속으로 느물거리며 웃는 소리가 들려왔다.

"흐흐흐! 그래도 명색이 회장이니 최소한의 수행원은 대동해야겠다, 뭐 그런 얘긴가? 좋아! 그쯤이야 들어주도록 하지. 대신 우리가 지정해 주는 사람만 데리고 와야 한다. 본부장급 둘 있지? 조유진과 장훈, 그 두 사람만 대동하고 오도록."

김강이 언뜻 조유진과 장훈을 돌아보고 나서 대답했다.

"우리 쪽에 대해서 많이 알고 있군? 좋아, 그렇게 하도록 하지. 어디로 가면 되겠는가?"

"그전에 한 번 더 경고해 두지. 반드시 셋만 와라. 만약 다른 사람이 함께 오거나, 혹은 쓸데없는 짓을 하면 그 즉시로 여기 있는 이 친구는 개죽음을 당할 거다. 우리가 너희들의 움직임을 세세하게 보고 있다는 것에 대해 부디 조금의 의심도 하지 말기를 바란다."

　김강은 여동훈을 납치한 측에서 요구한 대로 서둘러 조유진, 그리고 장훈과 함께 한 대의 승용차를 타고 상대가 지정한 장소를 향해 출발했다.
　그러나 김강이 출발하는 동시에, 아니, 김강이 상대와 통화를 하는 그 순간부터 이미 모종의 조치는 취해지기 시작하고 있었다.
　회장실에 함께 있던 비서, 그가 바로 비선조직인 B팀의 제일조장이었기 때문이다.
　김강도 그가 자신의 직원이기 이전에 여동훈의 사람이라는 점에 대해서는 진작부터 알고 있었다.
　그러기에 그가 어떤 식으로든 자신과 조유진 등의 뒤를 받칠 것이라는 데 대해서 믿는 바가 있었다.

　지정 장소에 도착해 다시 다른 장소를 지정받기를 두 번이나 한 끝에 김강 등은 도시 외곽의 어느 산기슭으로 접어드는 인적조차 뜸한 곳에 위치한 하나의 허름한 건물에 도착했다.
　그 5층짜리 건물은 폐가라도 되는 듯, 이미 날이 저물어 사방이 어둑어둑해지고 있었는데도 불빛 하나 비치지 않고 있었다.

건물의 1층은 원래 상가였다가 중간중간의 벽을 모두 헐어 낸 것처럼 전체가 하나의 넓은 공간을 이루고 있었고, 어두컴컴한 속에 중간중간에 몇 개의 굵은 기둥들만이 음산한 느낌으로 우뚝우뚝 서 있었다.

그들의 공격은 김강 등 세 사람이 바로 그 1층의 공간 안쪽으로 들어서면서부터 시작이 되었다.

턱!

막 지나치던 기둥의 뒤쪽에서 그림자 하나가 장훈의 뒷덜미를 덮쳤다.

"엇?"

장훈이 헛바람 들이켜는 소리를 뱉었을 때는 비호처럼 덮쳐 온 기습자가 이미 그의 목덜미와 한쪽 팔을 낚아채 버린 뒤였다.

기습자는 장훈을 붙잡은 상태로 제 몸을 허공에서 백팔십도로 회전시키고 있었다.

달려들던 탄력을 살려 그대로 장훈을 바닥에다 메다꽂으려는 시도였다.

그러나 결과적으로 기습자는 장훈이라는 상대를 너무 몰랐다.

그의 힘과 또 그가 유술 및 관절기의 분야의 달인이라는 것을 말이다.

장훈의 몸은 처음에 기습자가 이끄는 대로 확 끌려가는 듯했다.

그러나 한순간 그의 몸이 왼발을 축으로 기습자와 같이 한 바퀴를 돌아가면서 상황은 달라졌다.

힘의 중심이 장훈에게로 옮겨오면서 기습자가 오히려 기우뚱 중심을 잃고 바닥으로 깔려 버린 것이다.

쿵!

사내의 등이 둔탁하게 바닥을 찧는 동시에 장훈의 육중한 중량이 실린 어깨가 그대로 기습자의 가슴을 찍어버렸다.

콱!

그리고 그제야 지금껏 한마디의 경고도, 또 기합 소리도 없이 온전한 침묵으로 오로지 일련의 다이내믹한 몸짓만을 보이고 있던 사내에게서 처음으로 소리가 새어 나왔다.

"커억!"

장훈은 곧바로 튕기듯이 사내에게서 몸을 일으켜 세웠다.

어두컴컴한 건물 안쪽으로부터 이십여 명이 새로이 모습을 드러내고 있었기 때문이다.

그들은 앞으로 걸어나와 마치 열을 맞추듯이 나란히 섰다.

하나같이 윗옷을 벗어 젖힌 자들이었는데, 어둑어둑한 속에서도 그들의 벌거벗은 상체에서 꿈틀거리고 있는 탄탄한 근육들이 돋보이고 있었다.

"별! 쟤들 지금 도대체 뭘 하자는 거야? 무슨 전쟁놀이라도 하자는 거야?"

장훈이 짐짓 조유진에게 묻기라도 한다는 듯이 그렇게 중얼거렸다.

아닌 게 아니라 사내들은 한결같이 몸과 얼굴에다 검붉은 색으로 줄무늬를 그려놓고 있었던 것이다.

마치 군수색대나 특공대원들이 위장무늬라도 그려 넣은 듯이 말이다.

아무런 말도 없이 눈빛만 번뜩이고 서 있던 사내들이 일제히 돌진을 해온 것은 그들 중의 누군가 길게 내뱉은 기합 소리를 신호로 해서였다.

"으아아압!"

마치 폐부 속의 모든 기를 깡그리 뽑아 올리기라도 하듯이 길게 악을 써대는 듯한 기합 소리였다.

그들 이십여 명의 사내들은 마치 싸움에 굶주린 듯이 보였다.

그들의 움직임과 동작에는 무슨 특별한 유형의 무술동작 같은 것이 있는 것 같지도 않았고, 더욱이 룰 같은 것은 전혀 보이지 않았다.

다만 상대를 쓰러뜨리기 위해서 맨몸으로 할 수 있는 모든 방법을 다 쓰고 있었다.

서슴없이 눈을 찔러왔고, 사타구니를 차 올렸다.

아마도 할 수만 있다면 할퀴고 물어뜯기라도 할 그런 악착으로 무장되어 있는 사내들이었다.

그들이 이따금씩 흘려내는 소리는 결코 기합 같은 것이 아니었고, 또한 비명이나 신음도 아니었다.

"악!"

"악!"

전신의 온 힘을 사력을 다해 쥐어짜 내는 듯한 그 소리는 말 그대로 '악' 이자 악다구니였다.

처절하리 만치 쏘아내는 그들의 눈빛은 그대로 사람을 질리게 만드는 데가 있었다.

그들은 어떤 방식으로든 극한의 훈련을 거친 자들임에 분명했다.

그들은 마치 죽일 듯이 덤벼들고 있었다.

죽이지 않으면 자신이 죽는다는 생존 차원의 싸움을 하고 있었다.

무기만 들지 않았을 뿐, 맨몸으로 할 수 있는 모든 수단과 방법을 다 동원하여 하는, 격렬하다는 묘사로는 표현이 부족한, 바로 생존을 걸고 치르는 처절한 전투를 하고 있었다.

일시의 당황과 당혹스러움이 있긴 했지만 김강 등은 곧 차분함을 되찾았다.

비록 악착같은 상대들이긴 했지만, 그리고 이십 대 삼의 절대적인 수적 열세에서도 그들 세 사람은 이내 나름의 여유를 가지게 된 것처럼 보였다.

그들은 지금 은연중에 김강을 중심축으로 하는 삼각형의 형태로 벌려 서 있었다.

장훈은 크게 움직이지 않았다.

그가 움직이는 범위라고는 기껏 전후좌우의 각 반보 범위였다.

그는 제자리에 서서 단단하게 중심을 고정시킨 채 상대의 접근과 태클을 고스란히 허용하고 있었다.

그러나 장훈이 상대와 얽히는 순간에는 거의 예외없이 '우두둑!' 하는 소리와 함께 상대는 팔이나 다리 관절을 부여잡고 뒤로 펄쩍 물러서거나, 그렇지 않으면 붕 하고 허공에 떴다가는 그대로 시멘트 바닥으로 처박히고 마는 것이었다.

장훈이 능숙하게 관절기를 구사하여 공격해 들어오는 자들의 팔다리 관절을 꺾고, 비틀고, 때로는 제치고 흘려서는 바닥에다 메다꽂아 버렸기 때문이다.

가장 화려해 보이는 것은 조유진 쪽이었다.

그는 자신의 별명 그대로 번개 같은 움직임을 보이고 있었다.

그중에서도 그가 차내는 발놀림은 가히 예술이라고 평할 만했다.

빠르고 화려했다.

눈 깜짝할 사이에 하단에서부터 중단을 거쳐 상단까지의 공간을 훑어버리는 발차기였다.

그런가 하면 바람처럼 몸이 돌아가며 상대의 턱을 돌려 차버린다.

그런 중에 또 간간이 터지는 원투스트레이트는 아예 눈이 따라가지 못할 정도였다.

장훈이 몸 가까이로 상대들을 끌어들이는 탓에 언뜻 상대들에게 둘러싸인 것처럼 보인다면, 조유진의 주변은 휑하니 비어 있었다.

번개처럼, 그리고 바람처럼 날아가고 돌아가는 그의 주먹과 발이 그런 텅 빈 공간을 만들어놓고 있었던 것이다.

세 사람 중 그나마 여유를 부리고 있는 것은 김강이었다.

삼각형의 형태이긴 했지만 그가 서 있는 지점이 조유진이 형성하는 사방 이 미터 정도의 공간 내에 들 때가 많은 덕분이었다.

그리고 그런 덕분으로 김강은 주변에서 연신 터져 나오는 격렬한 몸짓과 거친 숨결들의 와중에서도 간간이 감탄의 소리를 만들어낼 여유까지를 부리고 있는 중이었다.

"허!"

그러나 그런 여유에도 불구하고 또한 가장 효율적이고도 위력적인 것 역시 김강이었다.

김강은 지금 가히 독보적이라고 해도 좋을 만큼 탁월한 전과를 올리고 있는 중이었다.

사실 그가 치고 차는 동작에서는 별다른 기교라고 할 게 없었다.

다만 투박하게 상대와 마주 부닥뜨릴 뿐이었다.

그런데 일단 그와 한번 부딪친 상대는 그것으로 다시 덤벼들 엄두를 내지 못했다.

그대로 전투불능이 되어버리는 것이었다.

급소를 맞거나 딱히 어떤 타격을 받아서라기보다는 단지 부딪치는 그 자체만으로 그랬다.

주먹끼리이건 발끼리이건 일단 맞부딪쳤다 하면, '빠각!' 하는 시린 소리가 났다.

그리고 상대는 그대로 주먹이나 발을 감싸 쥐고 그 자리에 주저앉거나 펄쩍 뒤로 물러서고 마는 것이었다.

아무리 강인한 전투력과 투지를 가졌다 해도 뼈가 박살나는 고통을 감내하면서까지 다시금 투지를 불태우기란 사실상 어려운 법이 아니겠는가.

한편 김강의 몸은 그 자체로 마치 철벽처럼 강해 보이는 데가 있었다.

혼전 중에 상대가 기습적으로 손으로 땅을 짚고 몸을 돌려 차내는 하단 돌려 차기가 김강의 종아리 부위를 정통으로 타격했을 때도 김강은 휘청거리지도 않고 꿋꿋이 버텨냈다.

오히려 그에게 하단 돌려 차기를 성공시킨 상대가 발을 감싸 안고 나뒹굴고 말았다.

그러는 중에 김강을 목표로 덤벼드는 자들은 점차로 드물게 되었고, 이래저래 김강은 조유진이나 장훈에 비해서는 덜 바쁠 수밖에 없게 되는 것이었다.

사내들의 격렬하고도 악착같은 투지에도 불구하고 형세가 사실상의 소강상태로 접어들고 만 것은 싸움이 시작되고 난 다음 얼마 지나지도 않아서였다.

이미 십여 명이 넘는 사내들이 바닥에 주저앉거나, 심하게 절뚝이거나, 혹은 축 늘어진 한쪽 팔을 부여잡고 있거나 하는 상태로 되어 있었기 때문이다.

사내들은 처음에는 말 그대로 '죽이고야 말 듯한' 악과 독기를 내뿜었지만, 이제는 더 이상 부딪쳐 볼 의욕을 상실한 것처럼 보였다.

다만 아직까지 그만두라는 명령이 내려지지 않고 있었기에 끝까지 악과 독기를 해제할 수 없다는 식으로 버티고 있을 뿐인 것 같았다.

"그만! 철수!"

한순간 건물 안쪽에서 묵직한 목소리의 명령이 하달되었고, 그 즉시로 사내들은 서로를 부축하고, 또 끌고 하면서 건물 안쪽으로 사라졌다.

"나는 김강이다. 오라는 대로 왔으니 서로 얼굴부터 보는 게 순서가 아닐까?"

김강이 건물 안쪽에 있을 상황의 암중주재자를 향해 말했다.

굳이 목소리를 높이지 않았어도 주변의 침묵 덕에 그의 목소리는 차분하게 사방으로 퍼져 나갔다.

잠시 후.

건물 안쪽에서 되돌아 나온 것은, 김강의 말에 대한 대답이 아니라 난데없는 박수 소리였다.

짝짝짝!

그 경쾌한 소리는 후텁지근하게 달아오른 주변의 공기에 다시금 팽팽한 탄력을 불어넣고 있었다.

한순간 주변이 환하게 밝혀졌다.

건물 천장에 임시로 달아놓은 듯한 몇 개의 백열등에 불이

들어온 때문이었다.

그리고 어느 틈엔지 맞은편으로는 십여 명의 인물들이 새롭게 나타나 있었다.

사내들은 유니폼이라도 되는 듯이 검정색 정장 차림 일색이었는데, 그들 가운데의 한 사내만이 유독 회색의 정장 차림이어서 돋보이는 데가 있었다.

희끗희끗한 반백의 머리를 가진 그 중년의 사내야말로 바로 조금 전에 박수를 친 주인공일 것이었다.

또한 오늘 이 자리에서 벌어지고 있는 상황의 주재자이기도 할 것이고.

자줏빛 계통의 색이 짙게 비치는 안경알 너머로 잠시 김강 등을 응시하고 있던 중년 사내가 문득 입을 열었다.

묵직하게 가라앉은 톤이었다.

"덕분으로 오랜만에 흥미로운 구경거리를 즐길 수 있었네. 그러나 아무래도 놀이는 이쯤에서 접어야겠지?"

그러자 그 말을 기다리기라도 했다는 듯, 그의 양옆으로 늘어서 있던 십여 명의 사내들이 일제히 김강 등을 향해 뭔가를 겨누었다.

순간 장훈이 나지막하게 투덜거렸다.

"제기랄!"

권총이었다.

보통의 권총보다는 조금 더 길쭉해 보이는.

"그거 진짜 총 맞소?"

불쑥 그렇게 묻는 김강에 대해 사내는 오히려 여유있게 웃어 보이며 되물었다.

"왜, 가짜같이 보이나?"

김강이 희미하게 웃으며 말을 받았다.

"글쎄올시다. 진짜인 것 같기도 하고? 그런데 대한민국에서 권총같이 위험한 물건을 아무나 가질 수 있는 건 아니지 않소? 그렇다고 당신들이 무슨 군이나 경찰일 리도 없을 테고……."

"하하하! 그럼 한번 시험해 볼 용의가 있나?"

"어떻게 말이오?"

"뭐 어려울 게 있겠나? 쏴서 총알이 나가면 진짜고, 안 나가면 가짜인 게지."

마치 가볍게 농담이라도 한다는 듯한 사내의 말에 김강이 가볍게 고개를 갸웃해 보였다.

그러나 김강은 이내 고개를 끄덕였다.

"좋소. 그렇게 해봅시다. 일단 한번 쏴보시오."

짐짓 호기를 부리는 듯한 김강의 반응이 다소 의외였던 듯, 중년 사내는 색안경 너머로 잠시 묵묵하게 김강을 응시하였다.

그러다 그가 다시 물었다.

"일단이라고 했나? 그런데 총알이 가슴에 박히고 나서 다시 이단이 있을까?"

김강이 툴툴거리며 웃었다.

"후후후! 기왕에 여기까지 사람을 불러놓고, 그렇게 허무하게 끝내기야 하겠소? 그전에 우리는 협상부터 해야 할 것 같은데……?"

"협상?"

"인질을 잡았을 땐 뭔가 바라는 게 있어서였을 것 아니오?"

그러나 사내는 천천히 고개를 저었다.

"협상은 없어. 다만 너희들은 내 취조에 응하기만 하면 돼."

그리고 사내는 좌우의 사내들을 향해 단호하게 명령했다.

"총구 상향! 단발 발사!"

퍽!

퍼퍽!

퍼퍼퍽!

잇달아 터져 나온 그 소리는 마치 좁은 공간으로 공기가 세차게 빠지는 듯한 가벼운 폭발음들이었다.

그리고,

팅!

티팅!

티티팅!

건물 천장의 십여 군데에서는 시멘트 가루가 뽀얗게 흩날렸다.

진짜 권총이었다. 소음기가 장착된.

누가 먼저랄 것도 없이 조유진과 장훈이 한 발씩 앞으로 나섰다.

김강의 앞을 가로막는 형세였다.

두 사람의 등과 어깨가 과도한 긴장으로 인해 잔뜩 굳어 있었다.

중년 사내가 차갑게 변한 어조로 말했다.

"보았다시피 진짜 총이다. 그리고 어리석은 만용은 부리지 않는 게 좋아. 여기 내 부하들은 내 명령 한마디에 바로 방아쇠를 당길 것이고, 나 또한 명령을 내리는 데 주저하는 사람이 아니니까."

그때 김강은 한결 가라앉은 표정이 되어 있었다.

그가 무거운 목소리를 뱉었다.

"이건 너무 불공평하군."

김강의 그 말에 중년 사내는 돌연 표정을 확 일그러뜨리고 말았다.

"불공평? 야, 이 새끼야? 지금 이 상황이 장난인 줄 알아? 아직도 똥인지 된장인지 분간이 안 되니?"

그러나 김강은 오히려 불만스러운 투가 되었다.

"제길! 언제 힌트라도 줬어야 알지? 도대체 당신들 정체가 뭐야? 그리고 우리한테 이러는 이유가 뭐야? 그 정도는 알려 줘야 똥인지 된장인지 구분을 해도 할 거 아냐?"

김강이 오히려 목소리를 높이자 중년 사내는 잠시 어이없다는 듯 차라리 허허거리다가 충고라도 하는 투로 말을 했다.

"이게 다 너희들이 주제넘게도 안 건드려야 될 물건을 건드린 탓이다."

이어 그는 좌우의 사내들에게 명령했다.

"저놈들 묶어!"

사내들이 권총을 겨눈 채 접근하자, 김강의 앞을 가로막고 섰던 조유진과 장훈은 오히려 한 걸음 더 앞으로 나섰다.

잔뜩 굳은 두 사람의 표정에는 권총의 위협에도 불구하고 사내들의 접근을 결코 용납하지 않겠다는 단단한 각오가 비치고 있었다.

그때 뒤쪽에서 중년 사내가 단호하게 명령했다.

"반항하면 별도의 명령 없이 쏴도 좋다."

그 한마디의 지시는 권총 든 사내들로 하여금 순간적으로 시린 살기를 확 머금게 만드는 데가 있었다.

순간 치열하게 솟구치는 긴장 때문인지 장훈의 얼굴이 시뻘겋게 물들어갔다.

그러나 그는 여전히 사내들을 향해 공격할 자세를 조금도 흐트러지 않고 있었다.

그때 그의 등 뒤에서 차분한 한마디가 들려왔다.

"그만둬!"

김강이었다.

그리고 다음 순간 장훈의 어깨와 등에 잔뜩 실려 있던 긴장이 일시에 풀어져 버리며 그가 신음처럼 중얼거렸다.

"니미!"

"손 내밀어!"

양옆에서 권총을 겨눈 채 사내들이 다그치고 있었다.

사내들은 세 개의 수갑을 가지고 있었다.

장훈과 조유진이 잔뜩 인상을 그렸으나 이내 체념한 듯 순순히 손을 내밀고 말았다.

바로 그때였다.

"모두 꼼짝 마라!"

"무기를 내려놓고 두 손은 머리 위로 올려라!"

건물 바깥에서 일시에 고함 소리들이 터져 나온 것은 사내들이 막 장훈과 조유진의 팔에 수갑의 한쪽 고리를 채웠을 때였다.

사내들이 튕기듯이 뒤로 물러나며 일제히 권총을 바깥을 향해 겨누었다.

바깥에서 다시 누군가의 고함이 들리고 있었다.

"마지막으로 경고한다. 무기를 내려놓고 두 손을 머리 위로 올려라. 지시를 따르지 않으면 발사하겠다."

바깥쪽에서는 일단의 무리들이 속속 대열을 이뤄 포진하고 있었다.

방탄조끼와 헬멧을 쓴 복장에다 기관단총으로 무장한 소대규모의 경찰특공대 병력이었다.

그들 뒤로도 속속 병력들이 추가 배치되고 있었다.

그리고 이어 십여 대의 차량들이 브레이크 음을 내며 들이닥치고 있었다.

차량의 전조등 불빛과 서치라이트로 보이는 조명 장비가 일제히 건물 안쪽을 비추었다.

그 강렬한 빛의 이면에서 누군가 말을 꺼내고 있었다.

나지막했으나 맑은 청음에 가까운 목소리였기에 그의 말소리는 사방의 터질 듯이 팽팽한 고요 속에서 비교적 또렷하게 울려 퍼졌다.

"심 선배! 나 강원희요! 설마 기억하지 못한다고 하지는 않겠지요?"

그러나 사방은 다시 무거운 침묵 속에 잠겼다.

그리고 답답한 얼마간의 시간이 더 지난 다음에야 건물 안쪽에서 대답이 있었다.

심 선배라고 불린 사람, 바로 자줏빛의 짙은 색안경을 쓴 중년 사내였다.

"오랜만이군!"

바깥쪽에서 자신을 강원희라고 밝힌 사람이 곧바로 말을 받았다.

"선배! 이 일은 이 정도로 해두는 게 좋겠습니다. 무슨 의미인지 잘 아실 것이니 더 이상 길게 말하지 않겠습니다."

이번에 중년 사내의 대답은 그다지 늦지 않았다.

"그렇겠군. 혹시나 했는데, 역시 자네들 쪽에서 개입을 하고 있었어."

중년 사내의 목소리에서는 약간의 체념이 느껴졌다.

그리고 중년 사내는 문득 나지막하게 웃음소리를 냈다.

"후후! 내가 있을 때보다 조직이 많이 좋아진 것 같군? 나름대로는 신경을 쓴다고 썼는데도 자네들이 개입할 거라고는 전혀 눈치조차 채지 못했어."

혼자의 독백처럼 흐르는 중년 사내의 말에서는 이제 보다 뚜렷하게 허탈과 회의 같은 느낌이 묻어나고 있었다.

이번에는 바깥쪽에서 한동안의 침묵을 지키고 있었다.

그리고 잠시 후.

강원희의 담담한 목소리가 들려왔다.

"선배! 사람들을 인수해 가겠습니다. 한때나마 한솥밥을 먹었던 사람들끼리 불상사가 생기지 않도록 해주십시오."

그리고 강원희는 중년 사내의 대답을 기다리지 않고 곧바로 한쪽을 향해 명령을 내렸다.

"일소대와 이소대는 안으로 진입한다. 임무수행 중 위험 상황 발생 시는 즉각 대응해도 좋다."

그의 지시가 이어졌다.

"저격조는 진입조를 엄호하라. 목표물들의 이상행동 발견 시는 누구라도 별도의 명령 없이 즉시 타격해도 좋다."

곧이어 기관단총을 겨눈 경찰특공대들이 건물 안으로 진입하기 시작했다.

특공대들의 거침없는 진입에 주변은 일시 화들짝 긴장했지만, 모두가 우려했던 돌발 상황은 일어나지 않았다.

건물 안의 사내들은 중년 사내의 지시에 따라 권총을 바닥에 내려놓고 벽면 한쪽으로 물러난 상태였고, 특공대들도 그들이 내려놓은 권총만 수거했을 뿐, 더 이상 사내들을 핍박하지는 않았다.

특공대는 김강 등에게 건물 바깥으로 나갈 것을 지시했다.

그러나 김강은 직접 여동훈을 찾아봐야겠다고 강하게 어

필했고, 어렵사리 승낙을 얻어 특공대와 함께 건물 안쪽으로
들어갈 수 있었다.

강원희는 점프와 면바지의 수수한 차림을 한 사십대 초반
쯤의 사내였다.

그가 천천히 자줏빛 안경의 중년 사내에게로 다가섰다.

그리고 강원희는 속삭이듯 목소리를 낮추었다.

"선배! 선배가 각하 곁에 있다는 것을 알고 있습니다. 이건
상부로부터의 공식적인 전언이니 각하께 직접 전해주십시
오. 우리는 이미 충분할 만큼의 정황과 근거들을 확보하고 있
습니다. 다시 말해, 하고자 마음만 먹는다면 지금까지 얽혀왔
던 모든 상황을 일도양단으로 척결할 수 있다는 말씀입니다.
그리고 그것은 또한 여론이 절대적으로 원하는 방향이며, 대
다수 국민들은 현 정부가 보다 강력하게 나서줄 것을 요구하
고 있다는 사실을 잊지 마시기 바랍니다. 그럼에도 현 정부가
마지막 수순을 밟지 않고 있는 것은, 보다 길게 보아 더 이상
의 역사적인, 그리고 정치적인 불행을 만들지 않으려 함이라
는 것을 알아주셔야 합니다. 그러나 그 모든 고려에도 불구하
고 만약 앞으로 한 번만 더 이런 유의 불유쾌한 불상사가 벌
어진다면, 그때는 우리 쪽에서도 대세를 유보시킬 명분도, 이
유도 없게 된다는 점을 명심해 주셨으면 한다고 말씀 전해주

십시오."

말을 끝내고 강원희는 곧바로 돌아서서 바깥쪽을 향해 걸어나갔다.

일순 중년 사내의 어깨가 부르르 떨렸다.

그때 저만치 걸어가던 강원희가 문득 걸음을 멈추었다.

그리고 돌아서지 않은 채 말했다.

"그리고 선배! 이건 언젠가 선배가 제게 해주셨던 말입니다. 이쪽 계통에서 일하는 사람은 언제나 떠날 준비를 하고 있어야 하고, 일단 한번 떠났다면 결코 뒤를 돌아보지 말고 완전히 떠나야 한다고. 그게 이쪽 계통의 생존법칙이라고 말입니다."

그리고 강원희는 다시 걸어가기 시작했다.

침울한 얼굴로 변한 중년 사내의 양어깨가 힘없이 아래로 처졌다.

*   *   *

발작은 마치 영원히 끝나지 않을 것처럼 이어지고 있었다.

아니, 이대로 끝이 나고 말 것 같았다. 완전한 파멸의 끝으로.

그러나 여동훈에게 그것은 결코 체념의 이유가 되지 못하였다.

영원히 끝나지 않든, 혹은 완전한 파멸로 끝이 나든 말이다.

어느 순간부터 조금씩 조금씩 발작의 고통과 자신의 의지가 교감하고 있다고 여동훈은 여기기 시작하고 있었다.

앞서 지금까지 있었던 세 번의 발작들에서는 결코 느껴본 적이 없었던 새로운 느낌이었다.

아니, 그것은 느낌 이전의 어떤 의식이었다.

그러한 의식은 여동훈에게 약간의 기대 같은 것으로도 다가오고 있었다.

그러나 그것이 희미한 기대라고 하더라도, 역시 그것은 이 발작이 영원히 끝나지 않건, 혹은 완전한 파멸로 끝나건 하는 문제와는 전혀 다른 관점의 일이었다.

"훅!"

"후욱!"

"후욱!"

격렬한 호흡이었다.

그러나 여동훈은 마치 그것이 자신의 호흡이 아닌 것처럼, 그 격렬함의 영역에서 멀찍이 물러서서 관조하려 하고 있었다.

그런 가운데 그는 스스로가 서서히 안정되어 가고 있다는 생각을 했다.

발작은 급박한 피치로 끝없이 치달려가고 있었으나 그것은 다만 육체의 일일 뿐이었다.

그의 의지는 이제 완연히 발작의 난폭함에서, 그 고통스럽고 답답하기 이를 데 없는 폭주 속에서 벗어나고 있는 중이었다.

완전히 관조하게 된 그 순간, 여동훈은 숙명으로 그를 옭아매고 있던 속박에서 벗어났다.

해탈(解脫)!

그것은 해탈이었다.

그러나 그 순간에도 희열 같은 것이 찾아오지는 않았다.

그토록 처절하게 꿈꾸어오던 순간인데도 말이다.

드디어 그의 의지가 숙명을 뛰어넘는 순간인데도 말이다.

여동훈은 차라리 무덤덤하게 가라앉아, 저만치에서 꿈틀거리는 스스로의 발작을 마치 남의 일처럼 지켜보고 있었다.

경찰특공대와 함께 김강 등이 지하실에서 여동훈을 발견했을 때 여동훈의 모습은 처참했다.

손과 발이 묶인 채 욕조 속에 쑤셔 박혀 있었다.

그나마 물이 거의 빠져나가고 있었기에, 머리가 완연히 앞으로 숙여져 있었음에도 익사는 피하고 있었다.

장훈과 조유진이 얼른 달려들어 그를 욕조에서 끄집어내
고 묶인 손발을 풀었다.

그러는 중에 장훈 등의 표정은 분노라기보다는 차라리 참
담했다.

여동훈의 몸은 한마디로 만신창이가 되어 있었다.

온몸의 터진 상처들은 물에 퉁퉁 부어서 허옇게 터져 있었
다.

그런 중에 시퍼렇게, 혹은 거무죽죽한 멍 자국들이 전신 어
디를 가릴 것 없이 가득하여서 이미 시체가 된 듯 괴기스럽게
까지 보였다.

"정신 차려, 임마!"

장훈이 차라리 울먹이듯이 격한 절규를 토해냈다.

여동훈의 퉁퉁 부운 눈이 힘겹게 뜨여졌다.

그리고 잠시 주위를 둘러보고 상황을 감지한 듯 여동훈은
문득 툴툴거리며 웃기 시작했다.

"후후! 후후후! 으흐흐흐흐!"

고통이나 분노의 웃음은 아니었다.

절망과 좌절의 웃음은 더욱이 아니었다.

차라리 통렬하게 느껴지는 웃음이었다.

그리고 한순간 여동훈의 고개는 힘없이 꺾이고 말았다.

조유진이 급하게 여동훈의 머리를 받쳐 올렸다.

정신을 잃었지만 여동훈의 허옇게 불은 입술 끝 자락에는 한가닥 희미한 미소가 남아 있었다.

그 미소가 정말로 편안해 보인다고 김강은 생각했다.

이 참혹한 광경에서 순간적으로 왜 그런 생각이 떠올랐는 지는 그 자신도 알지 못했지만.

앰뷸런스가 도착했고, 간단한 응급조치가 취해진 후에 여 동훈은 곧바로 병원으로 후송되었다.

9. 집착

두 개의 운명을 동시에 감당한다는 것의 가능성에 대해 김
강은 보다 확고하게 회의적이 되어가고 있는 중이었다.

어떤 운명이든 결코 홀로만의 독립적인 운명일 수는 없다
는 생각은 점점 더 명료해지고 있었다.

두 개의 운명.

그중 어느 쪽의 운명이든 간에, 그가 원했건 원하지 않았
건, 두 개의 운명 각각에는 이미 각각의 관계들이 맺어져 버
렸다.

그가 인지하고 있는 관계 외에도, 미처 인지하지 못하고 있

는 관계들은 또 얼마나 되는지 그는 이제 감히 짐작조차 하지 못하게 되어버렸다.

그 각각의 운명과 이미 맺어진 그 모든 관계들에 대해서 그는 어떤 식으로든 무거운 책임을 져야만 했다.

그러한 관계들이란, 또한 어떤 식으로든 그가 소중하게 생각하는 가치들과 또한 그가 소중하게 여기는 사람들과 얽혀 있기 때문이었다.

또한 그런 의미에서 그가 자신의 운명을 그녀로 하여금 선택하라고 한 것은 지극히 무책임한 전가일 뿐이었다.

비록 그녀가 어느 쪽을 선택할지가 처음부터 정해져 있는 일이라고는 해도, 그래서 다만 '그녀의 선택'이라는 명분을 취하려 했을 뿐이라고는 해도, 그러나 결코 그녀에게 그 선택의 책임을 미루어서는 안 되는 일이었다.

'결국은 나 스스로 결정해야 할 일이었다. 그리고 그 결정에 따르는 책임 또한 내가 감당해야만 하는 것이고……!'

*   *   *

여동훈은 깊은 잠에 빠져 있었다.

그는 어제 오후부터 지금까지 계속, 장훈의 사정없이 솔직한 표현에 따르자면 마치 시체처럼 누워 있었다.

조유진과 장훈은 지난밤 내내 병실을 지켰고, 좀 전에 김강이 오면서 식사도 할 겸 잠시 쉬고 오라고 등을 떠밀어 밖으로 내보낸 터였다.

핏기 없이 창백한 얼굴이지만 여동훈의 잠든 얼굴은 김강에게 참으로 평화로워 보였다.

김강이 혼잣말로 나직하게 중얼거렸다.

"자식! 자면서도 아주 시원한 표정이구나. 그래, 이젠 완전히 벗어났기를 바란다. 그토록 고단했던 네 숙명에서 말이야!"

조유진과 장훈은 막 엘리베이터에서 내려 병실이 있는 복도의 모퉁이를 돌고 있는 중이었다.

김강은 그들에게 식사를 하고 근처 모텔에라도 가서 씻고 잠시라도 눈을 좀 붙이고 오라고 했지만, 그들은 식사만 하고서 다시 병실로 돌아오는 길이었다.

일단 여동훈이 눈을 뜨는 것을 보고 나야 휴식을 취해도 제대로 된 휴식이 될 것 같았기 때문이다.

두 사람의 몇 걸음 앞에서 사내 하나가 걸어가고 있었다.

사내는 병실을 찾는지 연신 병실번호를 확인하고 있었다.

그런데 조유진과 장훈은 동시이다시피 사내의 뒷모습에다 유심한 눈길을 주고 있었다.

사내의 뒷태가 참으로 잘 빠졌기 때문이다.

한마디로 해서 참으로 잘 만들어진 몸매였다.

딱히 근육질이거나 우람해서가 아니라, 힘과 유연성이 잘 갈무리된 소위 다듬어진 몸매였다.

달리 얘기하면 사내가 몸을 쓰는 데 있어서 고수급이라는 얘기가 되는 것이기도 했다.

물론 조유진이나 장훈 또한 그런 측면에서는 고수급이라고 할 수 있기에 그런 것을 알아볼 수 있는 것이겠지만.

사내는 하나의 병실 앞에서 멈춰 섰다.

순간 조유진과 장훈은 서로의 얼굴을 마주 보았다.

바로 여동훈의 병실 앞이었기 때문이다.

사내는 다시 한 번 병실번호를 확인하고 나서 막 노크를 하려 하고 있었다.

조유진이 발걸음을 빨리하여 다가가며 물었다.

"잠깐만요. 누구신지……?"

빠른 눈길로 조유진과 장훈을 훑어본 사내의 눈빛에 약간의 긴장이 떠올랐다.

그러나 사내는 곧 엷게 어색한 웃음을 떠올리며 대답했다.

"저, 김강 회장님을 좀 뵈러 왔습니다만……."

조유진의 표정이 미미하게 굳어졌다.

"저희 회장님이 여기 계신다는 것을 어떻게……?"

사내의 표정에 설핏 당황의 기색이 스치는가 했는데 이내 차분한 얼굴로 다시 대답했다.

"회장님실로 전화를 넣었더니 여기 병원으로 가셨다고 하더군요."

조유진의 고개가 설핏 갸웃거렸다.

그러나 그는 다시금 질문을 던지고 있었다.

"그런데 무슨 일로……?"

이어지는 조유진의 질문이 심문처럼 여겨졌던지 사내의 이마에 가볍게 주름이 잡혔다.

"급히 전해 드릴 말씀이 있어서… 중요한 일이라 제가 직접 찾아뵙고 전해 드려야만 합니다."

조유진이 다시 한 번 꼼꼼하게 사내를 살펴보고 나서 말했다.

"그럼 성함을 말씀해 주십시오. 제가 먼저 회장님께 말씀을 드려보겠습니다."

그러자 사내는 약간의 주저함을 보였으나 이내 차분한 목소리로 말했다.

"유기현이라고 합니다. 회장님께는 일전에 한 번 가르침을 받은 적이 있었다고 말씀드리면 기억을 하실 겁니다."

"혹시 유기현이라는 사람 아십니까?"

병실로 들어서며 조유진이 김강에게 물었다.

"유기현?"

김강이 잠시 생각하는 기색이다가 고개를 저었다.

그러자 조유진이 말을 덧붙였다.

"전에 한 번 가르침을 받은 적이 있다고⋯⋯."

김강이 그제야 문득 떠오르는 것이 있는 듯 고개를 끄덕였다.

"아, 그래! 그 유기현? 그런데 그 사람은 왜?"

"회장님을 뵙겠다고 지금 병실 밖에 와 있습니다."

"그래?"

김강이 잠시 생각을 하는 듯하다가 이내 앉아 있던 자리에서 몸을 일으켰다.

병실을 나서려는 김강을 조유진이 따르려 하자 김강은 가볍게 손을 저었다.

"아아! 번거롭게 따라 나올 것 없어! 아는 사람이니까, 무슨일인지 잠시 얘기만 듣고 바로 돌아올 거야."

유기현은 복도 모퉁이에 있는 커피자판기 앞 휴게공간으로 김강을 안내했다.

그리고는 곧바로 자신의 휴대전화로 어디론가 전화를 걸어서는 김강에게로 넘겨주었다.

"받아보십시오."

"……?"

김강이 선뜻 받지 않고 보고만 있자 유기현이 덧붙였다.

"저희 사장님이십니다."

김강이 조금은 굳은 안색으로 되며 물었다.

"이승조 사장?"

"예!"

전화 저편의 목소리는 과연 이승조였다.

그의 목소리는 무거운 침울과 짙은 분노로 잔뜩 가라앉아 있었다.

"나 이승조다."

김강이 간단히 말을 받았다.

"무슨 일인가?"

그러자 전화 저편에서 이승조는 나지막하게 웃음소리를 냈다.

"후후! 반갑지 않은 모양이군?"

"솔직히 좀 그렇군. 중요한 일이 아니라면 이만 끊고 싶네만?"

"반갑지 않기는 나도 마찬가지야. 그러나 너에게 볼일이 많은데 어떡하지?"

"자네가 볼일이 있다고 나까지 볼일이 있어야 하는 건 아

닌 것 같은데?'

전화 저편에서 잠시간의 침묵을 가져가고 있었다.

그리고 잠시 후.

이승조는 다분히 날카로워진 어조로 다시 말을 뱉고 있었다.

"넌 내게로 와야 한다. 지금 즉시!"

그 일방적이고도 단호한 어조에 김강이 당장에 뭐라고 말을 받지 못하자 이승조의 목소리는 가파르게 격한 톤으로 변하고 있었다.

"나는 네게 받을 빚이 많은 사람이다. 지금 즉시 네가 이리로 오지 않는다면, 넌 오늘 중으로 두 개의 끝을 보게 될 거다. 나와 정들의 끝을. 흐흐흐! 어차피 난 더러운 구렁텅이에 빠져 버렸다. 헤어날 수 없는 구렁텅이지. 바로 네가 밀어 넣은 파멸의 구렁텅이다. 그러나 이대로는 나의 파멸을 용납할 수가 없어. 나 혼자일 수는 없다는 거다. 네가 오든 안 오든 사실은 별 상관이 없어. 널 이 더러운 파멸의 구렁텅이 속으로 끌어들이고 싶기는 하다만, 흐흐흐! 네가 오지 않더라도 나는 정들과 함께 마지막을 맞을 수 있다는 것만으로도 만족할 수 있으니까."

응축된 분노를 한꺼번에 터뜨려 내듯이 이승조의 목소리는 흥분으로 떨리고 있었다.

"무슨 소리야? 정들이 왜 거기에 있다는 거냐?"

고함을 지르듯이 되묻는 김강에 대해 이승조는 차갑게 웃으며 답했다.

"정들은 지금 나와 함께 있다."

일순 김강의 안색이 창백하게 변했다.

그러나 그런 중에도 그는 짧게 숨을 들이켜며 차분하려 무진 애를 쓰는 기색이었다.

김강이 전화 저편의 상황과 의도를 좀 더 찔러보려는 듯 짐짓 가벼운 어조로 다시 물었다.

"이봐! 장난치고는 좀 심하지 않나? 내가 본 이승조 당신은 이런 일과는 어울리지 않아. 이런 일도 아무나 할 수 있는 게 아니거든?"

그때 전화 저편의 목소리가 갑자기 다른 사람의 것으로 바뀌었다.

"그래? 그럼 나는 어떨 것 같나? 흐흐흐! 나라면 이런 일에 너무 잘 어울려서 탈이지 않겠나?"

김강이 대번에 날카로운 어조로 되며 물었다.

"당신 누구야?"

"어이, 김 회장! 김강이! 나야, 나! 설마 날 모른다고 하지는 않겠지? 그러면 정말 섭섭하지?"

순간 김강의 안색이 급변하고 말았다.

"강순태?"

전화 저편의 상대가 느물거렸다.

"흐흐흐! 왜 아니겠나? 어때? 오래간만인 것 같은데, 반갑지 않나?"

김강의 얼굴은 더 이상 굳어질 수 없을 정도로 딱딱하게 굳어들고 말았다.

강순태의 목소리를 들으면서 그가 가지고 있던 마지막 한 가닥의 여지마저도 완전히 사라져 버리고 말았기 때문일 것이었다.

잠시 후.

김강이 무겁게 가라앉은 목소리로 말했다.

"솔직히 반갑다고는 못하겠군."

"안 반가워? 흐흐흐! 그래, 나야 반갑지만, 자네 입장에서는 안 반가울 수도 있겠어. 나는 받을 게 있는 입장이고, 자네는 갚아야 할 빚이 있는 입장이니까 말이야. 안 그래?"

김강이 문득 말을 돌렸다.

"어떻게 당신과 이승조 사장이 함께 있지?"

"왜? 그럼 안 되나?"

"두 사람 사이가 그다지 어울리는 것 같지는 않는데?"

"흐흐흐! 사실은 그렇지. 나 같은 조폭하고, 쟁쟁한 재벌 2세가 어울린다면 그게 더 이상하겠지? 그런데 어쩌다 보니 그렇게 됐어. 그게 다 자네 덕분이지. 흐흐흐! 알고 보니 여기 이 사장도 자네에게 쌓인 감정이 나 못지않게 많더라고? 그래서 잠시 나하고 손을 잡았지. 간단히 말해서, 자네한테 맺힌 원한 좀 같이 풀어보자 하고 전기가 통한 거지. 어이! 이거 말이 길어지는 것 같은데, 우리 자세한 얘기는 만나서 하자고?"

김강이 다급하게 말을 따라 붙였다.

"이봐! 지금 당신들이 무슨 짓을 벌이고 있는지 알기나 해? 이승조 사장 바꿔봐!"

그러나 전화 저쪽 강순태의 목소리는 차갑고도 단호하게 변해 있었다.

"어이! 니 애인 데려가고 싶으면 입 닥치고 지금 즉시 튀어오는 게 좋아. 조용히 혼자 말이야. 아! 아까 이 사장도 비슷한 소리를 하더라만, 내키지 않으면 굳이 오지 않아도 돼. 사내자식이 그럴 수도 있지 뭐. 쪼쫀하게 여자 하나 때문에 목숨 걸 필요까지야 있나? 흐흐흐! 대신에 난 니 애인에게 화풀이를 좀 해야겠어. 그때 이후로 도무지 화가 가라앉지를 않는다는 말씀이야. 아! 그리고 내가 지금 무슨 짓을 벌이고 있는지 아느냐고 물었나? 흐흐흐! 그렇게 걱정해 주지 않아도 돼. 자네 덕분에 난 이미 이판사판 합의 여섯 판으로 막가는 인생이 되어버렸으니까. 눈에 뵈는 게 아무것도 없거든? 자! 내 말은 여기까지야. 이제부터는 자네 마음대로 해!"

김강의 목소리가 더욱 다급해졌다.

"잠깐만! 그래도 목소리는 한번 들려줘야 할 것 아닌가?"

그러자 저편의 강순태가 다시금 느글거렸다.

"목소리? 호오, 이런 상황에서도 목소리를 듣고 싶을 만큼 둘이서 그렇게나 죽고 못사는 사이였나? 이봐! 아무리 그래도 그렇지, 지금 상황에서 그렇게 진하게 표시를 내면 좀 곤란하지 않을까? 여기 이 사장 쪽 입장도 좀 생각해 줘야 하는 거 아니냐 하는 말이야?"

나지막하게 웃는 듯 잠시의 틈이 있은 후 전화기에서 강순태의 목소리가 다시 흘러나왔다.

"좋아! 자네가 정히 원한다면, 들려주지 뭐! 그렇게 어려운 일은 아니니까 말이야. 아! 그런데 한 가지는 미리 알아두라고. 아까도 말했다시피 나나 이 사장이나 자네한테 쌓인 감정이 작지 않아서 말이야, 어려운 일이 아니라고 하더라도 공짜로는 죽어도 안 되겠는데? 그래서 말인데, 내가 들려줄 소리가 자네 애인의 비명 소리가 되더라도 괜찮겠나? 그래도 듣고 싶다면 지금 바로 들려줄 수 있겠는데……."

순간 김강은 상처 입은 맹수처럼 으르렁거리고 말았다.

"개새끼!"

"지금 바로 모시고 오라는 지시를 받았습니다."

유기현은 사뭇 조심스러운 기색이었다.

김강이 눈빛 가득 분노를 담고서 나직이 말했다.

"당신도 지금 이 어처구니없는 일에 동조하고 있는 거요?"

순간 유기현의 입이 꽉 다물어졌다.

그러나 그는 곧 김강의 눈길을 피한 채로 대답했다.

"죄송합니다. 저는 다만 지시에만 따를 뿐입니다."

유기현을 따라 김강은 병원의 로비를 나섰다.

현관 바로 앞에는 한 대의 검은색 승용차가 대기하고 있었다.

김강이 뒷자리로 타자 유기현이 그 옆으로 타면서 사뭇 사무적인 투로 말했다.

"휴대폰 좀 주시겠습니까?"

그에 대해 김강은 불쾌한 기색을 굳이 감추지 않았다.

"에티켓이 엉망이군. 내가 직접 전원을 끄면 되겠나? 이게 좀 비싼 물건이거든?"

김강의 말투가 확연히 변했음에도 유기현은 전혀 개의치 않는 듯했다.

"제가 직접 전원을 꺼드리겠습니다."

김강이 차갑게 웃으며 자신의 휴대폰을 유기현에게 넘겼다.

"후후! 꼭 그래야겠다면……."

　　　　　*　　　　　*　　　　　*

　"회사는 별일없냐?"

　장장 열 몇 시간의 깊고도 긴 잠에서 깨어나며 여동훈이 뱉은 첫 말이었다.

　"지금 회사 걱정할 때냐?"

　"회장님은?"

　장훈이 간단히 설명해 주는 말들을 듣던 중에 여동훈은 대뜸 목소리를 높였다.

　"그래서 혼자 나가시게 했다는 거야?"

　"아는 사람이고, 또 잠깐 얘기만 하고 오겠다고 따라 나오지 말라고……."

　그러다 장훈은 못마땅하다는 투가 되었다.

　"야! 그런데 너 너무 예민해하는 것 같다?"

　그러자 여동훈의 말은 이윽고 질책하는 것으로 되어버렸다.

　"내가 지금 이 꼴로 여기 누워 있는데도 그런 태평한 소리가 나오냐? 당장 나가봐! 무슨 일이 있든 없든 일단 찾아서 모시고 오란 말이다."

　여동훈의 얼굴에는 어느새 약간의 긴박감마저 떠올라 있

었기에 장훈은 그만 머쓱한 얼굴이 되어버렸다.

"회장님과 같이 나간 사람이 누구라고?"

여동훈이 문득 다시 묻자 장훈은 힐끗 조유진 쪽을 봤다.

조유진이 잠시 기억을 되돌리는 모습이다가 이름 하나를 말했다.

"유기현! 유기현이라고 했고, 전에 회장님께 가르침을 받은 적이 한 번 있다고 했어."

그에 대해 여동훈이 다그치듯이 말했다.

"회사로 전화해서 종합인명록에서 유기현이라는 이름을 검색하라고 해."

장훈이 슬그머니 자리에서 일어서며 말했다.

"야야! 일단 진정 좀 해라. 의사가 한동안은 절대안정을 취해야 한다고 했다니까? 내가 나가볼게. 나가서 확인해 보면 될 걸 가지고, 그 참!"

여동훈에 대해 괜한 부산을 떤다는 투덜거림을 남기고 장훈은 병실을 나가 버렸다.

그런 장훈의 등 뒤에다 대고 여동훈이 인상을 확 그렸다.

"저 자식이? 내가 지금 장난하고 있는 줄 알아?"

그사이에 조유진은 회사로 전화를 걸고 있었다.

조유진과 여동훈의 얼굴에 긴장이 떠올라 있었다.

회사의 종합인명록을 검색한 결과 뜻밖의 사실이 드러났기 때문이다.

그때 마침 장훈이 병실로 돌아왔다.

그런데 장훈 또한 자못 당황한 기색이었다.

"병원 내에는 안 보여. 휴대폰도 꺼져 있고."

여동훈은 오히려 차분해져 있었다.

"그럼 회장님은 그자와 같이 병원을 나갔다는 얘기가 되는데… 그동안 행적을 감추고 있던 이승조의 비서가 불쑥 회장님 앞에 나타났고, 또 회장님은 우리에게조차 아무런 말도 없이 그 비서를 따라가셨다?"

장훈이 혼잣말처럼 말을 보탰다.

"이승조는 우리한테 이를 갈고 있을 텐데……?"

이어 여동훈의 어조는 단정적으로 변했다.

"분명 뭔가 사단이 생긴 거다."

"음!"

듣고 있던 조유진에게서도 묵직한 소리가 흘러나왔다.

여동훈의 말이 급해지고 있었다.

"전원은 꺼졌어도 몸에만 지니고 있다면 회장님의 휴대폰에는 별도의 소형 비상전원 칩이 심어져 있으니까, 아주 외진 곳으로 격리되지만 않았다면 위치신호를 잡을 수도 있을 거다. 빨리들 움직이지 않고 뭐 해? 조사 팀에다 회장님 휴대폰

위치조회 지시하고, B팀 전원 비상대기 시켜!"

조유진과 장훈이 각자 휴대폰을 붙잡고 급한 말들을 쏟아
내고 있는 중에 여동훈 또한 휴대폰을 통해 누군가와 나지막
이 통화를 나누고 있었다.

조유진은 자신의 통화를 하는 도중에 여동훈이 상대에게
하는 말 중 몇 마디를 흘려들을 수 있었다.

'팀장님!', '선처해 주십시오!' 하는 따위의 말들이 몇 차
례 반복해서 들렸기 때문이다.

급한 전화들을 끝내고 나서 여동훈의 표정은 더욱 어두워
져 있었다.

그의 얼굴은 딱딱하게 굳다 못해 안 그래도 창백하던 얼굴
이 아예 하얗게 질려 있는 듯했다.

"무슨 짓이야?"

장훈이 놀라 외치며 급하게 여동훈에게로 다가가 그의 손
목을 낚아챘다.

여동훈이 손목에 꽂고 있던 링거 바늘을 빼려 했기 때문이
다.

"상황이 아주 안 좋다. 도움을 받을 데도 없고, 오로지 우
리 힘만으로 해결을 해야만 한다."

여동훈의 말과 표정에는 어떤 절박한 결의 같은 것이 녹아

있었다.

그러나 그 순간 장훈은 오히려 피식하는 웃음기를 떠올리고 있었다.

"야! 그럼 우리가 언제는 별시리 누구의 도움 같은 것 받은 적이 있었냐? 당연히 우리 힘으로 해결해야지. 하지만 넌 아니야. 이 몸으론 안 돼. 괜히 사람 신경 쓰이게 하지 말고 얌전히 누워 있어라. 야! 누워서도 상황 파악하고 지시하고 다 할 수 있잖아? 여기 병실을 종합지휘부로 하면 될 거 아니냔 말이야?"

여동훈은 가만히 한숨을 불어 내쉬었다.

조유진이 차분한 기색으로 물었다.

"경찰 쪽에도 도움을 요청해 두는 게 좋지 않을까?"

그러나 여동훈은 고개를 저었다.

"이 일에 이승조가 개입돼 있는 것이 사실이라면, 어쩌면 그들은 우리가 상상하는 이상의 각오일지도 몰라. 이를테면 같이 죽자 하는 심정일지도 모른다는 얘기야. 만약 그들이 이해타산을 따졌다면 결코 이런 무리수까지는 두지 않았을 테니까. 그런 측면에서 경찰을 끌어들이는 것은 자칫 상대를 극단적으로 자극할 위험이 커. 일단은 우리 선에서 대응을 해나가면서 상황을 봐가며 추가적인 조치를 하기로 하자!"

여동훈이 입술을 한번 꽉 깨물었다가 말을 덧붙였다.

"그런데 B팀 중에 조장급 열 명은 이 일에 동원할 수 없게 되었다."

장훈이 반사적으로 물었다.

"왜? 그게 무슨 소리야, 지금?"

여동훈은 잠시 침울한 기색으로 되었다.

그러나 그는 곧 표정을 추스르고 해야 할 일들을 지시했다.

"이유는 나중에 설명하기로 하고, 일단 유진이는 조사 팀의 위치추적 상황과 연계해서 먼저 좀 움직여 주고, 장훈이는 B팀의 나머지 요원들을 지휘해서 상황에 따라 즉시 전력을 투입할 수 있도록 준비하도록 해!"

*   *   *

김강이 탄 차는 도심을 한참이나 벗어나 근교의 한적한 지방도를 한참이나 달리다가 다시 어느 농원의 팻말이 걸린 좁은 도로로 들어섰다.

이윽고 차가 멈추어 선 곳은 잘 꾸며진 입구의 조경을 보는 것만으로도 제법 규모가 커 보이는 농원이었다.

농장으로 통하는 길은 나지막한 철문으로 막혀 있었다.

유기현이 어디론가 전화를 하자 기다리고 있었던 듯 서너 명의 사내들이 뛰어와 철문을 열었다.

시야가 미치는 곳까지의 넓은 대지에는 잘 손질이 된 과수나무들과 조경수들이 심어져 있었다.

그 가운데로는 트럭 한 대가 다닐 정도의 시멘트 길이 나 있었다.

길을 따라 한참이나 올라가 다시 차가 멈춘 곳은 나무들 사이로 제법 넓게 트인 공간에 자리 잡은 아담한 단층의 건물 앞 공터였다.

"내리시죠!"

먼저 내려서 문을 열어주는 유기현을 잠시 보고 있다가 김강은 천천히 차에서 내렸다.

그때 유기현이 슬쩍 김강의 옆을 스치면서 나지막하게 속삭였다.

"죄송합니다. 부디 조심하십시오."

그리고 유기현은 서둘러 차에 올라탔고 차는 곧장 출발하여 아직도 끝없이 뻗어 있을 듯한 시멘트 길을 따라 곧장 위쪽으로 달려가 버렸다.

김강의 묵묵한 눈빛이 잠시 차의 뒤꽁무니를 쫓았다.

단층 건물 뒤편으로부터 이십여 명의 사내들이 모습을 드러내고 있었다.

이어 사내들은 아무런 말도 없이 발바닥을 바닥에 끌 듯이 하는 다소 특이한 걸음걸이로 다가와서 김강의 주위를 둘러

쌌다.

　사내들에 대해 김강은 다만 일별하였을 뿐, 가볍게 뒷짐을 지고서 시선을 먼 곳에다 두고만 있었다.

　단층 건물 안에서 강순태가 나온 것은 잠시 후였다.

　"어이, 김 회장! 오랜만이야!"

　사내들의 바로 뒤쪽에서 멈춰 선 강순태가 짐짓 반갑다는 듯 김강을 향해 손을 들어 보였다.

　그러나 김강의 반응은 차갑기만 했다.

　"서로 내키지 않는 인사는 생략하도록 하지?"

　순간 강순태의 입매가 슬쩍 비틀어졌다.

　"그 새끼… 참! 이 와중에도 부릴 성질은 다 부리고 있네."

　김강의 눈썹이 꿈틀하였다.

　그러자 강순태는 다분히 과장된 몸짓으로 움찔 놀라는 시늉을 해 보였다.

　"아아! 진정해! 진정하라고!"

　이어 강순태는 짐짓 능글맞게 덧붙였다.

　"아! 그리고 자네 애인에 대해서는 크게 걱정할 필요 없어. 사실 자네가 목적이었지, 자네 애인이야 뭐 어떻게 해볼 생각을 했겠나? 흐흐흐! 하긴, 가까이에서 보니까 잘 빠지긴 잘 빠졌데? 그래서 말인데, 자네도 너무 거칠게 굴 생각은 안 하는 게 좋겠어. 사람이 감정의 동물이라고 하잖아? 자네가 너무

험하게 나오면, 나도 그 분풀이를 누구한테 할지 모르는 거거든?"

강순태의 빙글거림에서는 김강을 격동시키고 조롱하고자 하는 의도가 선명하게 엿보이고 있었다.

김강은 강순태를 향해 선뜻 한 걸음을 내디뎠다.

그러자 앞쪽에 사내들이 벽을 형성하고 있음에도 불구하고 강순태는 슬쩍 뒤로 한 걸음을 물러섰다.

그리고 짐짓 김강을 달래는 투가 되었다.

"이봐, 이봐! 여자에 대해 너무 약한 모습을 보이는 거 아냐? 흐흐흐! 난 솔직히 자네가 여자 하나 때문에 이렇게 대책 없이 올 것이라는 데 대해서는 그렇게 많이는 기대를 하지 않고 있었거든? 어쨌든 너무 걱정하지 말래도? 자네 애인은 안전한 곳에다 고이 모셔두었어."

김강이 차분하게 물었다.

"그럼 여기에 없다는 거냐?"

강순태가 빙글거리며 고개를 가로저었다.

"이런, 이런! 일이 그렇게 쉬워서야 어디 재미가 있나?"

"어떻게 하겠다는 건가?"

"아아! 너무 서둘지 말라니까? 어쨌든 자네가 여기까지 온 이상 이제 칼자루는 확실하게 내가 잡은 셈인데, 자네는 그렇게 뻗댈 입장이 전혀 아니지? 안 그래? 그리고 기왕에 잡은 칼

자루인데 한번 제대로 휘둘러 보지도 않고 넘겨준다면 내가 너무 많이 손해를 보는 게 되잖아?"

김강은 더 이상 말을 하지 않았다.

다만 강순태와 묵묵히 눈길을 맞추고만 있었다.

일순 강순태가 이빨을 한번 악다물었다 다시 풀며 씹어뱉 듯이 나지막한 웃음으로 말을 이어냈다.

"흐흐흐! 자네가 마음에 들어하지 않더라도 이제부터의 일 의 방향은 내가 결정해. 그리고 내가 관심있는 건 단 하나야. 자네가 날 상대로 장난친 대가를 지불해 주는 것! 흐흐흐! 물 론 내 방식대로 말이지. 흐흐흐흐⋯⋯!"

강순태의 음산한 웃음소리가 묘하게 끌리고 있었다.

그러다 한순간 돌연 강순태의 목소리가 차갑고도 거칠게 변했다.

"새끼! 널 위해 몇 가지 재미있는 이벤트를 준비해 놓았 다."

억눌러 놓았던 분기를 한꺼번에 터뜨리기라도 하듯이 강 순태의 얼굴로는 짙은 살기마저 떠올라 있었다.

"흐흐흐! 궁금하겠지만 미리 다 알면 재미가 덜할 테니까 하나씩 하나씩 차례대로 맛을 보여주도록 하지."

강순태는 김강을 포위하고 있는 사내들을 가리켰다.

"후후후! 자네는 꽤나 다방면으로 감정을 쌓았더구만? 바다 건너에서까지 이를 가는 사람들이 있는 걸 보면 말이야? 애들 물 건너온 쪽바리들이야."

그러다 강순태는 갑자기 뒤쪽을 향해 짧게 외쳤다.

"야! 가지고 와!"

그러자 단층 건물 쪽에서 강순태의 부하로 보이는 사내 하나가 뛰어왔다.

"던져 줘라!"

강순태가 이어 지시하자 사내는 옆구리 쪽에다 붙여 세워서 들고 있던 긴 막대기같이 보이는 물건 하나를 김강을 향해 던졌다.

탱!

김강이 서 있는 근처 바닥으로 떨어지며 황량한 쇳소리를 내는 그것은 한 자루의 쇠파이프였다.

그때 강순태의 나직한 웃음소리가 들렸다.

"흐흐흐! 애들이 모두 다 한 칼질씩 하는 것 같더라고? 그런데 겨우 첫 번째 순서부터 맥 대가리 없이 골로 가버리면 너무 섭섭할 거 같단 말이지?"

이어 강순태는 슬쩍 시멘트 길의 위쪽을 고갯짓으로 가리키며 말을 보탰다.

"저 위쪽 모퉁이 보이지? 그 모퉁이를 돌아서 한 백 미터쯤 더 가다 보면 집이 또 한 채 있어. 거기서 널 기다리도록 하지. 호호호! 물론 네 애인과 함께 말이야. 자! 그럼 니 애인을 위해서라도 아무쪼록 잘 버텨내고, 거기에서 다시 만나도록 하자고?!"

그리고 강순태는 느긋하게 몸을 돌려 시멘트 길 쪽으로 걸어갔다.

그때 단층 건물 쪽에서는 새로이 십여 명의 사내들이 나와 강순태의 뒤를 따랐다.

길의 위쪽 모퉁이쯤에서 강순태는 잠깐 멈춰 서서 뒤를 돌아보지 않은 채 한쪽 손을 들어 보였다.

그리고 강순태와 그의 부하들의 모습은 모퉁이를 돌았고 이윽고는 보이지 않게 되었다.

스룽!

스르룽!

이십여 명의 사내들이 일제히 칼을 빼 들었다.

대략 일 미터 정도의 길이에 적당히 휘어진 도신(刀身).

일본도(日本刀)였다.

자신을 향해 겨누어진 이십여 자루의 칼들에서 뿜어지는 차가운 예기를 받으면서 김강의 시선은 도기(刀氣)의 숲을 넘어 한곳을 응시하고 있었다.

포위망에서 멀찍이 떨어진 그곳에는 언제 나타났는지 사

내 하나가 차분한 느낌으로 서 있었다.

아래위 짙은 검은색 정장에 또한 짙은 검은색의 선글라스를 쓴 사내였다.

그의 여유와 차분함만으로도 그가 바로 이십여 무리들의 우두머리라는 느낌이 확 풍겨나고 있었다.

"하!"

누군가 짧은 기합 소리를 토해냈다.

그리고 그것이 신호이기라도 한 것처럼 섬뜩한 칼바람이 소용돌이처럼 일어나기 시작했다.

바로 그 소용돌이의 한가운데서 김강의 몸은 한순간 바닥으로 푹 가라앉았다.

눈대중을 하고 있었기에 급박한 움직임에도 쇠파이프는 정확하게 그의 손아귀에 틀어잡혔다.

주저앉은 자세 그대로 김강의 몸이 왼쪽 발꿈치를 축으로 하여 빙그르르 한 바퀴를 돌았다.

그리고 동시에 그 회전력을 빌어 그의 손에 틀어쥐인 쇠파이프가 땅바닥을 스치듯이 한 바퀴 사방을 쓸어갔다.

그러자 김강의 주변이 일시 휘청하며 우르르 뒤로 물러나고 있었다.

또한 그러는 중에,

"악!"

"큭!"

하고 고통으로 가득 찬 단음의 비명 두어 마디가 터져 나왔다.

김강이 불쑥 몸을 솟구쳐 올렸을 때 근처에서는 사내 둘이 발목과 무릎 아래쪽을 부여잡고 바닥을 뒹굴고 있었다.

김강은 틈을 주지 않고 전방으로 두세 걸음을 쫓아 나아가며 맹렬하게 쇠파이프를 휘둘렀다.

창!

차앙!

탱!

태앵!

쇠붙이 부딪치는 소리가 잇달아 터져 나왔다.

그리고 그 격렬한 된소리들 사이사이로 묵직한 신음들이 뒤섞여 나왔다.

"으윽!"

"크윽!"

그리고 김강의 주변으로는 잠시 작은 공간이 생겼다.

사내들이 일시적으로 우르르 뒤로 물러났기 때문이다.

한번 몰아붙인 기세를 살려서 내쳐 치고 나갈 법도 하겠건만, 김강은 쇠파이프를 가슴 안쪽으로 끌어당겨 앞을 겨눈 채로 가만히 호흡을 고르고 서 있었다.

직전의 격렬함을 추스르기라도 하듯이 쇠파이프의 긴 끝 역시 가볍게 바닥에 닿은 채 긴장을 고르고 있었다.

잠시간 주위는 마치 한바탕 태풍이 휩쓸고 지나간 황량한 들판과 같았다.

처음에 타격당한 사내들 둘은 발목과 정강이를 쇠파이프에 정통으로 후려 맞았으니 분명 뼈가 작살이 났을 텐데도, 악착같이 바닥을 구르고 다리를 끌고 하며 포위망 바깥쪽으로 물러나 있었다.

그리고 또 다른 두세 명의 사내들이 검을 놓쳐 버리고서 빈손으로 어정쩡하게 서 있었는데 손아귀가 터져 버린 듯 선명한 핏기가 비치고 있었다.

사내들은 일시 혼란스러운 모양이었다.

믿기 힘든 결과가 벌어진 때문일 것이었다.

진검을 쓴다는 자체만으로도 그들 모두는 제대로 된 검도 수련을 거친 자들이었다.

시합용 검도가 아닌 사람을 베기 위한 실전검도 말이다.

그리고도 이십 대 일이다.

그런데도 상대는 다만 쇠파이프 한 자루를, 그것도 법도도 없이 무작정 힘으로만 휘두르듯 하여서 지금 펼쳐져 있는 이 인정하기 어려운 광경을 만들어놓은 것이다.

그때 사내들 중에서 누군가가 일본어로 무어라고 짧게 외쳤다.

그에 따라 그들의 포위망은 다시 정비되었다.

사내들은 처음보다 한결 조심스러운 기색들이었고 눈빛들은 더욱 깊숙이 가라앉아 있었다.

그것은 곧 살기였다.

김강의 입매가 굳게 다물어졌다.

한번의 전력을 다한 공세로 기선을 잡긴 했으나, 사실은 기대했던 것보다 훨씬 못한 결과일 뿐이었다.

강순태가 경고한 것처럼 사내들은 정식으로 검도를 수련한 자들이었다.

방금과 같은 변칙의 묘는 다시 통하지 않을 것이고, 그렇다면 이제부터 싸움이 어려워질 것에 대해 단단히 각오해야만 했다.

그러나 어차피 그가 원해서 하는 싸움은 아니었다.

"와라!"

거칠게 고함을 내지르며 김강은 쇠파이프를 상단세로 치켜들어 앞을 겨누었다.

곧바로 사내들의 공세가 재개되었다.

그런데 사내들이 도를 쓰는 형태는 사뭇 바뀌어 있었다.

도를 치고 들어오기보다는 찌르기와 베기 위주였다.

역시 자신들과 김강의 장단점을 빠르게 비교한 결과일 것이었다.

서로가 가진 무기의 날카로움과 또한 그 무기를 쓰는 기술의 차이 같은 것에 대한 비교 말이다.

그러한 변화에 대해 김강의 대응은 쇠파이프를 보다 더 격렬하게 사방으로 후려 돌리는 것이었다.

세기(細技)와 예기(銳氣)에서 미흡하니, 대신 무거움과 격렬함으로 그 미흡함을 상쇄시킬 수밖에 없는 것이다.

챙!

채앵!

도(刀)와 쇠파이프가 얽혀들고 또 엇갈리면서 격렬한 금속성들을 토해냈다.

이따금씩 묵직하거나 희미한 신음 소리가 흘러나오기는 했지만 한동안이 지나도록 처음의 격돌처럼 가시적인 격돌의 결과는 나오지 않고 있었다.

"흑!"

"후욱!"

어느 순간부터 김강의 호흡은 거칠어져 있었다.

그는 지쳐 가고 있었다.

잠시의 쉴 틈도 없이 계속적으로 다수의 상대와 부딪치고 있으니 시간이 흐를수록 지칠 수밖에 없는 일이었다.

더욱이 상대에 대한 그의 강점은 힘과 격렬함뿐이지 않

은가.

한순간 김강은 우뚝 제자리에 멈추어 섰다.

그리고 그가 멈추어 서는 그 순간, 사내들의 움직임 또한 일제히 멈추어 버렸다.

그럴 수밖에 없었다.

김강이 무작위로 사방을 향해 쇠파이프를 휘두르면 공격을 받은 쪽의 사내들은 급급히 뒤로 물러나고, 대신 그 양옆에서 다른 사내들이 협공으로 김강의 공세를 대응하는 형식의 싸움이 이미 근 십여 분 이상이나 반복되고 있던 중이었다.

그런데 지금 갑자기 김강이 움직이지 않고 기다리는 형세를 취했으니 사내들 또한 그동안의 수세적인 전법에서 당장에 적극적인 공세로 전환할 엄두를 내기는 어렵지 않겠는가.

그리고 잠시의 시간이 더 흐르는 동안에도 김강과 사내들은 어느 쪽도 먼저 움직이려 하지 않았다.

먼저 조급해진 쪽은 결국 김강이었다. 그에게 이 싸움 자체는 목적이 될 수 없었으니까.

김강은 가만히 한 모금의 숨을 들이켰다.

그는 이제 발경을 사용할 작정이었다.

지금 대적하고 있는 사내들 외에 또 다른 적들이 얼마나 되는지조차 그는 알지 못하고 있었다.

그런 상태에서 폭발적인 위력만큼이나 내력의 소모가 극심한 발경을 사용할 경우, 얼마나 버텨낼 수 있을지 또한 그는 예측할 수 없었다.

그러나 우선은 사내들의 포위망을 뚫어야만 했다.

그래서 정들이 있는 곳으로 가야만 했다.

김강이 숨을 깊게 들이켠 상태에서 잠시 가만히 멈추고 있자 그의 단전 가득히 뿌듯해지는 느낌이 왔다.

김강이 길게 숨을 내쉬자 단전에 충만했던 기운은 서서히 전신으로 퍼져 나갔다.

그에 따라 김강의 주변으로는 눈에 보이지 않는 팽팽한 긴장이 슬며시 번져 나가고 있었다.

김강은 쇠파이프를 들고 있는 손아귀에 지그시 힘을 모았다.

그런데 바로 그때였다.

쿠웅!

저 아래 농원의 입구 쪽으로부터 무언가 거칠게 충돌하는 육중한 소리가 들려왔다.

그리고 바로 뒤이어 부서질 듯한 엔진의 굉음이 전해지고 있었다.

부아아앙!

부아아앙!

저단 기어에서 풀로 액셀러레이터를 밟아대는 듯한 요란한 엔진 굉음이 보다 선명해지면서 한 대의 승용차가 나무들 사이로 난 좁은 시멘트 길을 난폭하게 질주해 왔다.

그리고 사내들이 어떻게 저지해 볼 틈도 없이 승용차는 사내들을 밀어붙이며 공터의 가운데에 선 김강을 향해 돌진해 들었다.

끼이이익!

김강의 바로 곁에서 급브레이크를 밟은 승용차의 문이 거칠게 열리며 급한 몸짓으로 내려선 것은 바로 조유진이었다.

그는 혼자였다.

급한 김에 장훈 등을 기다릴 틈도 없이 혼자서 들이닥친 것이다.

"돌아가!"

조유진이 올 것이라고는 상상도 못했다는 듯이 잠깐 멍한 눈빛이던 김강의 첫마디는 대뜸 투박한 타박이었다.

그런데 그 순간 조유진은 김강의 그런 말투에서 언뜻 다른 누군가를 떠올릴 수 있었다.

그러나 지금 이 순간에 설핏 떠오르는 단상 따위에 신경을 분산시킬 여유 같은 것은 조금도 없었다.

조유진이 입매를 굳히며 단호한 어조로 말했다.

"혼자선 못 가!"

급한 마음에 주고받느라 그랬겠지만, 두 사람은 지금 서로의 말투가 평상시와는 사뭇 달라져 있다는 사실에 대해서는 전혀 깨닫지 못하고 있는 것 같았다.

하긴 그런 사소한 문제 따위에까지 신경을 쓸 여유가 있을 리도 만무했다.

두 사람이 각자 한마디씩을 내뱉으며 있는 대로 표정들을 굳히고 있을 즈음, 주위의 사내들은 두 사람을 중심으로 포위망을 좁혀들고 있었다.

"제길!"

짧은 투덜거림을 흘린 김강이 조유진의 곁으로 바짝 밀착해 들었다.

조유진 또한 김강의 의도를 알아채고 등을 돌리고 섬으로써 두 사람은 등을 맞대게 되었다.

앞을 향한 채 김강이 등 뒤의 조유진에게 말했다.

여전한 힐난조였다.

"너 바보냐?"

"뭐?"

다급한 와중에도 다분히 날카롭게 반응하고 마는 조유진에 대해 김강은 차라리 피식 웃고 말았다.

"큭! 오려면 무슨 대비를 좀 갖춰서 오든가 해야지, 달랑 너

혼자 오면… 뭐냐? 그냥 나하고 같이 죽자는 거냐?"

문득 맞닿은 두 사람의 등이 가볍게 흔들렸다.

조유진이 웃고 있는 때문이었다.

잠깐의 소리없는 웃음 뒤에 조유진이 대답했다.

"좀 있으면 장훈이와 B팀이 올 거다. 그때까지만 버티면
돼!"

그러나 김강의 목소리는 금방 무거워졌다.

"그때까지 기다릴 형편이 못 돼. 그리고 여러 사람들이 오
면 상황이 복잡해져."

"왜? 그리고 이게 다 무슨 일이야?"

"정들이 놈들에게 인질로 잡혀 있어."

"뭐? 대체 어떤 놈들이야?"

"이승조와 강순태!"

조유진이 잠깐 흠칫했다.

그와 여동훈 등이 이미 짚어보았던 시나리오들 중에 최악
의 시나리오였던 때문일 것이었다.

조유진의 목소리가 무거워졌다.

"정들은 어디 있어?"

"저 위쪽에 집 한 채가 더 있다는데, 강순태의 말로는 거기
에 있대."

"제기랄!"

그러나 거기까지였다.

사내들은 두 사람에게 더 이상 말을 이어갈 여유를 주지 않았다.

"하!"

누군가의 짤막한 기합 소리와 함께 두 사람이 등을 맞대고 있는 측면을 노리고 한 자루의 도(刀)가 빠르게 찔러 들어오고 있었다.

순간 김강이 재빠르게 몸을 돌려세우며 쇠파이프로 도세(刀勢)를 맞아가며 나직하게 외쳤다.

"조심해!"

뒤이어 칼칼한 쇳소리가 짜랑하니 주변을 울렸다.

챙!

그런데 김강이 순간적으로 급한 움직임을 취했음에도 조유진은 여전히 김강과 등을 맞대고 있었다.

그런 모습에서 두 사람의 등은 마치 원래부터 맞붙어 있는 듯했다.

그리고 그때쯤 조유진의 양손에는 두 자루의 단도가 날카롭게 각을 세우고 있었다.

싸움은 치열했다.

그러나 싸움의 양상은 이전에 김강이 혼자일 때와는 사뭇 달라져 있었다.

조유진과 김강의 유기적인 협력으로 인한 변화였다.

격렬하게 쇠파이프를 휘둘러 대는 김강의 패턴은 이전과 비교하여 별반 달라진 게 없었다.

다만 김강의 쇠파이프가 만들어내는 보호막과 공간의 틈에서 순간적으로 튀어나가 두 자루의 단도를 번개처럼 긋고 찔러대는 조유진의 활약은 가히 눈부신 데가 있었다.

조유진의 단도에 손목과 어깨, 혹은 등과 옆구리를 베이고 찔린 사내들의 수가 벌써 십여 명 가까이에 이르고 있었다.

비록 사내들이 입은 상처가 치명적이라고 할 것은 아니었지만, 분명 움직임에 제약을 받을 만큼의 상처는 되었다.

더하여 사내들은 이제 상당히 위축되어 있는 기색들이었다.

그들은 적극적으로 공세를 취하는 대신에 조금씩 움직여 공터를 벗어나려 하고 있는 김강과 조유진을 저지하는 데 전력을 기울이고 있는 중이었다.

그렇게 싸움의 주도권은 확연하게 김강과 조유진의 쪽으로 기울어가고 있었다.

난데없는 경적 소리가 울린 것은 바로 그 즈음이었다.

빵!

빠아앙!

시멘트 길의 위쪽으로부터 한 대의 승용차가 내려오고 있었다.

잠시 후.

양쪽의 험악한 대치를 무시하기라도 하듯이 천천히 공터로 진입해 들어오는 차로 인해 싸움은 저절로 멈추어질 수밖에 없었다.

차에서 내려서는 사내는 유기현이었다.

"사장님께서 기다리고 계십니다."

"너, 이 새끼!"

조유진이 대뜸 단도를 유기현의 목에다 들이대었지만 유기현은 담담하기만 하였다.

"가시죠?"

태연하게 재촉하는 유기현에 대해 김강이 볼의 근육이 선명히 드러나도록 이빨을 한번 꽉 깨물었다가 조유진에게 말했다.

"가자!"

10. 애증

건물 안.

전체적으로 마루가 깔린 거실은 족히 칠팔십 평은 되어 보이게 넓었다.

거실 정면 안쪽으로 하나의 방이 있었는데, 그 방문 앞에 놓인 의자에 이승조가 앉아 있었다.

그리고 그의 옆에는 강순태가 팔짱을 낀 채 비스듬히 벽에다 등을 기대고 서 있었다.

유기현의 안내를 받아 현관으로 들어서면서 김강은 우선 실내의 광경을 일별했다.

그리고 잠시 이승조와 강순태를 보고 나서, 신발을 신은 그대로 성큼 한 발을 안으로 들여놓았다.

김강의 그런 모습은 그대로 곧장 이승조를 향해 걸어갈 태세였다.

그때 이승조가 날카롭게 소리쳤다.

"거기 서!"

그 서슬 때문이었는지, 마루 위로 올라서서 막 다시 한 걸음을 떼려던 김강이 주춤하고 멈추어 섰다.

그 때문에 김강을 따라서 막 마루 위로 올라서던 조유진 또한 엉거주춤하니 서고 말았다.

김강은 차분하게 가라앉은 눈길로 이승조의 손을 보고 있었다.

정확하게는 이승조가 겨누고 있는 권총을 주시하고 있는 것이었다.

김강이 천천히 이승조를 향해 물었다.

"그걸로 날 위협할 수 있다고 생각하나?"

그때 이승조의 표정은 차라리 담담해 보였다.

"지금의 내가 하지 못할 일이 있다고 생각하나? 내게 주저하고 꺼릴 무엇이 더 남아 있다고 생각하나? 만약 그렇게 생각한다면, 그 자리에서 한 걸음만 더 움직여 봐라. 그대로 쏴줄 테니까."

이승조의 차분한 위협에 대해 반발하고 나선 것은 조유진이었다.

조유진이 불쑥 김강의 앞으로 한 발을 나서며 차갑게 쏘아붙였다.

"새끼! 그렇게 자신있으면 어디 한번 쏴보시지!"

그러자 이승조의 권총은 지체없이 총구를 틀어 조유진을 향했다.

그리고 그런 중에도 이승조의 표정은 전혀 변화가 없이 여전히 담담하기만 했다.

그때 김강이 얼른 조유진의 팔을 잡아채어 자신의 뒤쪽으로 잡아당겼다.

조유진이 반사적으로 버텨보려 하다가, 이내 슬그머니 몸에서 힘을 빼고 말았다.

자신의 팔을 잡아채는 김강의 힘이 너무 완강했던 데다가, 더욱이 김강에게서 무겁게 가라앉은 기색을 느낄 수 있었기 때문이다.

총구를 약간 아래쪽으로 내리면서 이승조는 문득 나지막하게 소리 내어 웃었다.

차가우면서도 다분히 시니컬한 느낌이 배어 있는 웃음소리였다.

"후후후! 예전 한때 사격에 관심을 가졌던 적이 있었지. 그때 국가대표 출신의 개인코치가 말하기를, 내 자질과 솜씨가 꽤나 쓸 만하다고 했어. 홋! 또 모르지. 그저 듣기 좋으라고 립 서비스를 해준 것에 불과한지도? 사실은 머리를 겨누고 쏘면, 막상 총알은 목에 가 박힐 정도로 형편없는 실력인데도 말야? 하하하! 그렇더라도 너희들 몸 어딘가에 바람구멍을 내주는 데는 아마도 충분하지 않을까?"

이승조의 말을 차분히 다 듣고 난 다음에 김강이 물었다.

"내가 목표라면 이렇게까지는 하지 않아도 될 텐데? 그리고 나를 쏘는 것이 목적이었다면, 구태여 번거롭게 여기까지 오도록 만들 필요도 없었을 것 같고?"

이승조의 얼굴로 언뜻 흐릿한 미소가 떠올랐다.

차가웠지만, 동시에 어딘지 모르게 처연하다는 느낌이 드는 미소였다.

"맞아! 단순히 너에 대한 복수가 목적이었다면 이처럼 구차스러운 방법까지는 쓰지 않아도 되었겠지. 그러나 아무리 돌이켜 봐도 도무지 이해가 되지 않고, 인정할 수 없는 점이 있었어. 난 오늘 그 점에 대해 마지막으로 확인을 해보려는 거야."

김강이 차분한 어조로 말을 받았다.

"그렇다면 서로의 대화로 푸는 게 어울리겠군. 사실 이런 건 이승조 자네와는 전혀 어울리지가 않아. 하지만 아직까지는 별일이 벌어진 것도 아니니까 서로 대화를 통해서 적절히 문제를 푼다면 모든 것을 원래대로 되돌릴 수 있을 것이네. 자! 일단은 서로 마주 앉는 게 우선이겠지?"

이어 김강은 이승조 쪽을 향해 선뜻 한 걸음을 내디뎠다.

그러자 이승조는 지체없이 권총을 김강의 머리 쪽을 향해 다시 겨누면서 거칠게 외쳤다.

"서!"

엉거주춤한 채 멈추어 선 김강을 향해 이승조는 권총을 겨눈 채 차갑게 웃었다.

"호호호! 허튼수작 부리지 마! 마치 대단한 무엇이라도 가진 체하는 그런 가식, 다른 사람한테는 몰라도 나한테는 통하지 않아. 내가 인정할 수 없는 것은 바로 너의 그런 가식과 위선이야. 내가 이해할 수 없는 것은 다른 사람들이 너무도 어이없게 너의 그런 가식과 위선에 넘어가고 만다는 사실이야. 호호호! 그러나 결코 날 기만할 수는 없어. 실제로는 알량하기 그지없는 잔재주 몇 가지밖에 없는 주제에, 마치 영웅이기라도 한 것처럼 유치한 가식으로 스스로를 포장하는 가소롭고도 역겨운 놈들을, 너 이전에도 이미 적지 않게 겪어본 적이 있으니까."

김강은 잠시 이승조에게서 눈길을 비켜 아래로 두고 있었다.

묵묵히 무언가를 생각하는 모습이었다.

그리고 잠시의 침묵이 지난 후, 김강은 다시 이승조를 향하며 짧게 물었다.

"정들은?"

순간 이승조의 표정이 차갑게 굳어졌다.

그러나 그는 이내 옆의 강순태를 돌아보았다.

"그에게 보여주시오!"

이승조의 말이 다분한 지시조인 때문인지, 혹은 김강에게 정들을 보여주는 것이 별로 내키지 않았던 것인지, 강순태는 설핏 이마부터 찡그렸다.

그러나 그는 곧 느릿하게 뒤쪽으로 손을 뻗었다.

그러자 처음부터 완전히 닫혀 있지는 않았던 듯, 뒤쪽의 방문이 스르르 소리없이 열렸다.

정들은 문에서 정면으로 보이는 벽 쪽에 있었다.

손과 발이 묶인 채 의자에 앉혀져 있는 그녀의 입에는 폭넓은 테이프가 길게 붙여져 있었다.

문이 열리며 바깥의 광경을 보는 순간, 정들의 눈빛은 빠르게 몇 번의 변화를 보였다.

먼저 가장 가까이에 있는 강순태를 보고는 분노의 빛을 띠었다가는 금방 또 두려움의 빛이 되었다.

이어 뒷모습을 보이고 있는 이승조에게 가 닿은 그녀의 눈빛은 다시금 분노의 빛이 되었다가, 또한 이내 안타까운 빛으로 바뀌었다.

그리고 이윽고 김강에게 시선이 닿았을 때, 그녀의 눈빛은 확연한 반가움과 안도의 빛으로 되었고, 그리고 다시 자신의 처지를 호소하는 듯이 애처로운 빛으로 변했다.

그러나 김강의 주위에 다만 조유진 한 사람밖에 없다는 것을 보고, 또한 분위기가 결코 김강이 상황을 주도하고 있는 것이 아니라는 것을 깨달았던지, 그녀의 눈빛은 이윽고 불안과 걱정으로 가득해지고 말았다.

"으으… 으으으!"

정들은 무어라고 말하려 하였지만, 입을 막은 테이프 때문에 애매한 신음이 될 뿐이었다.

그런 정들을 향해 김강이 짐짓 덤덤한 체를 하며 말을 건넸다.

"걱정하지 말고 잠시만 참아. 곧 구해줄 거니까."

그러나 정들은 김강에게 뭔가를 말해주고 싶은 모양으로 계속해서 소리를 내고 있었다.

"으으으… 으으!"

김강이 천천히 고개를 끄덕여 보이며 다시 차분하게 말했다.

"마음을 편하게 가져! 날 믿지?"

순간 김강이 하는 양을 노려보듯이 지켜보고 있던 이승조의 표정이 확 변했다.

그리고 이승조의 고개가 반사적이다시피 정들 쪽을 향해서 돌아갔다.

그때 마침 정들의 고개는 가만히 끄덕여지고 있었다.

애틋한 그녀의 눈빛이 한점 흐트러짐도 없이 오롯이 김강에게로 모아져 있었다.

이승조의 눈빛이 진한 애증으로 불타오르고 있었다.

이를 악 다물었는지, 조각처럼 매끈하던 그의 양 볼에는 여러 가닥의 섬세한 근육들이 선명하게 그려져 있었다.

그때 조유진이 참지 못하겠다는 듯 이승조를 향해 고함을 질렀다.

"이승조! 너 지금, 이게 도대체 뭐 하자는 짓거리야? 당장에 집어치우지 못해?"

그것이 점증되어 가던 이승조의 분노를 폭발시켜 버린 듯했다.

이승조가 거칠게 조유진을 향해 총구를 겨누며 발작적으로 외쳤다.

"닥쳐! 내 이름은 너 같은 새끼들이 함부로 부르라고 있는 게 아냐. 마지막으로 경고하는데, 한마디만 더 하면 너부터 쏴버린다?"

정들의 두 눈이 커졌다.

아마도 그녀는 이승조가 권총을 가지고 있는 모습을 지금 처음으로 본 모양이었다.

어쩌면 이승조는 와중에도 정들에게만큼은 마지막까지 자신의 극단적인 모습을 보이지 않으려고 했는지도 모를 일이었다.

그때 김강이 조유진의 어깨를 강하게 틀어잡음으로써 그를 진정시키는 동시에, 이승조의 어깨 너머를 향해 가만히 고개를 끄덕여 보였다.

자신도 모르게 김강의 시선을 따라 고개를 돌리던 이승조의 얼굴이 일순 와락 일그러지고 말았다.

놀란 얼굴인 채로 있던 정들이 자신의 등 뒤를 바라보며 한결 안정을 찾은 듯 가늘게 한숨을 내쉬고 있었던 것이다.

그녀의 눈길이 가 있는 곳이 어디이며, 또한 이런 상황에서도 그녀를 안심시킬 수 있는 존재가 누구란 것은, 이승조가 다시 눈길을 되돌려 확인해 보지 않아도 너무도 확연하였다.

순간 이승조의 얼굴은 참혹하리만치 일그러지고 말았다.

그때 강순태가 이승조의 곁으로 다가서서 가볍게 어깨를 붙이며 입을 열었다.

"이 사장의 말은 내가 한 번 더 보장하지!"

그러면서 강순태는 손가락으로 조유진을 지목하였다.

"너 말이야. 지금부터 한마디만 더 하면, 그때는 여기 이 예쁜 아가씨에게… 확 뽀뽀를 해버릴까? 흐흐흐흐!"

능글맞은 강순태의 웃음소리에 조유진의 눈빛이 짙은 노기로 번들거렸다.

그러나 강순태의 경고를 감히 무시할 수는 없었던지, 조유진은 이를 악 다물며 뚫어버릴 듯이 강순태를 노려보고만 있었다.

김강이 조유진의 어깨를 잡은 손에 다시 한 번 힘을 준 다음에 천천히 시선을 이승조에게로 맞추었다.

"좋아! 이승조! 그럼 자네가 원하는 것이 구체적으로 무엇인지에 대해 들어보기로 하지."

이승조는 비교적 차분한 기색을 되찾고 있었다.

"몇 번이나 생각해 봤다. 객관적인 능력이나 역량에 있어서 네가 나보다 뛰어난 것이 도대체 무엇인지. 그런데 아무리 생각해 봐도 특별한 것이 없었다. 아니, 한 가지가 있긴 했지. 비록 나는 그게 그다지 대단하거나 특별한 것이라고 생각하지는 않지만."

말을 하면서 이승조의 얼굴은 조금씩 홍조를 띠어가고 있었다.

그 흥분의 맥을 끊는다는 듯이 김강이 덤덤한 어조로 물었다.

"나도 궁금하군. 그래, 그 한 가지가 무엇이던가?"

그때 이승조는 문득 뒤쪽의 정들을 흘깃 돌아보았다.

그리고 다시 김강을 향하는 이승조의 얼굴에는 설핏한 미소가 떠올라 있었다.

이승조의 그 미소에는 다소간의 오만과 또한 일종의 자부심 같은 것이 엿보이는 듯했다.

"훗! 힘이라고 해줄까? 있는 그대로의 다만 피지컬한 의미로서의 힘 말이야. 보다 적나라하게는 주먹이라고 하는 표현이 어울리겠지. 후후! 그래! 주먹에 있어서만큼은, 네가 나보다 위에 있다고 할 수 있을 것이다. 그러나… 그러나 말이다. 단지 주먹이 세다고 해서 네가 나보다 뛰어나다고 여겨지는 것에 대해서 난 도저히 인정할 수가 없다."

말끝에 이승조는 새삼 울컥하는 감정이 치미는 듯 가만히 김강을 노려보는 눈빛으로 되었다.

김강은 잠시 이승조의 눈빛을 받아들이고 있다가 순순하게 고개를 끄덕였다.

"나 역시 조금도 이의가 없네. 자네가 말한 그대로야. 내가 자네보다 뛰어나다고 할 수 있는 건 하나도 없어. 어쭙잖게 조그마한 회사의 회장이라는 명함을 달고 있긴 하지만, 사실 말이지, 그저 자리나 차지하고 있는 바지회장에 불과하지. 그리고 자네도 잘 알고 있을 테지만, 난 일 년여 전까지만 해도 그저 할 일 없이 빈둥거리는 백수에다, 자네가 말하는 대로 기껏 폼이나 잡고 다니던 건달에 불과했던 게 사실이야. 그리고 다른 어떤 비교도 필요없이, 자네가 이승조인 이상, 아무도… 그 누구도 나를 자네와 비교해 뛰어나다는 따위의 터무니없는 생각을 하지는 않을 걸세. 우선 나 자신부터도.”

그때 이승조가 돌연 고함을 질렀다.

“닥쳐! 네게서 그런 말 따위를 듣자고 하는 게 아니야!”

김강은 말 잘 듣는 아이처럼 묵묵하게 이승조의 호통을 들었다.

그러나 이승조는 한번 솟구친 분노가 당장에 가라앉지는 않는 듯했다.

그가 짓씹어내듯이 말을 이어냈다.

“누구도 그런 생각을 하지 않는다고? 흐흐흐! 누구도……?”

그리고 이승조는 마치 스스로의 말에 대해 반발이라도 하듯이 뒤쪽을 향해 휙 고개를 돌렸다.

금방이라도 터져 버릴 듯한 격렬한 분노를 담고 노려보는 이승조의 갑작스러운 눈길에, 정들은 얼떨결에 눈길을 피해 버렸다.

순간 지독한 분노로 불타던 이승조의 눈빛으로, 알지 못할 한가닥 애증의 느낌이 스쳤다.

이승조에게서 나지막한 중얼거림이 새어 나왔다.

"더러운······! 기껏 그런 따위가 사내다운 것으로 보였었나? 결국 네가 원했던 건 힘센 수컷일 뿐이었던 거야?"

그러나 그 중얼거림은 다만 이승조의 입술 사이에서만 맴도는 혼잣말이었기에 다른 사람에게는 그저 웅얼거리는 소리로만 들릴 뿐이었다.

한순간 극에까지 치달아 버린 이승조의 분노는 오히려 그로 하여금 차분함을 되찾도록 만든 듯했다.

다시 김강을 향하는 이승조의 눈빛에서 분노는 좀 더 깊숙한 곳으로 가라앉아 있었다.

"나는 너에 대해서, 네가 어떻게 살아왔는지에 대해서, 잘 알지 못한다. 그러나 내가 살아온 삼십 년 삶의 그 어떤 부분에서도, 최소한 너를 능가하는 삶을 살았다고 확신한다. 그 어떤 순간, 그 어떤 측면에서도 말이다. 훗! 비록 지금은 잠시 일련의 불운과 혼란을 겪고 있긴 해도, 그건 말 그대로 일시의 불운이고 혼란일 뿐이다. 이 잠시의 혼란이 지나고 나면, 나는 금방 다시 원래의 내 위치로 돌아가게 될 것이다. 세상의 그 무엇도 날 흔들고 좌절시킬 수는 없다."

이승조의 말에는 스스로를 다잡는 듯한 단호한 결의 같은 것이 녹아 있었다.

그리고 이승조는 문득 김강을 바라보는 눈빛에다 기세를 더했다.

　일종의 집착 같은 느낌이 녹아 있는 그런 기세였다.

　"그것 때문이다. 난 확인하고 싶은 것이다. 네가 그토록 자부하는, 흐흐흐! 그리고 또 다른 누군가는 사내답다는 평가의 척도로 착각하고 있는, 너의 유일한 가치인 그 주먹이 과연 얼마나 보잘것없는 허울에 불과할 뿐인지, 그리고 그 보잘것없음이 적나라하게 밝혀졌을 때, 그때도 네가 내 앞에서 당당할 수 있는지, 흐흐흐! 그때도 그 누군가는 여전히 너를 그토록 대단한 존재로 인정해 줄 것인지, 난 그것을 확인하고 싶다."

　김강은 내내 묵묵히 서 있기만 했다.

　이승조가 하는 말이 무엇이건, 일단은 다 듣겠다는 듯한 모습이었다.

　그때 이승조가 손에 든 권총을 고쳐 잡으며 힘주어 말을 이었다.

　"그러나 네게도 아주 기회가 없는 것은 아니다. 만약에 네가 정말로 나보다 뛰어나다는 것을, 내 모든 것을 다 허물어뜨릴 만큼 네가 대단하다는 것을 이 자리에서 보여준다면, 그래서 내가 너만 못하다는 것을 나 스스로 인정하도록 만들어 준다면, 그때는 이 권총이 나 자신을 쏘게 될 것이다."

김강의 표정이 더할 수 없이 무겁게 굳어져 있었다.

이승조의 말에는 타협의 여지가 없었다.

그것은 차라리 섬뜩한 선언이었다.

"유 비서! 밖으로 모시도록 해!"

이승조의 지시를 받은 유기현이 측면에 있는 다른 하나의 방으로 가서 조심스럽게 노크를 했다.

방 안에서는 당장의 기척이 없었다.

그러나 유기현은 선뜻 다시 노크를 하지 못하고 두 손을 공손히 모으고서 가만히 기다리고 서 있었다.

기다림이 잠시간 이어지자 약간의 짜증이 일었는지 강순태가 슬쩍 이승조에게 말을 던졌다.

"이 사장! 절차가 좀 복잡한 거 같군?"

그런데 강순태의 가벼운 투에 대한 이승조의 반응은 사뭇 날카롭기만 했다.

"당신은 함부로 끼어들지 마시오."

순간 강순태가 반사적으로 목소리를 높였다.

"뭐라?"

비록 큰 소리는 아니었지만, 강순태의 목소리에는 순간적으로 서슬 퍼런 날이 서 있었다.

그러나 이승조는 오히려 강순태를 정면으로 응시하면서 또박또박 말을 뱉어냈다.

"함부로 끼어들지 말라고 했소. 난 이미 당신에게 내 일을 먼저 처리하겠다고 말을 했었소. 그러니 내 일이 끝날 때까지 조용히 있으라는 말이오."

이승조의 단호함이 예상 밖이었던지, 강순태는 잠시간 차갑게 인상을 굳히고 있다가 이내 슬그머니 기세를 숙여주는 모습으로 되었다.

"이 사장! 거 너무 까칠한 거 같아? 좋아, 좋다고! 일단은 이 사장 하고 싶은 대로 다 하라고! 난 그냥, 일을 필요 이상으로 복잡하게는 만들지 말자는 거였어. 사실이 그렇잖아? 괜히 쓸데없이 이런저런 모양새 갖춘다고 시간을 끌어서 좋을 건 하나도 없잖아? 이런 일일수록 가능하면 짧게 치고 빠지는 게 좋은 법이야."

그러나 이승조는 여전히 단호한 태도를 풀지 않았다.

"그 또한 내가 알아서 할 일이오."

그러자 강순태는 기껏 풀어놓았던 인상을 설핏 다시 굳히면서 혼잣말처럼 입속으로 중얼거렸다.

"니미! 거 더럽게 말 안 통하네."

순간 이승조가 확 불길이 이는 듯한 눈으로 강순태를 노려보았다.

그리고 차갑게 말을 뱉었다.

"내가 하는 방식이 마음에 안 들면, 당신은 지금이라도 빠

지시오. 당신과 당신의 부하들이 투자한 노력만큼의 보수는 충분히 지불해 줄 테니까."

강순태는 빙긋이 웃고 있었다.

그러나 표정 전체가 아니라 빤히 응시하며 눈으로만 웃는 웃음이었기에, 그 웃음은 차라리 섬뜩하게 느껴지는 데가 있었다.

이어 그의 눈매가 천천히 일그러지면서 두 눈 깊숙이 날카로운 빛이 감돌기 시작했다.

그것은 차가운 분노였다.

그러나 강순태는 자신의 분노를 더 이상 표출시키지는 않았다.

11. 대결 I

딸칵!

가볍게 손잡이가 돌아가는 소리와 함께 방문이 열렸다.

그리고 유기현이 깊숙이 허리를 숙여 하는 인사를 받으며 한 사람이 느긋한 걸음걸이로 나오고 있었다.

작고 깡마른 체형에 육십대쯤으로 보이는 노인이었다.

그러나 꼿꼿한 자세와 형형하게 빛나는 눈빛 때문인지, 노인은 무어라 표현하기 어려운 강렬한 기세 같은 것을 풍기고 있었다.

잔뜩 인상을 일그러뜨린 채로 힐끗 노인을 바라보던 강순태가 순간 흠칫하는 기색을 보였다.

그리고 다음 순간 그의 얼굴에는 가벼운 놀라움이 떠올랐다.

강순태의 기색으로 보아 그는 노인에 대해 아는 것이 있는 듯했다.

더불어 방 안에 있던 인물이 바로 노인이었다는 사실에 대해 상당히 의외롭게 여기는 모양이었다.

노인 또한 흘깃 강순태를 일별하였으나, 언뜻 가볍게 눈살을 찌푸렸을 뿐 이내 무심히 시선을 돌려 버렸다.

노인 또한 강순태를 알아보는 듯했으나, 그 반응은 그저 불쾌하다는 정도의 것이었고, 나아가 강순태를 무시해 버리는 듯한 느낌마저 드는 것이었다.

노인은 자신을 향해 가볍게 고개를 숙여 보이는 이승조에 대해서도 그다지 아는 척을 해주는 기색이 아니었다.

"저 아이냐?"

무심한 시선으로 실내를 한 바퀴 돌아보고 난 다음에, 노인이 눈짓으로 가리킨 것은 김강이었다.

유기현이 조심스럽게 대답했다.

"예! 종사님!"

그러자 노인은 대뜸 걸음을 내딛기 시작했다.

조금의 거칠 것도 없다는 듯이 성큼성큼 내딛는 걸음이었고, 그런 중에도 발을 바닥에 끌며 미끄러지듯이 나아가는 특이한 걸음걸이였다.

노인의 그런 행보에서는 실내의 그 누구도 안중에 없다는 듯한, 어찌 보자면 유아독존 식의 오만함이 느껴지기도 했다.

그러나 유기현은 물론이고, 이승조나 강순태 등, 누구도 노인의 행동에 대해 감히 뭐라 할 엄두를 내지 못하고 있는 모습들이었다.

하얗게 센 머리와 수염.

그 순백의 느낌과 잘 어울리면서도 강렬함을 주는 불그스레한 홍안.

그리고 맑고 깊게 반짝이는 눈.

김강의 눈을 응시하면서 노인의 눈은 유독 반짝이고 있었다.

김강 또한 말없이 노인의 눈빛을 마주 받아들이고 있었다.

두 사람 사이에는 금방 팽팽한 긴장감이 감돌았다.

그러나 의외로 탐색이나 경계의 날카로움은 없었다.

특히나 김강은 노인에 대해 모종의 어떤 익숙함을 느끼고 있는 듯해 보이기도 했다.

그런 때문인지 노인의 눈빛으로는 아주 잠깐 희미한 이채가 떠올랐으나 그 모호함은 이내 사라졌다.

"자네와 손을 맞댄 적이 있는 저기 기현이와 또 일운이를 가르친 늙은이일세."

노인의 자기소개에 대해 김강이 가만히 고개를 숙였다.

"김강이라고 합니다."

노인이 새삼 찬찬히 김강을 뜯어보다가 문득 서둘렀다.

"여러 말 하지 않겠네. 기현이는 몰라도 일운이를 능가했다는 것은, 곧 자네의 무예가 경지에 올라섰다는 증거일 걸세. 일운의 스승으로서, 그리고 그 아이가 당대에 한얼도를 대표하는 위치에 있기에 한얼도의 명예를 위해서, 또한 다른 무엇보다도 한평생 오로지 무예만으로 살아온 한 사람의 무인(武人)으로서, 이 늙은이는 자네와 승부를 겨루어보고자 하네."

노인의 어조는 특별히 강하지는 않았으나, 듣는 사람으로 하여금 조금의 이견도 내지 못하게 할 만큼 지나칠 정도로 확고한 데가 있었다.

묵묵히 잠시간의 틈을 두던 김강이 천천히 입을 열었다.

"승부라고 하셨습니까?"

비록 담담한 어조였고 단순한 반문에 불과했지만, 김강의 그 반문에 대해 노인의 표정은 잠깐 흔들리는 듯 보였다.

그러나 노인은 곧 눈빛을 바로 하였다.

"상세한 것은 알지 못하나, 자네가 지금 곤란한 처지에 놓여 있다는 것은 짐작하고 있네. 그러나 야박하다고 욕을 듣는다 하더라도 어쩔 수 없네. 그리고 구차하게 변명할 생각은 조금도 없지만, 어쨌든 이 늙은이로서는 지금 당장의 승부를 고집할 수밖에 없는 입장이네. 아니, 입장이라기보다는 그냥 이 늙은이의 염치없는 욕심이라고 해두세."

그리고 노인은 더 이상 대화를 할 생각이 없다는 듯이 단호한 표정이 되었다.

동시에 노인은 두 발을 한 족장(足長)쯤의 간격으로 앞뒤로 벌렸다.

이어 약간 허리를 낮추어 조금은 엉거주춤해 보이는 자세로 섰다.

이윽고 노인의 눈빛은 무심하게 변했다.

그것은 바로 두 사람 간의 승부가 이미 시작되었음을 온몸으로 선언하고 있는 것이었다.

노인은 너울거리고 있었다.

마치 춤을 추고 있는 듯도 하였다.

그의 양손은 끊임없이 교차되며 펄럭였다.

조유진은 문득 의아해하고 있었다.

그가 보기에 노인의 움직임에서는 별다른 특이점이 없었다.

다만 이상할 뿐, 어떤 위력이나 위험성 같은 것을 발견할
수는 없었던 것이다.

그런데도 김강은 너무 지나치다 할 정도로 긴장한 기색이
역력했다.

김강은 차라리 막막함을 느끼고 있었다.

도무지 짐작조차 할 수가 없었다.

노인이 어디를 노리고 있는 것이며, 반대로 자신은 노인의
어디를 노려야 하는 것인지.

심지어는 노인이, 그리고 자신이 지금 무엇을 하고 있는지
에 대해서조차 혼란스러워지는 것이었다.

그러한 막막함과 혼란은 곧 묘한 무력감을 불러오고 있었
다.

느릿하게, 끝없이 너울거리고 있던 노인의 움직임은 어느
한순간 보고 있으면서도 알아채기 어려운 애매한 움직임으로
김강에게 접근했다.

그러나 막상은, 내내 유심히 지켜보고 있던 조유진이 미처
소리도 내지 못하고 그저 두 눈만 부릅떴을 정도로 빠른 움직
임이었다.

뚜렷이 느끼지도 못하는 사이에 이미 김강의 한 발 앞까지

근접한 노인의 허리가 가볍게 비틀렸다.

그러자 마치 등 뒤에 숨겨져 있다가 돌발적으로 튀어나오기라도 하듯, 그의 오른쪽 손바닥이 번뜩하며 김강의 인후를 향해 쇄도해 들어오는 것이었다.

그 일장(一掌)은 더 이상 유약하고 부드러운 너울거림의 움직임이 아니었다.

경쾌함과 표독함이 번뜩이고 있었다.

김강은 거의 반사적으로 주먹을 쳐내며 노인의 장을 맞아 갔다.

그러나 노인은 너무도 간단히 김강의 주먹을 제쳐 버렸다.

그것으로 끝이 아니었다.

노인의 손바닥은 여세를 몰아 김강의 팔 안쪽을 타고 미끄러져 올랐다.

그것은 마치 나무기둥을 타고 기어오르는 한 마리 영활한 뱀의 움직임을 보는 것 같았다.

김강이 흠칫 놀라며 황급히 뒤로 몸을 뺐다.

그러나 그때 노인은 이미 김강의 어깨를 후려치고서 뒤로 물러서고 있는 중이었다.

따악!

마치 죽비로 어깨를 때릴 때처럼, 노인의 일장은 가볍고도 경쾌한 소리를 남겼다.

그러나 김강이 받은 충격은 결코 가볍지 않았다.

일시 전신이 찌르르하고 울리고 마는 강력한 충격이었다.

김강은 멍한 기색으로 서 있었다.

그는 지금 자신의 몇 걸음 앞에서 재차 자세를 가다듬고 있는 노인조차도 전혀 염두에 두지 못하고 있는 듯 보였다.

방금 노인의 일장으로 인해 받은 충격 때문만은 아니었다.

그보다는 방금의 상황에 대해, 일격을 당하고 나서도 어떻게 해서 그렇게 된 것인지에 대해 납득을 하지 못하고 있다는 것이 그에게는 더한 충격으로 와 닿고 있었다.

노인의 움직임은 사실 그다지 빠른 움직임이라고는 할 수 없었다.

김강 자신은 그보다 훨씬 더 빠르게 움직일 수 있었다.

그러나 막상 김강이 주먹을 뻗어 노인의 손바닥과 맞부딪는 그 순간, 어떻게 된 일인지 그는 순간적으로 목표로 했던 타점을 놓쳐 버리고 말았다.

그러다 보니 잔뜩 모았던 힘을 제대로 발산해 보지도 못하고, 헛되이 제풀에 맥이 풀려 버린 꼴이 되고 말았던 것이었다.

더욱이 그 순간적인 불균형과 부조화의 틈을 파고들어서 기어코 어깨를 때리고 빠져나가는 노인의 영활한 움직임은, 김강으로서는 지금껏 상상해 보지 못했던 놀라운 세기(細技)

였던 것이다.

김강의 명함을 깨우듯이 노인이 잔잔한 목소리로 말을 꺼내고 있었다.

"자네의 내기(內氣)는 믿기 어려울 정도로 강하군. 그런데 분명 훌륭한 스승 아래서 엄격한 수련을 거쳤음에 분명한데, 막상 투로(鬪路)는 제대로 연마를 하지 못한 것 같으니, 어떤 연유인지 참으로 의아하기만 하네."

칭찬인지 날카로운 지적인지 모호하였으나, 그때 노인의 기색은 처음보다 한결 여유가 비치는 느긋한 것으로 되어 있었다.

그것은 전혀 기대하지 못했던 일이었다.

느닷없이 솟구쳐 오른 그것은 바로 투지였다.

이기고 싶다는, 스스로가 얼마나 강한지 확인해 보고 싶다는, 주체할 수 없는 투지이자 열망이었다.

그리고 그러한 열망이 한순간 봇물처럼 터져 나오면서 동반되어 생겨나는 쾌감이었다.

물론 그것은 김강 자신의 열망이고 투지였다.

그러나 오롯이 그 혼자만의 것은 아니었다.

그 돌연하게 솟구친 격렬한 감정의 소용돌이 깊숙한 밑바닥에는, 그 아닌 또 다른 한 사람의 희미한, 그러나 벅찬 의지와 열망이 녹아 있는 것이었다.

그 순간은 한여름 갑자기 퍼붓는 소나기가 바짝 마른 땅에 자욱이 먼지를 피워 올리면서 순식간에 온 대지를 흠뻑 적셔 버리는 순간과도 같았다.

김강의 머리 속에, 아니, 그의 의지 너머 무의식의 저편으로 아득히 떠오르고 있는 그것들은, 무수히 다양한 자세들이었다.

마치 배속(倍速)의 동영상처럼 빠르게 스쳐 지나가는 그것들은 투로(鬪路)들이었다.

바로 싸움의 기술들이었다.

김강이 이전까지는 상상으로도 떠올려 보지 못했던 현란한 싸움의 기술들.

외양상 김강은 아예 승부를 포기한 사람 같았다.

그의 시선은 노인에게로 향하지 못하고, 내내 멍하니 허공 중에만 놓여 있었다.

노인의 눈매가 일시 가늘어졌다가 이내 차가워졌다.

그리고 바로 그 순간 노인의 몸은 가볍게, 그러나 놀랍도록 빠르게 김강을 향해 쭉 미끄러져 나갔다.

김강의 시선 초점이 노인에게로 맞춰진 것은 노인의 우장(右掌)이 맹렬한 기세로 가슴을 후려쳐 들어올 때쯤이었다.

그제야 김강은 문득 깨달았다는 듯이 왼 주먹을 살풋 말아 쥐고서 노인의 손바닥을 맞아나갔다.

노인의 입가로 가볍고도 여유있는 미소가 스쳤다.

그리고 노인의 손목이 살짝 뒤틀렸고 간단히 김강의 주먹을 제쳤다.

방금 전의 격돌 때와 비슷한 광경이었다.

그러나 달랐다.

노인의 손바닥은 김강의 주먹을 제치는 듯했으나, 결국 제치지 못했다.

김강의 주먹이 전혀 어색하지 않게 노인의 손바닥을 따라서 함께 비틀렸기 때문이었다.

팡!

두 사람의 손바닥과 주먹은 비교적 정확한 타점을 형성하며 정면으로 맞부딪쳤다.

그리고 튕기듯이 두 사람은 각자 크게 두 걸음씩을 뒤로 물러났다.

노인은 크게 놀란 표정이었고, 반면에 김강은 다소간 모호한 표정을 하고 있었다.

김강의 그런 표정은 마치 방금의 격돌에 대해 실감이 잘되지 않는다는 듯해 보이는 것이었다.

두 사람은 누가 먼저랄 것도 없이 거의 동시에 몸을 움직여 재차 격돌을 해갔다.

이번의 격돌은 한번의 타격으로 끝나지 않았다.

어지럽게 진퇴와 회전의 보법을 밟는 가운데 무수히 손과 발이 교환되고 있었다.

격렬하면서도 부드러운 교합이 이루어지고 있었다.

그런 중에 다양한 종류의 타격음들이 생겨났다.

턱!

탁!

제치고 되치면서 서로의 손과 발이 얽혀들며 내는 소리가 있는가 하면,

딱!

짝!

좁은 틈새에서 짧고 매섭게 후려갈기는 소리도 있었다.

그런 중에 지켜보고 있는 사람들을 가장 긴장되게 만드는 소리는 이따금씩,

펑!

팡!

하고 마치 배구공을 강하게 스파이크할 때와 비슷하게 나는 소리였다.

그것은 바로 타격과 타격 사이에, 그리고 호흡과 호흡 사이에서 김강과 노인이 내기(內氣)를 골라 쳐내는 발경의 격돌로

인해 생겨나는 소리였다.

김강은 자신이 점차로 익숙해져 가고 있다고 생각했다.

그것은 조화였다.

원래부터 그의 것이던 것과 비록 진작부터 그에 속한 것이
되어 있긴 했지만 이제야 진정으로 그의 것이 되어가고 있는
것의 조화.

익숙한 것과 낯설고 어색한 것의 절충.

그가 가지고 있던 내기(內氣)를 소프트웨어라고 하고, 그에
게 속해만 있던 투로(鬪路)를 상대적으로 하드웨어적인 개념
이라고 한다면, 지금이야말로 소프트웨어와 그에 걸맞는 하
드웨어가 서로 적절히 융합을 이루고 있는 중이라고 할 수 있
을 것이었다.

그것은 본래의 그와 그에게 귀속되어 있던 또 다른 그가,
이제 진정으로 합일되어 가는 과정이기도 했다.

처음에 노인의 놀라움은 당혹을 넘어 경악으로 치달아가
는 것이었으나, 얼마 지나지 않아 그는 급속도로 차분해지고
있었다.

그리고 이내 흔쾌한 몰입지경으로 빠져들었다.

잇따른 발경의 격돌.

그것은 일생을 다 바쳐 각고의 노력으로 닦은 진기(眞氣)와
진기의 주저없는 격돌이었다.

그리고 달인의 경지로 연마된 비기(秘技)와 비기의 격돌.

그것은 차라리 생사마저도 초월한, 그리고 그 어떤 결과에도 후회없을 희열이었다.

노인에게도, 그리고 김강에게도.

서너 걸음의 퇴보(退步)를 밟았던 노인이 성큼 진(進) 일보(一步)를 내디뎠다.

이어 내딛는 노인의 이 보(二步)는 그 기세가 사뭇 맹렬해져 있었다.

그리고 삼 보(三步)째.

김강과는 능히 일격을 교환할 수 있을 정도의 거리로 크게 내딛는 노인의 왼발은, 마치 바닥을 내리찧듯이 폭발적인 기세를 담고 있었다.

쿵!

그 강력한 진각(震脚)으로 인해 일순 실내의 공기가 한 덩어리로 '부르르!' 하고 떨리는 듯했다.

사방의 문틀들과 유리문들이 '와르릉!' 놀라 울어대는 듯한 착각이 들 정도로 강렬한 여파가 한순간 공간을 가득 채웠다.

허리 뒤에서 선명한 회전을 일으키며 튀어나오는 노인의 오른손은 장(掌)이 아니라 권(拳)의 형태를 취하고 있었다.

더불어 지금까지의 유연하고 부드러운 기세가 아니라 강력하고도 격렬한 기세를 담고 있었다.

그런 탓에 노인의 주먹을 맞아나가는 김강의 주먹은 차라리 다소곳해 보였다.

파앙!

두 사람의 격돌에서는 그 강력한 기세에 비해서는 의외이다 싶을 만큼의 경쾌한 소리가 났다.

그러나 그 순간 주변 사람들은 뚜렷한 이유도 없이, 마치 어떤 보이지 않는 힘에 세차게 밀어젖혀지기라도 한 듯한 묘한 느낌을 받으며, 괜히 힘을 주어 두 다리를 굳게 버텨야만 했다.

그리고 실내에는 마치 세상의 모든 소리가 일시에 사라져버린 듯한 막막한 침묵이 내려앉았다.

노인과 김강은 몇 걸음 떨어진 채로 묵묵히 서로를 응시하고 있었다.

그러나 그들의 마주함에는 지금까지와 같은 팽팽한 긴장은 없었다.

노인은 허리를 완전히 펴지 못하고 엉거주춤하니 앞으로 구부린 자세였다.

그런 상태에서 쏘아보듯 김강에게로 시선을 꽂아놓고 있

는 노인의 얼굴은 시뻘겋게 변해 있었다.

마치 전신의 피가 얼굴 쪽으로 다 몰린 듯했고, 혹은 어떤 격렬한 고통을 힘겹게 참고 있는 듯이도 보였다.

그런 중에 노인은 손바닥으로 스스로의 가슴을 힘주어 누르고 있었다.

잠시 후.

"휴우!"

노인은 긴 한숨을 토해내며 비로소 허리를 바로 폈다.

그러나 그때 노인의 얼굴은 마치 표백을 한 것처럼 핏기 한 점 없이 창백하게 변해 있었다.

그리고 처음에 보기 좋은 혈색일 때는 보이지 않던 잡티들과 주름들이 유독 많아 보였다.

그런 탓인지 노인의 얼굴은 갑자기 십 년 이상이나 훌쩍 늙어 보이는 데가 있었다.

노인은 문득 빙그레한 미소를 떠올렸다.

창백하고 힘없어 보였지만, 한편으로는 왠지 전에 없던 온화함과 차라리 후련해 보이는 자연스러움이 느껴지는 미소였다.

"내 인생에 처음이었고, 아마 앞으로도 경험하지 못할 최고의 승부였네."

노인은 잔잔한 어조로 그렇게 말했다.

그러나 김강은 여전히 묵묵하게 노인과 눈을 맞추고만 있었다.

다만 그런 중에도 그의 얼굴에는 한가닥 따뜻한 온기가 생겨나 있었다. 마치 그것이 노인의 말에 대한 대답이라도 되는 듯이.

잠시간 가만히 김강의 얼굴을 응시하고 있던 노인의 얼굴이 설핏 무거운 기색으로 되더니 허탈한 웃음으로 다시 말을 꺼냈다.

"허허허! 무슨 말이 더 필요할까만, 새삼 부끄러울 뿐이네. 자네의 다급한 처지를 억지로 모른 척한 채, 다만 일방적인 욕심으로만 정당한 대결임을 자위하려 했던 나 자신의 위선이 부끄럽기만 하네."

그리고 노인은 서너 발짝 가까이에 다가와 있던 유기현을 가만한 손짓으로 불렀다.

그때 유기현은 사뭇 다급하고 초조한 얼굴을 하고 있었으나, 노인이 부르기 전까지는 감히 함부로 다가올 생각을 하지 못하고 있는 모습이었는데, 마침 노인이 부르자 황급하게 노인에게로 다가왔다.

노인이 유기현을 보고 부드럽게 말했다.

"힘이 드는구나. 날 좀 부축해 주겠느냐?"

그 말에 유기현의 얼굴로는 당장에 격렬한 격동이 비쳤으나, 곧 억누르고 조심스럽게 노인의 허리 어림을 받치며 노인이 기댈 수 있도록 자신의 어깨를 낮추어주었다.

노인은 힘겨워 보이는 모습으로 유기현의 어깨 위로 한 팔을 둘러 몸을 기대며 다시금 허탈한 웃음으로 말을 이어냈다.

"허허허! 한평생 나름대로는 진정한 무도(武道)를 걸어왔다고 자부했으나, 무(武)는 몰라도 도(道)는 어림도 없었던 모양이다. 세상사에 무지하여, 알지 못하는 사이에, 때로는 일부러 모르는 체하며, 이런저런 욕심들에 휘둘림을 당하고 말았으니, 그것을 다만 어리석다고 해야지, 어찌 도라고 할 것인가?"

노인의 말은 유기현에게 하는 말인 듯도 했고, 혹은 김강에게 하는 말인 듯도 했다.

또 혹은 그 스스로에게 하는 탄식인 것 같기도 했다.

아주 잠깐 짙은 감회에 젖어 있는 듯하던 노인이 문득 힘겨운 소리로 유기현에게 말했다.

"네 말이 옳았다. 나는 처음부터 네 말에 따라야 했던 것이다. 그래, 이제라도 우리는 산으로 돌아가자!"

유기현은 차마 노인의 말에 대답을 하지 못했다.

다만 벌써부터 눅눅해진 두 눈을 힘주어 부릅뜨며 노인의 앞에 한쪽 무릎을 꿇으며 조심스럽게 등을 내밀었다.

노인이 잠시 유기현의 등을 내려다보고 있다가 가만한 한숨을 한번 내쉬고는 천천히 그 등에 업혔다.

그리고 유기현이 조심스럽게 몸을 일으켰을 때, 노인은 유기현의 어깨에 머리를 기댄 채 두 눈을 꼭 감고 있었다.

노인을 업은 채 유기현은 이승조를 향해 가볍게 고개를 숙여 보였다.

이승조는 그때까지도 몹시 당황스러운 표정이었으나, 이내 차갑게 고개를 돌려 버렸다.

그러자 유기현은 묵묵히 몸을 돌려 현관 쪽을 향해 걸었다.

그리고 김강 곁을 지날 때, 유기현은 잠시 멈춰서 김강에게 고개를 숙여 보였다.

김강 또한 가벼운 목례로써 답례를 했다.

12. 대결 Ⅱ

선글라스의 사내가 현관을 들어선 것은 노인을 업은 유기현이 나가고 나서 곧바로였다.

성큼 안으로 들어서는 사내를 본 조유진의 눈매가 언뜻 날카로워졌다.

아래쪽의 공터에서 일본도로 무장한 일단의 사내들과 싸움을 벌일 때, 한쪽 멀찍이 떨어져서 마치 한가한 구경꾼이라도 되는 양 내내 느긋하게 싸움을 지켜보고 있던 바로 그 선글라스의 사내였던 것이다.

조유진의 날카로움에 대해 굳이 대응할 의사가 없다는 듯,

사내는 일부러 멀찌감치 돌아 조유진의 옆을 비껴서 이승조와 강순태가 있는 쪽으로 걸어갔다.

이승조를 흘깃 보고 나서 사내는 강순태에게로 얼굴을 가까이 가져가 뭐라고 귓속말을 했다.

그 모습을 지켜보는 이승조의 얼굴에는 못마땅하다는 표정이 뚜렷했다.

한동안 선글라스 사내의 말을 듣고 난 강순태는 문득 뭔가 재미있는 사실을 듣기라도 했다는 듯 혼자서 실실거리는 웃음기를 입가에 떠올렸다.

그리고 그는 돌연 등 뒤의 방 안으로 들어갔다.

이어 누가 뭐라고 할 틈도 없이 정들이 묶여 있는 의자를 통째로 방의 문턱 부근까지 끌고 왔다.

조금 뒤늦게 이승조가 버럭 호통을 쳤다.

"무슨 짓이야?"

그러나 강순태는 빙긋이 웃는 표정을 지우지도 않으면서 차갑게 목소리를 깔았다.

"어이, 이 사장! 지금까지 이 사장 하자는 대로 해줄 만큼 해줬잖아? 여기 이 친구는 이제 우리가 준비한 마지막 카드야. 아! 물론 진짜 마지막 카드는 이 아가씨지만 말이야. 어쨌든 이번 카드의 배팅에는 나도 좀 끼어야겠어. 그리고 미리 말해두지만 이번에는 절대 양보 못하니까, 괜히 목에 핏대 세

워봤자 소용없어."

강순태는 다분히 노골적이 되어 있었다.

"이자가 감히?"

이승조가 내려뜨리고 있던 권총을 들어 올려 강순태의 얼굴 쪽으로 겨누었다.

그러나 금방이라도 방아쇠를 당기고 말 듯한 이승조의 서슬에도 불구하고 강순태는 오히려 빙긋한 미소를 떠올렸다.

"왜? 쏘려고? 호, 정말로 쏠 폼인데? 그럼 어디 총알 맛을 한번 볼까? 어디를 대주랴? 이마? 아니면 목? 흐흐흐! 말만 해. 절대로 빗나가지 않게 바로 앞에다 대줄 테니까? 그런데 정말로 쏠 수 있을까?"

권총의 총구 앞에서도 강순태는 지극히 태연했다.

뿐만 아니라 그의 눈빛에서는 지독스러울 정도의 차가운 독기가 번들거리고 있었다.

일순 이승조는 호흡이 거칠어졌다.

권총을 든 그의 손이 가볍게 떨리고 있었다.

그러나 잔뜩 분노한 모습 그대로 굳어버린 듯, 이승조는 막상 다른 어떤 행동을 이어내지는 못하고 있었다.

그리고 이내 이승조의 얼굴 가득히 떠올랐던 분노의 한쪽으로는 갑작스러운 혼란과 불안이 슬금슬금 피어나고 있었다.

이승조가 보이는 혼란과 불안의 이유 중에는, 원래 이승조의 예상에는 전혀 고려되어 있지 않았던, 한얼도의 노인이 김강에게 패배를 당하고, 더욱이 자신의 손발과 같았던 유기현이 노인을 업고 갑자기 떠나 버린 상황이 상당 부분을 차지하고 있을 것이었다.

그리고 그런 돌발성과 또한 연계가 되는 것이겠지만, 평상시 늘 그를 감싸고 있어서 당연히 자신의 모습 중 일부라고 여겼던 지위와 권력의 보호막이 막상 모두 다 제거가 된 상태에서, 그야말로 계급장 떼고 맨몸으로 대하게 된 강순태의 독기 어린 본모습은, 이승조가 선뜻 정면으로 부딪쳐 볼 엄두를 내기 어렵게 하는 데가 있었기 때문일 것이다.

그때 이승조는 언뜻 정들의 불안에 가득한 눈빛과 마주쳤다.

순간 이승조의 얼굴은 두려움과 자존심 사이에서 지독하리만치 극심한 갈등을 일으키는 모습이었다.

그러나 결국 이승조는 슬그머니 정들의 시선을 비켜 고개를 외면하고 말았다.

권총을 든 그의 손 또한 가만히 아래로 처져 버렸다.

간단히 이승조의 기를 눌러 버린 강순태가 바짓주머니 속에서 작은 주머니칼 하나를 꺼내 들었다.

찰칵!

용수철 퉁기는 소리와 함께 날카로운 칼날이 튀어 올랐다.

"혹!"

뺨에 와 닿는 차갑고도 섬뜩한 칼날의 감촉에 정들이 참지 못하고 코로 다급한 신음을 뱉어냈다.

이승조가 어깨를 움찔하며 정들 쪽을 향해 한 발을 내디뎠으나, 슬쩍 노려보는 강순태의 섬뜩한 눈빛에 그만 굳은 듯이 멈춰 서버렸다.

강순태는 천천히 김강 쪽으로 눈길을 향했다.

김강은 딱딱하게 얼굴을 굳힌 채 묵묵히 서 있었다.

강순태는 즐기기라도 하듯이 잠시 정들의 공포 서린 얼굴과 김강의 굳은 얼굴을 번갈아가며 살피다가 느긋하게 말을 꺼냈다.

"김강! 오늘 자네를 위해 특별히 준비된 이벤트의 마지막은 바로 여기 이 친구야. 사실은 나도 오늘 처음으로 보는 친구야. 이 사장 쪽에서 일본까지 선을 넣어 특별히 초청한 사람이라는데… 홋! 실력이 있는지 없는지는 알지 못해. 그런데 방금 이 친구가 하는 말을 들어보니까, 실력은 몰라도 어쨌든 확실한 친구임에는 분명한 것 같더라고? 하하하! 일단은 자신에게 유리한 점을 철저하게 챙길 줄 안다는 점에서 그렇다는 거지."

강순태가 문득 음침한 웃음을 흘리며 말을 이었다.

"흐흐흐! 이 친구가 방금 뭐라고 한 줄 알아?"

김강이 굳은 얼굴인 채로 나직하게 대답했다.

"짧게 요점만 말하도록 하지?"

그러자 강순태는 짐짓 재미있다는 표정이 되었다.

"흐흐흐! 애인이 떨고 있으니 마음이 급해지는 모양이군? 그러나 너무 서두르지 말라고. 다 순서와 절차가 있는 법 아니겠어? 어쨌든 이 친구가 말하기를, 이 사장 측에서 처음에 자기에게 의뢰한 내용 중에 가능하면 너를 정식으로 뭉개주기를 원한다는 내용이 있다는 거야. 그래서 너하고 한번 떠볼 용의가 있긴 한데, 하지만 자신은 지극히 현실적인 사람이기 때문에 완벽을 기하기 위해서 먼저 한 가지의 조건을 걸겠다는 거지."

김강이 천천히 되뇌었다.

"조건?"

"이 친구에게는 너를 간단히 처리할 방법이 몇 가지나 있지만, 기왕이면 의뢰인 측의 요구를 백 프로 들어주는 게 좋다는 입장이라는 거지. 다만 그렇다고 실패의 위험을 감수할 생각은 조금도 없으니, 자신이 제시하는 한 가지 조건을 먼저 받아들인다면, 그때는 정식으로 한번 떠줄 용의가 있다는 거야."

"조건에 대해 물었는데?"

"간단해! 이 친구가 선방을 치겠다는 거지. 흐흐흐! 까놓고 말해 선방을 한번 쳐보고 나서, 확실한 승산이 보이면 맞짱을 뜰 것이고, 만약 좀 아니다 싶으면 굳이 위험부담을 떠안지 않고 그냥 손쉬운 방법을 택하겠다는 거야. 어때? 꽤나 현실적인 생각 아닌가? 흐흐흐! 그리고 조건에 응하든 말든 선택은 전적으로 너한테 맡긴다는데?"

강순태를 통해 전해진 사내의 조건에 대해 김강이 뭐라고 하기도 전에 조유진이 먼저 벌컥 울화를 토해냈다.

"지금 무슨 추접한 수작을 부리려는 거야?"

그러나 강순태는 느긋하기만 했다.

"아아! 싫으면 싫다고 좋은 말로 하면 되지, 왜 성질은 내고 지랄이야? 그리고 자꾸 잊어버리는 모양인데, 지금 그쪽에서 나한테 성질을 낼 입장은 절대 아니지? 안 그래, 아가씨?"

그러면서 강순태는 주머니칼의 칼끝으로 천천히 정들의 뺨을 훑었다.

정들의 어깨가 부르르 진저리를 쳤다.

덩달아 부릅떠진 이승조의 눈빛으로 짙은 갈등이 치달릴 때, 누군가 짧게 외쳤다.

"그만둬!"

김강이었다.

강순태가 빙그레 웃는 얼굴로 김강을 돌아보며 손을 멈추었다.

그러나 그의 주머니칼은 여전히 정들의 뺨에 대어져 있었다.

마치 자신이 말한 조건을 즉각 받아들이라고 독촉하는 듯이.

"그렇게 하도록 하겠다. 그럼 구체적으로 내가 어떻게 해주면 되겠나?"

김강이 차분하게 물었다.

그때 의외이게도 선글라스의 사내가 직접 대답을 하고 나섰다.

"방어하지 않고, 복부에 일격!"

일본식의 발음이 그대로 묻어나는 다분히 어색한 느낌이었지만, 그 말은 분명한 한국말이었고, 짧고 간단한 표현이었지만 비교적 명확하게 의사전달을 하고 있었다.

조유진이 다시 분노를 토해냈다.

"비열한 개새끼! 너 같으면 상대에게 명치를 때리라고 대줄 수 있겠니?"

사내가 그 말을 알아들었는지, 다시 마디를 짧게 짧게 끊는 분명한 어조로 대답했다.

"명치 아니고, 그 아래 복부! 명치와 다른 급소는 적극적으로 방어해도 좋다!"

그때 강순태가 다시 몰아붙였다.

"어이! 할래, 말래? 빨리 결정해! 아직 똥줄이 덜 타는가 본데, 일단 이 아가씨 뺨에다 그림부터 하나 그려놓고 나서 다시 시작해 볼까?"

김강이 깊숙한 눈빛으로 강순태를 한번 노려본 다음에 선글라스의 사내를 향해 말했다.

"어차피 나로서는 선택의 여지가 없는 일이군. 좋다. 그렇게 하자고. 그런데 말이야?"

그러자 사내의 시선이 언뜻 묘한 호기심을 띠고 김강을 주시했다.

김강이 말을 이었다.

"당신이 나에게 일격을 가하고 난 뒤에 만약 확신이 선다면, 일단 나와의 승부에 들어가기 전에, 우선 인질부터 풀어줄 수 있겠나?"

사내가 짧고도 분명하게 대답했다.

"불가(不可)!"

이어 사내는 다시 덧붙였다.

"인질은 승부가 끝난 다음에야 풀어줄 수 있다."

그에 대해 김강 역시도 별 기대를 하지 않았다는 듯이 덤덤히 고개를 끄덕였다.

"그렇군."

그리고 김강은 잠시 사내를 차분한 눈빛으로 바라보다가 문득 다시 물었다.

"그렇다면 승부가 끝난 이후에는 인질의 안전을 보장해 줄 수 있겠는가?"

사내의 대답에는 여전히 별 주저함이 없었다.

"어차피 내가 의뢰받은 목표는 당신이었다. 승부의 승자가 나라면, 인질의 안전은 보장해 주겠다."

김강과 사내가 주고받는 새로운 협상에 대해 강순태는 내내 인상을 쓰고 있었다.

그리고 마침내 그들 두 사람이 작은 합의에 이르는 듯하자 바로 제지를 하려고 하였으나, 그가 끼어들 틈도 없이 사내가 단정적으로 답을 내버리자, 차라리 어이가 없어지는 모양으로 픽 하고 가볍게 웃고 마는 모습이었다.

잠시 사내를 바라보고 있던 김강이 다시 물었다.

"확실히 보장할 수 있나?"

그러면서 김강의 눈길은 슬쩍 강순태와 이승조 쪽을 훑었다.

사내가 선글라스 아래로 빙긋이 웃었다.

그리고 조용히 시선을 돌려 강순태를 향했다.

강순태는 잠시 선글라스 속 사내의 눈길을 받아들이고 있다가 선뜻 고개를 끄덕였다.

그런 강순태의 표정에는 다소간 과장되어 보이는 흔쾌함이 떠올라 있었다.

다음으로 사내의 얼굴은 이승조 쪽을 향했다.

이승조는 언뜻 인상을 찌푸려 보였지만, 곧 분명하게 고개를 끄덕였다.

사내가 다시 김강을 향했다.

"나는 흑교(黑鮫), 검은 상어다! 정통 닌자(忍者)의 맥을 이은 입장으로서, 내 이름과 명예를 걸고 말한다. 목적을 위해서는 수단과 방법을 가리지 않는다. 그러나 한번 약속한 말에 대해서는 반드시 지킨다. 믿고 안 믿고는 전적으로 그대의 몫이다."

"흑교……? 닌자……?"

김강이 가만히 되뇌었다.

그때 조유진이 김강을 향해 강하게 고개를 저어 보였다.

그러나 김강은 희미한 웃음기를 떠올리며 사내를 향해 말했다.

"후후후! 내 처지에서 믿지 않을 도리도 없지만, 그래도 무조건 믿으라고 하는 것보다는 솔직한 데가 있어 보이는군. 좋다! 흑교! 당신의 이름과 명예를 믿도록 하지."

순간 흑교의 얼굴에 한가닥의 엷은 이채가 떠올랐다.

그러나 곧 그의 입꼬리로는 설핏 묘한 미소 한자락이 스쳐

갔다.

사실 김강은 흑교의 의도를 짐작할 수 있었다. 그가 자신의 단전을 치려는 의도임을.

그리고 단전을 먼저 흔들어놓으려는 의도로 보아, 흑교 역시 내가(內家)의 무예에 접해 있는 것이 분명했다.

물론 어쩔 수 없는 상황이었고, 또한 상대가 약속을 그대로 지키리라는 보장도 없는 것이지만, 그렇다고 김강으로서도 나름대로의 계산이 아주 없지는 않았다.

단전이 내력의 근간이 되는 중요한 부분이기는 하나, 현재 김강이 도달해 있는 내력 정도라면, 전력으로 내력을 끌어올려 버틴다면 웬만한 타격 정도에는 능히 견딜 수 있는 단단한 부위이기도 했다.

김강은 기마보(騎馬步)로 두 다리를 적당히 벌리고 선 상태에서 왼 손바닥으로 명치 부근을 감쌌다.

그리고 오른손은 가볍게 주먹을 말아 쥐고 자연스럽게 허리 아래로 늘어뜨려 놓았다.

만약 상대의 공격 부위가 기습적으로 다른 곳으로 변한다면 방어 내지는 반격을 하겠다는 자세였다.

천천히 걸어와서 김강의 한 걸음 앞에 선 흑교가 역시 기마보의 자세로 섰다.

그리고 한차례 신중하게 호흡을 고른 흑교는 쾌속하게 정권 일권(一拳)을 찔러냈다.

퍽!

순간 김강은 두 가지 찰나적인 의문을 떠올렸다.

왜 타격 소리가 공명하는 맑은 소리가 아닌 탁한 소리가 나는지?

그리고 타격의 순간에 무언가 단전을 관통하는 듯한 느낌의 정체가 무엇인지?

"윽!"

고통스러운 신음은 뒤늦게 그의 입술을 비집고 나왔다.

김강은 서서히 물러나는 흑교의 정권을 응시하고 있었다.

김강이 잔뜩 인상을 일그러뜨린 채 노려보고 있는 것은, 보다 정확하게는 흑교의 틀어쥔 검지와 중지 사이에 뾰족하게 튀어나와 있는 하나의 장침(長針)이었다.

깊숙하게 단전을 찌르고 나온 그 침은 붉은색이었다.

그 붉은색이 김강의 피로 인한 때문인지, 아니면 본래의 색이 그런지는 당장에 알 수 없었다.

일그러진 김강의 얼굴에 허탈감이 급속하게 번져 나가고 있었다.

지금 김강의 내부에서는 엄청난 공명이 휘몰아치고 있는 중이었다.

그의 내부는 온통 뒤흔들리고 있었다.

이윽고 한줄기의 붉은 피가 김강의 입술을 비집고서 흘러나오고 있었다.

조유진은 김강에게로 뛰었다.

그러나 그때 이승조의 외침이 있었다.

"멈춰! 안 그러면 쏴버린다!"

순간 조유진은 움찔하였으나 걸음을 멈추지는 않았다.

"이 자식이 정말⋯⋯?"

방아쇠에 걸린 이승조의 손가락에 지그시 힘이 들어갔다.

아마도 지금 이승조는 강순태에 이어 조유진에게까지 기세를 눌릴 수는 없다는 어떤 마지막 자존심 같은 것에 절박하게 매달리고 있는지도 몰랐다.

그때였다.

"어⋯ 어⋯⋯!"

정들이 흘리는 소리였다.

어눌하였지만 절박한 비명 소리였다.

지금 그녀의 두 눈은 찢어질 듯이 부릅떠져 있었다.

그녀는 너무도 놀란 나머지, 김강이 당하고 난 뒤 한참이나 지난 지금에야 비명을 흘려내고 있는 것이었다.

이승조가 조유진에게로 권총을 겨눈 채 흠칫하며 그녀 쪽으로 눈길을 돌렸으나, 그녀의 놀란 시선이 애절하게 김강에

게로 가 있는 것을 보고는 금방 다시 격렬한 분노를 떠올리고
말았다.

한 걸음을 옮겨 정들의 앞을 가로막아 버리는 이승조를 힐
끗 보면서, 강순태의 눈가로는 비웃음 같은 미묘한 웃음기가
스쳤다.

"유진아! 멈춰! 난 괜찮다!"

힘겹게 들리는 그 목소리는 김강의 것이었다.

그리고 조유진은 그 자리에 멈춰 섰다.

김강은 흑교를 보고 있었다.

"흑교라고 했나? 후후! 방금의 이 수법이 당신이 말한 정통
닌자의 명예인가? 후후! 대단하군?"

흑교가 덤덤하게 말을 받았다.

"이미 말했지만, 닌자는 목적을 위해 수단과 방법을 가리
지 않는다."

"그럼 한번 약속한 말에 대해서는 반드시 지킨다는 그 말
도 믿을 게 못 되겠군?"

"그것 역시 이미 말한 그대로다."

"그래? 그럼 이제 당신이 의도했던 바대로 충분히 되었으
니, 이 시점에서 일단 인질의 결박 정도는 풀어주면 안 되겠
나? 당신은 이미 인질의 안전을 보장했고, 또 승부의 향방에

대해서도 더 이상의 불확실성은 없을 것 같은데, 괜히 인질에게 고통을 줄 필요는 없지 않을까?"

흑교는 잠시 더 주의 깊게 김강의 입가로 흘러내리는 가늘지만 줄기찬 진홍의 선혈을 지켜보고 있다가, 문득 가만히 고개를 끄덕였다.

그리고 강순태를 향해 나직이 말했다.

"여자의 결박을 풀어주시오."

비록 유창한 한국말이 아니어서 그렇다지만, 방금 강순태에게 하는 흑교의 말투는 꼭 아랫사람에게 지시를 내리는 듯하였다.

그런 때문인지 강순태의 눈빛이 언뜻 차가워졌다.

"일단 일부터 끝내는 것이 우선이지."

강순태의 대답에 흑교의 얼굴이 대번에 싸늘하게 굳어들었다.

내내 거의 표정을 보이지 않던 그의 얼굴이 그처럼 한순간에 굳어들자 그것은 곧바로 싸한 살기가 되었다.

그것은 무어라고 표현하기 어려운 지독히도 차갑게 정제된 살기였다.

강순태는 잠시 흑교와 기세를 맞부딪치고 있었다.

그러나 이내 약간 수그러지는 태도를 보이며 말했다.

"일이 끝난 다음에는 나도 인질 문제에 대해서 일절 관여

하지 않겠다. 나 역시 이 아가씨한테는 따로 볼일이 없거든? 호호호! 솔직히 보기 드문 미인을 그냥 풀어주기가 좀 아깝기는 하지만 말이야."

그 말에 대해 흑교는 잠시간 더 강순태를 노려보았으나, 곧 아무 말 없이 김강 쪽을 향해 천천히 돌아섰다.

흑교의 뒷모습을 한차례 힘주어 노려보고 나서, 강순태는 얼굴을 정들의 얼굴 가까이로 가져가며 소곤거리듯 말했다.

"이봐! 아가씨! 방금 말하는 거 들었지? 곧 일이 끝나는 대로 풀어줄 테니까, 잠시만 얌전히 있으라고. 그전에 미리 경고해 두는데 말이야. 만약에 다시 한 번 함부로 찍소리라도 냈다가는 그 즉시로 이 고운 얼굴에 평생 가지고 살아야 할 칼자국이 남을 줄 알아? 난 한다면 하는 사람이니까, 우리 서로 그런 불상사가 일어나지 않도록 잘해보자고?"

순간 정들의 눈빛으로 징그러운 경멸과 끔찍한 공포가 함께 지나갔다.

흑교가 가까이 다가오고 있었지만, 김강은 대응은커녕 허리조차 바로 세우지 못하고 있었다.

흑교에게도 또한 별달리 경계하는 기색 같은 것은 없었다.

그는 이미 김강의 상태에 대해 확신을 가지고 있는 듯했다.

그런데 흑교가 막 김강에게 가까이 다가왔을 때, 김강은 버티고 서 있기도 힘든 듯 다리가 풀리며 스르르 무너지고 마는 것이었다.

마침 그 무너지는 방향이 흑교 쪽이었다.

순간 흑교는 옆으로 피할 듯이 몸을 돌리려 했다.

그러나 어떤 생각이었는지 다만 흠칫하는 정도로 그쳤을 뿐, 굳이 몸을 피하지는 않았다.

아마도 이제 자신의 손에 종말을 맞을 상대에 대한 마지막 배려 같은 것이었을까?

김강은 안기듯이 흑교의 가슴에다 비스듬히 한쪽 어깨를 기대고 있었다.

그때 김강의 체중을 가만히 버티며 흑교가 김강의 귓가에다 나직이 속삭였다.

"스미마셴!"

김강이 힘겹게 물었다.

"작별 인사인가?"

흑교가 차분한 표정으로 답했다.

"내 의뢰인의 마지막 요구는 완전하게 끝을 내달라는 것이었네."

김강이 툴툴거리며 웃었다.

"후후후! 완전한 끝이라면, 역시 날 죽이겠다는 의미이겠군?"

흑교는 무심한 눈빛으로 가만히 고개를 끄덕였다.

"당신 혹시 한국계인가?"

김강이 문득 물었다.

흑교가 잠시의 이채를 떠올리며 반문했다.

"한국계?"

그리고 흑교는 해명하듯이 말을 보탰다.

"아마도 내가 한국말을 하는 것에 대해 오해가 있는 모양이군? 아니다. 난 오리지날 일본 사람이다."

김강이 안도라도 한다는 듯이 말을 받았다.

"다행이군."

김강의 그러한 안도에 대해 흑교는 언뜻 의아한 기색이 되었다.

바로 그때였다.

김강이 문득 복부의 고통이 일어나는 듯 몸을 뒤치었고, 흑교는 반사적으로 변화하는 김강의 체중점에 대해 자신이 버티는 힘의 대항점을 고쳐 잡았다.

그런데 그 찰나의 틈에 무언가 검은색 끈 같은 것이 흑교의 머리를 넘어 목뒤로 넘어갔다.

혁대였다.

그리고 한순간 김강의 몸은 흑교의 어깨를 타고 돌며 그의 등 뒤로 돌아갔다.

그에 따라 흑교의 목에 휘감긴 혁대는 마치 올가미처럼 흑교의 목을 조이는 형태로 되었다.

그야말로 찰나지간의 일이었다.

그사이에 흑교가 할 수 있었던 것은 두 눈을 부릅떠 경악하는 일과 뒤늦게 목에 감긴 혁대의 중간을 움켜잡아 그 조임을 늦추는 일뿐이었다.

그러나 그때 등을 맞댄 김강이 왼손으로는 혁대를 단단히 잡아당기면서, 오른쪽 팔꿈치로 짧게 흑교의 옆구리를 찍었다.

콱!

"헉!"

숨넘어가는 소리와 함께 순간적으로 흑교의 전신에 맥이 풀려 버렸다.

이어 김강은 등을 더욱 단단하게 밀착시키며 두 손 모두를 사용해 전력으로 혁대를 잡아당겨 버렸다.

"끄으윽!"

흑교에게서 기이한 신음이 새어 나왔다.

흑교는 온몸으로 발버둥을 쳤지만, 그의 사력을 다한 몸부림도 김강이 마지막 전력을 다해 잡아당기고 있는 혁대 올가미의 완강한 조임을 조금도 느슨하게 만들지 못하고 있었다.

"그으으윽!"

절박함의 막바지에 이른 흑교의 신음 소리를 들으며 김강이 악물린 잇소리로 중얼거렸다.

"나의 내력이 어떻게 아직까지 남아 있는지 궁금하겠지? 흐흐흐! 너무 억울해하지 마라. 당신이 아주 실패한 것은 아니니까. 지금 나는 마지막 밑바닥의 내력을 억지로 붙잡아놓고 있는 상태일 뿐이야. 두어 가지 꼭 해야만 할 일이 있기 때문이지."

그리고 김강은 짧게 숨을 몰아쉰 다음에 차갑게 말을 이었다.

"스미마센? 아마도 미안하다는 뜻이겠지? 그래! 나 또한 미안하군. 이렇게까지는 하지 않아도 될 일인데… 그러나 이 마지막 기회를 놓치면 나로서는 당신을 감당할 수 없을 것이기에, 달리 방법이 없었어. 부디 잘 가시게!"

그리고 김강은 혁대 올가미를 잡아당기고 있던 손아귀의 힘을 아주 잠깐 늦추었다가, 곧바로 강한 반동을 주어 전력으로 잡아챘다.

순간 소름 돋는 소리가 울렸다.

우두둑!

흑교의 전신이 순간적으로 경직되었다가 이내 다시 축 늘어져 버렸다.

부릅뜬 그의 눈동자는 그때 완전한 백색으로 돌아가 있었다.

김강은 탈진한 모습으로 손아귀의 힘을 풀어버렸다.

그러자 그의 등을 타고 흑교의 축 늘어진 몸뚱이가 스르르 바닥으로 내려앉았다.

바닥에 널브러진 흑교의 사체를 뒤로하고 김강 역시 무너지듯이 바닥으로 주저앉아 무릎을 꿇고 말았다.

그는 이제 허리를 세우고 머리를 들 힘조차 남아 있지 않은 듯했다.

허리는 구부정히 숙여졌고, 머리가 아래로 떨어지지 않도록 간신히 버티고 있는 기색이 역력했다.

그의 입과 코에서는 계속하여 피가 흐르고 있었는데, 그 피는 이제 완연히 검붉은색을 띠고 있었다.

흑교의 주먹 속에 감춰진 침에 단전을 찔렸을 때, 김강의 단전은 곧바로 치명적인 손상을 입고 말았다.

단전에 잔뜩 응축되어 있던 내력은 마치 무너진 댐에서 엄청난 저수량이 터져 나가는 것처럼 마구 전신의 혈맥으로 빠져나가 버렸다.

그나마 그의 내부에 있던 내력의 양이 막대한 것이었고, 또한 대부분의 진기가 세차게 빠져나간 다음부터 얼마 남지 않은 진기가 빠져나가는 속도가 확연히 줄기는 했었다.

그러나 그 속도가 줄었을 뿐 진기는 계속해서 빠져나갔다.

이제 자신의 단전이 완전한 공백 상태로 되는 데는 시간이 얼마 걸리지 않을 것임을 김강은 뚜렷하게 자각하고 있었다.

13. 어떤 결말

강순태는 조심스럽게 김강을 살피고 있었다.

비록 김강이 지금 바닥에 무릎을 꿇고 앉은 채 머리조차 제대로 가누지 못하고 있는 모습이 확연했지만, 그래도 흑교의 죽음이 주는 충격은 여전히 그를 두려움으로부터 벗어나지 못하도록 만드는 데가 있었다.

때문에 그가 김강이 더 이상 위협적인 존재이지 못하다는 사실을 믿는 데는 어떤 추가적인 확신이 필요했다.

강순태가 날카롭게 목소리를 높였다.

"김강! 넌 이제 살인자다. 흐흐흐! 이젠 나보다도 니가 더

나쁜 놈이 된 거란 말이다. 실감이 안 되냐?"

강순태로서는 김강을 격동시켜 보려는 의도일 것이었다.

그러나 김강은 대답할 힘조차 없는 모양으로, 고개가 점점 더 아래쪽을 향해서만 기울어가고 있었다.

탈진한 채 무너져 있는 김강의 뒷모습을 보며 조유진은 마치 석고처럼 하얗게 얼굴을 굳히고 있었다.

그러한 그의 모습은 차라리 울부짖는 것보다 더 격렬한 분노와 격정을 담고 있었다.

그럼에도 불구하고 조유진은 멈춰 선 자리에서 한 발자국도 움직이지 못하고 있었다.

그러나 조유진의 그런 부동(不動)이 이승조의 권총 때문인 것은 결코 아닐 것이었다.

피라도 쏟을 듯 벌겋게 충혈된 조유진의 두 눈이 꽂히듯이 노려보고 있는 것은, 바로 김강의 허리 뒤로 늘어뜨려진 왼손이었다.

손바닥을 편 그 손이 이따금식 조유진을 향해 까딱거리고 있었다.

그리고 조유진은 그 까딱거림이 자신에게 전하고자 하는 의미를 너무도 잘 알고 있었다.

그것은 김강이 아직까지는 자신이 버틸 만하다는 것을 표시하는 것이며, 조유진에게는 섣부른 경동(輕動)을 하지 말라고 제지하는 것이었다.

"어이, 이 사장! 어때? 마지막으로 저 친구한테 뭐 하고 싶은 말 같은 거 없나? 내가 보기엔 있을 것 같은데 말이야. 이제는 마무리를 해야 할 시간이니까, 혹시 있거든 지금 하라고? 괜히 가슴속에 묻어뒀다가 평생 두고두고 혼자서 가슴이나 쥐어뜯지 말고 말이야."

이승조를 향해 하는 강순태의 말이었다.

이승조가 딱딱하게 굳은 표정으로 강순태를 돌아보았다.

강순태가 빙긋이 웃으면서 슬쩍 정들 쪽으로 시선을 돌리며 딴청을 부렸다.

"어허? 이 아가씨 눈 좀 보게? 아주 절절하구만? 흐흐흐! 이런 상황에서도 애인을 걱정하는 모습이 정말로 감동적이야?"

이승조의 눈길이 언뜻 정들에게로 향했고, 순간 그의 눈 깊숙한 곳에서는 증오의 불꽃이 생겨나고 있었다.

이승조는 성큼 앞을 향해 걸었다.

그때 그의 뒤에서 강순태가 말했다.

"이 사장! 분위기상 권총보다는 이게 더 어울릴 것 같은데? 권총은 잠시 나한테 맡겨놓는 게 좋을 것 같고?"

강순태가 자신의 허리춤에서 꺼내 이승조에게 내민 것은 길이 이십 센티미터 정도의 작은 회칼이었다.

김강은 힘겹게 고개를 들어 자신의 앞에 선 이승조를 올려

다보았다.

언뜻 김강의 입가에 희미한 미소가 떠올랐다.

고통과 힘겨움이 녹아 있었지만 차가운 미소였다.

가만히 눈길을 맞추면서 김강이 물었다.

"이승조! 너에게 있어 정들은 어쩐 존재인가?"

생각지 못한 물음이었는지, 이승조는 순간적으로 흠칫하였다.

김강이 다시 물었다.

"정들을 사랑하나?"

순간 이승조의 눈빛이 크게 흔들렸다.

그러나 이승조는 어떤 대답도 하지 않았다. 긍정도 부정도.

다만 그의 침묵은 부정보다는 긍정의 의미로 보였다.

이승조의 눈빛을 가만히 응시하고 있다가 김강이 말을 이었다.

"자신의 분노와 증오를 풀기 위해서는 사랑하는 사람조차도 이용하고 막다른 위험으로 내몰 수 있는, 이런 게 네가 사랑을 하는 방식이냐? 이승조! 남자로서 말한다. 네가 정들을 진정으로 사랑한다면, 지금이라도, 그 어떤 것보다도 우선하여, 그녀를 위험으로부터 구해내라. 나에 대한 감정을 푸는 일은 그다음이다. 그게 남자다운 일이다. 이승조!"

부르르!

이승조의 어깨가 가늘게 떨리고 있었다.

그러던 중에 그는 발작적으로 왼손을 뻗어 김강의 머리를 움켜잡았다.

이어 그는 오른손으로 가차없이 김강의 뺨을 후려쳤다.

짝!

경쾌한 소리와 함께 김강의 고개가 한쪽으로 휘청했다가는 힘없이 제자리로 돌아왔다.

"이 모든 게 너 때문이야, 이 새끼야!"

절규하듯이 부르짖으며 이승조는 다시 김강의 뺨을 후려쳤다.

짝!

"너만 나타나지 않았다면, 내 인생이 이렇게 엉망으로 되지는 않았단 말이다!"

짝!

그렇게 이승조의 흥분은 급속도로 증폭되고 있었다.

짝!

짜작!

짜자작!

미친 듯이 김강의 뺨을 후려쳐 대는 이승조의 모습은 정말로 광기에라도 휩싸인 듯했다.

그렇지 않아도 내상(內傷)으로 인해 입과 코로 피를 흘리고 있던 김강이었다.

거기에다 잇따라 호되게 뺨을 맞자 입과 코가 새로이 터지면서 피가 홍건하였고, 다시 그 피를 이승조의 손바닥이 사방으로 튀기면서, 김강의 얼굴은 금세 낭자한 피범벅이 되고 말았다.

정들은 절규하고 있었다.

소리조차 제대로 내지 못하고 눈빛으로 하는 절규였기에, 그녀의 절규는 더욱 처절한 데가 있었다.

조유진은 차라리 냉정해 보이는 모습이었다.

비록 두 주먹을 불끈 쥐며 억지로 격동을 참고 있는 모습이었으나, 그의 시선은 김강과 이승조 쪽보다는 강순태 쪽으로가 있었다.

지금 조유진은 김강의 얼굴이 피투성이로 변해가는 데 대한 분노보다는, 오히려 실내의 관심이 이승조가 만들어내는 광기 어린 장면으로 집중되어 있는 틈을 타, 뭔가 상황을 반전시킬 수 있는 계기를 잡아야만 한다는 절박함에 빠져 있는 듯했다.

얼굴이 온통 피투성이가 된 중에도 김강은 담담했다.

그의 얼굴에 떠올라 있는 희미한 미소는 여전히 사라지지 않고 있었다.

점점 잔인성이 증폭되어 가는 와중에 이승조는 문득 김강의 그런 모습을 인지하게 된 모양이었다.

그리고 그 순간, 마침내 그는 마지막 한가닥의 이성마저 완전히 잃어버리는 모습이 되고 말았다.

"죽여 버린다!"

언뜻 이승조의 손에 잡힌 회칼이 번뜩하고 빛을 발하였다.

푹!

아주 가볍고도 소름이 끼치게 만드는 소리.

그것은 바로 예리한 칼날이 옆구리를 파고드는 소리였다.

그리고 다음 순간 이승조는 석상처럼 굳어졌다.

미친 듯이 치달리던 그의 격정 또한, 마치 급속 냉동이라도 되어버린 듯 그대로 얼어붙어 버렸다.

"크윽!"

김강의 입에서 잔뜩 억눌린 신음이 흘러나왔다.

그리고 잠시 멈춘 듯하던 시간이 다시 흘러갔다.

"으… 으으으……"

정들은 막힌 입 대신 코로 절규를 흘려냈다.

이승조는 마치 넋을 잃은 사람처럼, 아무런 목적의식도 없는 사람처럼, 멍한 표정으로 김강의 옆구리에 박힌 칼을 천천히 뽑아냈다.

촤아악!

칼끝을 따라 가느다란 핏줄기가 세차게 뿜어졌다.

피로 흠뻑 물든 손등, 따뜻한 선혈이 주는 그 처절하고도 처연한 느낌에 이승조는 문득 정신을 차린 듯했다.

다리를 휘청하며 그는 주춤주춤 뒤로 물러섰다.

"내가……! 내가……!"

잔뜩 질린 채 중얼거리는 이승조의 목소리가 심하게 떨려 나오고 있었다.

참혹하게 일그러진 중에도 조유진의 얼굴은 한가닥 비장함을 담고 있었다.

모든 사람들의 시선이 김강과 이승조 쪽으로 쏠린 틈을 타 그는 조용히, 그러나 최대한 신속하게 움직이고 있었다.

강순태의 시선과는 최대한의 사각 방향으로, 그리고 정들과는 조금이라도 더 가까운 쪽으로.

지금 조유진의 양 손바닥은 두 자루의 단도를 잔뜩 움켜쥐고 있었다.

"허튼짓하지 마라!"

한순간 강순태가 조유진 쪽으로 홱 고개를 돌리며 경고했다.

그 차가운 경고에 슬금슬금 미끄러지고 있던 조유진은 멈칫 제자리에 못 박히고 말았다.

강순태가 비릿하게 웃었다.

"흐흐흐! 나는 별로 참을성이 없는 사람이야. 그리고 일단 시작한 일에 대해서는 뒤에 벌어질 결과에 대해서 크게 따지지도 않지. 마음에 안 들면 바로 이년의 목부터 따버릴 수도 있다는 말이다. 알겠니?"

조유진이 다시 한 번 움찔하고 마는데, 그러면서 그는 슬쩍 두 손을 가슴 앞으로 끌어 올리고 있었다.

그러나 다음 순간 조유진의 어깨와 팔은 그대로 굳어버렸다.

강순태가 정들의 뒤로 돌아가 버린 때문이었다.

마치 조유진의 손바닥 안에 두 자루의 단도가 감추어져 있다는 것을 훤하게 알고 있다는 듯이.

조유진으로서도 단도를 던져 정들의 뒤로 조금 드러나 보이는 강순태의 머리나 몸을 단 한 번에 정확하게 맞출 자신은 없었다.

잔뜩 굳어져 있던 조유진의 어깨선이 한순간 힘없이 풀려 버렸다.

강순태는 비칠거리며 자신을 향해 다가서는 이승조에게 빈정거리듯 말을 뱉었다.

"이봐! 사내자식이 그렇게 배짱이 없어서야 뭣에 쓰겠나?"

그 말이 자극이 되었던지 여전히 넋을 놓은 듯 보이던 이승조의 얼굴에 그제야 표정이 돌아오는 듯했다.

"그 총 이리 돌려주시오. 그리고 당신은 정들의 곁에서 물러서고!"

이승조의 명령조에 강순태는 대번에 험악한 인상을 그렸다.

"흐흐흐! 그렇게는 안 되지. 이제 빠져야 할 사람은 바로 너야. 네 역할은 이제 다 끝났거든?"

"무슨 수작이야?"

"어이, 애송이! 내가 친절하게 하나 알려주겠는데, 너 계속 그딴 식으로 말을 지껄이면, 너부터 아작 내버린다? 내가 어떤 사람인지 아직도 모르겠니? 나 강순태야! 이 철없는 애새끼야?"

순간 이승조가 격분을 참지 못하고 주먹을 치켜들었지만, 이내 그는 멈칫하고 말았다.

강순태의 섬뜩한 눈빛 때문이었다.

그것은 차라리 잔혹한 살기였다.

이승조가 주먹을 치켜든 채 멈칫거리고 있자, 강순태는 입가에다 노골적인 비웃음을 떠올렸다.

그것은 이승조에 대한 완전한 무시였다.

강순태가 정들의 뺨에다 주머니칼의 칼날을 갖다 대었다.

정들이 흠칫하며 고개를 돌리려 하자, 강순태는 아예 그녀의 머리채를 잡아채 버렸다.

그리고 한순간 칼끝이 예리하게 움직였고, 동시에 정들에게서 고통스러운 비음이 흘러나왔다.

"어어… 윽!"

그녀의 뺨에는 선명하도록 붉은 선이 길게 생겨 있었다.

칼끝은 제법 깊숙이 그녀의 매끄러운 뺨을 길게 그어버렸고, 그 상처를 따라 피가 솟아 흐르며 뺨 전체를 홍건히 적셔 내리고 있었다.

순간 이승조의 눈에 극도의 분노와 갈등, 그리고 자괴감이 격렬하게 휘돌았다.

공포와 분노, 그리고 원망으로 가득한 정들의 눈빛이 지금 그를 향하고 있기 때문일 것이었다.

그리고 한순간 이승조는 한소리 억눌린 고함을 내지르며 강순태를 향해 돌진해 들어갔다.

"그만둬!"

그리고 동시이다시피, 실내를 우르르 울리는 단발의 굉음이 터졌다.

탕!

권총의 격발음이었다.

주머니칼을 빼앗으려 달려드는 이승조에 대해 강순태는 반사적으로 권총의 방아쇠를 당기고 만 것이었다.

순식간의 일이었고, 일시 멍해 있는 표정으로 보아 방아쇠를 당긴 강순태 자신조차도 전혀 의도하지 않았던 일인 듯했다.

"크윽!"

조금 뒤늦게 비명을 흘리며 이승조가 자신의 가슴을 움켜잡았다.

부릅떠진 그의 두 눈은 믿을 수 없다는 듯이 강순태와 그의 손에 들린 권총을 보고 있었다.

이어서 그는 고통에 겨워하면서도 다시 피투성이의 손을 뻗어 강순태를 잡으려고 했다.

그 처절한 모습과 집요함에, 강순태는 자신도 모르게 주춤한 걸음을 뒤로 물러서고 말았다.

"이런 미친 새끼!"

긴박하게 벌어지는 일련의 상황과 혼란을 틈타 조유진은 재빠르게 강순태와의 거리를 좁혀들고 있었다.

그러나 조유진이 옆으로 돌아서 강순태와 서너 걸음 정도 가까이에 도달했을 때, 강순태는 언뜻 조유진을 발견하고 말았다.

강순태가 총구를 휙 돌리며 경고했다.

"멈춰! 새끼야! 꼼짝만 해봐? 대갈통에 구멍을 내줄 테니까!"

순간 조유진은 모든 것을 체념한 표정이 되고 말았다.

그리고 천천히 정들을 향해 걸어갔다.

강순태가 다시 외쳤다.

"새끼! 지금 죽여달라는 거냐?"

그러나 그때 조유진은 정들에게 다가서서 그녀의 입에 붙여진 테이프를 조심스럽게 떼고 있었다.

강순태는 조유진의 머리 가까이로 총구를 들이댔다.

그리고 잔혹한 표정으로 말했다.

"좋아! 기왕에 이렇게 된 거, 한 놈씩 한 놈씩 모조리 다 죽여주마!"

그 순간 강순태는 정말로 작정한 듯, 그의 눈빛은 소름 끼치도록 번들거리고 있었다.

탕!

한 발의 총소리가 실내의 공기를 찢어발겼다.

그런데 총소리는 그것으로 그치지 않고 잇달아서 울리고 있었다.

타탕!

타타탕!

그리고 현관으로부터 일단의 사람들이 뛰어들어 오며 고함을 내지르고 있었다.

"모두 움직이지 마!"

"총을 버리고, 두 손을 머리 위로 올려!"

군용 방탄조끼와 헬멧, 그리고 권총과 저격용 라이플로 완전 무장을 하고 있었지만, 그들 십여 명이 바로 B팀의 조장들이란 것을 조유진은 바로 알아볼 수 있었다.

또한 그들의 복장이 B팀의 요원일 때와 사뭇 다르다는 것이, 곧 그들이 ㈜CHINGU의 B팀으로서가 아니라, 국가정보기관의 비밀요원으로서 이 상황에 개입하고 있음을 나타내는 것이라는 사실도.

무수한 총구의 집중적인 겨눔에 강순태는 감히 저항하지 못하였다.

권총을 바닥으로 버리고 두 손을 머리 위로 올린 다음, 그는 순순히 바닥에 무릎을 꿇고 머리를 숙였다.

B팀, 아니, 국정원 요원들의 신속한 조치로 실내의 상황은 빠르게 정리되고 있었다.

그리고 그때쯤 현관 입구 쪽에는 장훈의 모습과 B팀의 나머지 요원들이 모습을 보이고 있었다.

그러나 국정원 측은 외부인들의 실내 출입을 철저히 차단하였으므로, 장훈 등은 바깥에서 대기하여야만 했다.

정들은 쓰러져 있는 이승조의 머리를 힘겹게 받쳐 올려 자신의 무릎 위로 올려놓았다.

그러는 바람에 이승조의 가슴팍에서 흘러내린 피가 그녀의 옷까지 흠뻑 적시고 말았다.

잠시 그녀의 애타는 눈길이 김강에게로 향했으나, 차마 처참한 모습의 이승조를 홀로 두고 그에게로 가지는 못하는 모습이었다.

　"쿨럭!"

　힘겹게 뱉어내는 이승조의 밭은기침에는 점점이 방울로 튀는 피가 섞여 있었다.

　아마도 총알은 그의 폐부 쪽을 심각하게 손상시킨 모양이었다.

　정들이 안타깝게 그를 불렀다.

　"승조야!"

　그때 고통으로 잔뜩 일그러져 있던 이승조의 얼굴에 희미한 미소가 떠올랐다.

　"미안하다. 정말 이렇게까지 할 생각은 아니었다. 그냥 내가 얼마나 참담한 분노를 겪고 있는지를 보여주고 싶다는 생각뿐이었는데……."

　말하던 중간에 극렬한 고통이 치미는지 이승조는 신음을 섞어냈다.

　"크으으!"

　그리고 이승조의 얼굴은 다시 애잔한 것으로 변했다.

　"어떻게 하다가 일이 이렇게 되어버렸지? 미안하다, 정들! 정말 이럴 생각은 아니었는데……."

정들은 이승조의 물기 어린 눈빛과 눈을 맞추며 가만히 고개를 저었다.

"됐어! 더 이상 말하지 마! 다 알고 있으니까, 더 이상 말하지 마! 그리고 조금만 참아! 이제 곧 다 괜찮아질 테니까, 치료를 받을 때까지 조금만 참고 있어."

그때 들것을 든 국정원 요원들이 다가왔고, 정들이 비켜서자 그들은 신속하게 이승조를 실어서 바깥으로 향했다.

그리고 정들은 곧바로 김강에게로 뛰어갔다.

"어떻게 된 거야? 얼마나 다친 거야?"

눈을 감은 채 조유진의 품에 기대어 있던 김강은 정들의 애처로운 목소리를 듣고서 힘겹게 눈을 떴다.

애써 빙그레 미소를 떠올리며 김강이 겨우 중얼거리듯 힘없는 목소리로 말했다.

"미안해!"

그 말에 울컥 서러운 감정이 솟구치는지 정들은 입만 벙긋거릴 뿐 일시 목소리를 내지 못하였다.

그러자 김강은 힘겨워하는 중에도 짐짓 짓궂은 표정을 만들었다.

"후훗! 제 여자 하나 제대로 지켜주지 못하는 나 같은 놈은 두고두고 싹수가 노랄 형편없는 놈이니까, 이번 기회에 아예 정리를 해버리는 게 좋을걸?"

그제야 정들이 뾰족하게 소리를 냈다.

"그런 말이 어디 있어?"

수갑을 찬 상태에서 국정원 요원들에 의해 바깥으로 끌려나가고 있던 강순태는, 마침 정들과 김강의 곁을 지나가면서 음침한 웃음을 흘렸다.

"흐흐흐! 보기 좋군. 그리고 아쉽군! 조금만 더 시간이 있었으면 멋지게 마무리를 할 수 있었는데 말이야? 그러나 기회가 또 없는 건 아니야! 흐흐흐! 김강! 조금 오래 걸릴 수도 있겠지만, 넌 반드시 나를 다시 만나게 될 거다. 반드시 말이야. 아아! 그렇지. 넌 사람을 죽인 살인자니까, 어쩌면 나보다 더 오래 감옥에 있어야 할 거고, 그러다 보면 그 안에서 나와 만날 수 있을지도 몰라? 아니, 아니지! 반드시 만나게 될 거야. 내가 그렇게 만들 테니까 말이야. 뭐, 우리 천천히 질기게 보도록 하자고!"

그때 김강이 문득 고개를 끄덕이더니, 곁에서 한쪽 무릎을 꿇은 자세로 있던 조유진에게 나지막이 말했다.

"유진아! 저자, 내게 데려와라!"

조유진의 얼굴에 언뜻 망설이는 기색이 스쳤다.

그러나 그는 곧 지체없이 몸을 일으켜서 입구 쪽을 향해 달려갔다.

현관 입구를 가로막고 선 조유진이 국정원 요원들 중 아는 얼굴 하나를 향해 단호하게 말했다.

　"이자, 나한테 넘겨! 회장님께서 잠깐 좀 보자신다."

　그러자 그 요원의 얼굴은 곧바로 사뭇 곤란하다는 것으로 변하고 말았다.

　사실 그는 얼마 전까지만 해도 B팀 열 명의 조장들 중 제이조장을 맡고 있던 인물이었다.

　"그럴 수 없습니다. 이자는 곧바로 경찰로 넘겨질 겁니다."

　일단 단호하게 말을 했지만, 제이조장은 곧 사정하는 투가 되었다.

　"조 본부장님! 이러시면 곤란합니다. 이제 다 끝났습니다. 밖에 구급차가 대기하고 있으니, 우선 회장님부터 병원으로 옮기도록 하십시오."

　그러나 그때 조유진은 손에 든 두 자루 단도를 내보이며 차갑게 말했다.

　"회장님의 명령이다."

　순간 제이조장의 얼굴이 딱딱하게 굳어졌다.

　"이러시는 것은 공무집행을 방해하는 것입니다. 정히 이러신다면 아무리 조 본부장님이시라 해도 체포할 수밖에 없습니다."

말과 함께 제이조장의 손이 슬쩍 허리에 걸린 권총 쪽으로 옮겨갔다.

그때였다.

누군가 급하게 현관 입구로 들어서면서 거칠게 고함을 쳤다.

"야! 이조장! 회장님의 명령이라잖아?"

장훈이었다.

그는 바깥에 대기하고 있던 중에 조유진의 목소리를 듣고는 제지를 뿌리치고 안으로 들어온 모양이었다.

어쨌든 조유진에 이어 장훈까지 눈에 쌍심지를 켜고서 금방이라도 실력 행사를 할 듯한 기세이자, 제이조장은 순간 당황한 기색이 되고 말았다.

그때 장훈의 뒤를 따라서 현관을 들어선 사십대쯤의 사내하나가 실내에서 벌어지고 있는 사태를 한번 훑어보고는 어디론가 전화를 걸었다.

그리고 간단한 몇 마디의 통화를 한 후 그는 제이조장을 향해 조용한 투로 말했다.

"잠시 시간을 드리도록 해!"

그것은 명령이었다.

중년 사내는 아마도 오늘 일에 대한 현장 책임자인 모양이었다.

사내가 조유진의 어깨 너머로 김강을 향하고 말했다.

"딱 십 분이오. 그리고 다른 사람들의 입장과 사정도 생각해 주실 줄 믿겠소."

김강은 천천히 고개를 끄덕였다.

사내는 김강의 사뭇 힘겨워 보이는 고갯짓을 바라보고 있다가, 문득 단호한 투로 사방의 요원들에게 지시했다.

"잠시 바깥으로 물러난다. 그리고 지금부터 십 분간은 오늘의 작전에서 원래부터 없었던 시간으로 한다. 내 말뜻 알겠나?"

"예!"

나지막한 대답들과 함께 요원들은 신속한 걸음걸이로 현관을 통해 바깥으로 빠져나갔다.

손을 뒤로하여 수갑을 찬 채 강순태는 조유진에게 멱살을 잡혀 김강에게로 끌려왔다.

그때 김강은 겨우 몸을 추슬렀는지 힘겨워 보이는 중에도 정좌(正坐)의 형태로 앉아 있었다.

"꿇어!"

조유진이 강순태의 오금을 걷어차며 동시에 거칠게 강순태의 멱살을 잡아 앉혔으므로, 강순태는 휘청거리며 김강의 앞에 무릎을 꿇을 수밖에 없었다.

그러나 그런 중에도 강순태의 얼굴에는 비릿한 비웃음이

떠올라 있었다.

"흐흐흐! 왜, 이대로 그냥 끝내기에는 좀 억울하냐? 뺨이라도 한 대 올려붙이고 싶지? 아주 죽이고 싶지? 흐흐흐! 그래! 어디 한번 니 마음대로 해봐! 지금이 아니면, 다시는 그럴 기회도 없을 테니까 말이야. 그런데 어쩌냐? 내가 보기에 지금 넌 내 뺨 한 대 올려붙일 힘도 없는 것 같은데?"

강순태의 말대로 김강의 모습은, 비록 겨우 정좌를 취하고 앉아 있기는 했으나, 한눈에 보기에도 모든 기력을 다 소진해 버리고 난 다음의 쇠잔한 모습이었다.

"하하하하!"

강순태는 자못 통쾌한 듯이 다시 소리 내어 웃었다.

그러나 그는 돌연 웃음을 뚝 멈추며 이글거리는 눈빛이 되어 말했다.

"애초부터 넌 나를 잘못 건드린 거야, 새꺄! 나는 죽었으면 죽었지, 남에게 조금이라도 당하고는 살지를 못하는 성질이거든? 조금이라도 빚을 지고는 밤잠을 제대로 못 자는 성미라고?"

그때까지 가만히 강순태의 눈을 들여다보고만 있던 김강이 문득 조용히 입을 열었다.

"그래, 과연 강순태다운 모습이군. 조금도 변하지 않았어. 그러나 말이다. 이번에는 너도 상대를 잘못 고른 것 같다. 지금까지 네가 겪어왔던 상대들과는 아주 많이 다른 상대거든?"

김강의 그 말투는 마치 그가 자신이 아닌 다른 사람이라도 되어서 하는 말 같았다.

순간 강순태의 표정에 묘한 의혹 같은 느낌이 떠올랐다.

그때 김강이 조금은 착잡해 보이는 표정이 되며 다시 말을 이었다.

"나는 방금 전에 하나의 결심을 했다."

"흐흐흐! 미친놈! 결심을 하든 지랄을 하든, 죽이든 살리든, 꼴리는 대로 해보라니까?"

김강은 더욱 깊숙이 가라앉은 눈빛으로 천천히 말을 뱉었다.

"내게 남은 마지막 힘으로 당신에게 선물 한 가지를 베풀기로 하지."

이때 김강의 말투는 다시 그 본래의 것으로 되돌아와 있었다.

강순태는 문득 일그러진 표정이 되면서도 이번에는 빈정거리지 않았다.

대신에 그의 얼굴에는 언뜻 뭔가 구체화되지 않은 불안 같은 느낌이 희미하게 번져 가고 있었다.

"이 아가씨 좀 밖으로 데려가! 홋! 아무래도 아가씨가 있기에는 너무 삭막하고 거친 광경이잖아?"

김강이 문득 가벼운 투로 장훈을 향해 하는 말이었다.

정들이 단호하게 고개를 가로저었다.

"싫어! 나 혼자는 싫어. 같이 나가!"

김강이 흐릿하게 웃으며 농담처럼 말을 받았다.

"후훗! 지금 내게 애교 떠는 거 맞니?"

그리고 김강은 정들이 말을 받을 틈을 주지 않고서 말을 덧붙였다.

"먼저 좀 나가 있어! 내가 마지막으로 꼭 해야 할 일이 하나 있어서 그래!"

그런데 김강의 그 말에 대해 정들은 화들짝 놀라듯이 민감한 반응을 보이는 것이었다.

"마지막이라고?"

김강이 짐짓 별스럽다는 듯이 가볍게 이마를 찡그리며 말했다.

"그게 아니고, 지금 이 자리에서 꼭 해야만 할 일이 하나 있다는 거지."

그리고 김강은 가만히 정들의 눈을 들여다보며 다시 한 번 차분하게 말했다.

"밖에서 기다리고 있어! 잠시면 돼!"

그런 김강의 목소리와 모습에는 정들로 하여금 거부할 수 없도록 만드는 그 특유의 고집스러움 같은 것이 있었다.

그때 김강의 눈짓을 받은 장훈이 가볍게 정들의 팔을 부축하며 현관 쪽을 향해 이끌었다.

"강순태!"

강순태가 언뜻 입매를 비틀어 올릴 때, 김강은 천천히 말을 잇고 있었다.

"당신은 이 세상에서 가장 두렵고 고통스러운 것이 죽음이라고 생각하나? 그리고 당신은 죽음 따윈 두렵지 않으니까, 세상에 더 이상 두려울 것이 없다고 생각하나? 후훗! 그러나 죽음보다 더 두려운 것은 바로 삶이다. 죽는 것조차 마음대로 못하는 처절한 삶!"

깊숙하게 가라앉은 눈빛, 그리고 나지막하게 울리는 목소리였다.

한순간 강순태는 흠칫하는 심정이 되었다.

뭔가 정체를 알 수는 없지만, 어떤 근원적인 공포 같은 것을 돌연히 느끼게 되었기 때문이다.

무심하고도 덤덤한 얼굴로 김강이 말을 이었다.

"내가 당신에게 줄 선물은 바로 그러한 삶이다. 물론 이건 내게 있어서도 하나의 끔찍한 악업(惡業)이 될 것이다. 그러나 악업인 줄 알면서도 행하는 것은, 나의 좁은 속으로는 결국 당신을 용서할 수 없다는 결론에 이르렀기 때문이다. 그리고 이건 또 다른 한 사람의 분노이기도 하다."

강순태의 눈빛은 여실히 흔들리고 있었다.

그것은 극심한 불안이었고, 또한 의혹이었다.

그리고 김강이 정좌한 그대로 힘겹게 앉은 위치를 옮겨 그와 어깨를 붙여왔을 때, 강순태의 눈빛은 마침내 공포의 빛을 띠기 시작했다.

턱!

김강은 친숙하게 어깨동무를 하듯이 왼손을 강순태의 등 뒤로 돌려 그의 어깨를 감싸 안았다.

그 순간 강순태는 흠칫 몸을 떨었으나, 당장에 김강의 손을 떨쳐 내려는 시도는 하지 않았다.

"유진아! 이제 이자와 단둘이 있게 해줘!"

김강이 강순태의 어깨를 감싸 안은 채 조유진에게 하는 말이었다.

"너……!"

짧은 단음으로밖에 대답을 하지 못했지만, 조유진의 목소리에는 불안과 걱정이 그득했다.

제 한 몸조차도 제대로 가누지 못하는 김강이었다.

그런데 비록 수갑은 찼다고 해도, 그래도 멀쩡한 상태의 강순태와 단둘이만 있도록 한다는 데 대한 당연한 걱정일 것이었다.

나아가 어쩌면 조유진의 걱정은, 오히려 김강이 강순태에게 어떤 행위를 할 것인지에 대한 걱정일지도 몰랐다.

그러나 또한 김강의 성정이 어떠하다는 것을 모르지 않는 조유진이었다.

김강이 의도적으로 이미 이런 데까지 상황을 만든 이상, 김강 스스로 결론을 내도록 놓아둘 수밖에 없는 일인 것이다.

뒷걸음질로 두어 걸음을 물러나던 조유진은 이윽고 몸을 돌려서 성큼성큼 현관을 향해 걸었다.

그러나 그는 완전히 바깥으로 나가지는 않고서, 현관 입구를 지키듯이 바깥쪽을 향한 채 우뚝 버티고 섰다.

강순태는 고개를 돌려 주위를 한번 돌아보았다.

실내에는 정말로 그들 둘밖에 없었다.

순간 강순태의 입가로 비릿한 웃음기가 스쳤다.

이어 그는 강하게 어깨를 한번 비틀었다.

비록 등 뒤로 두 손을 돌려 수갑을 차긴 했지만, 이미 만신창이가 되어버린 김강쯤이야 가볍게 떨쳐 버릴 작정이었을 것이다.

그러나 다음 순간 강순태는 딱딱하게 온몸을 굳히고 말았다.

그의 어깨를 감싸 안은 김강의 손이 꼼짝도 하지 않았던 것이다.

그 손은 마치 강철로 만든 집게라도 되는 듯 견고하고도 완강했다.

강순태의 얼굴로 언뜻 진한 공포의 그림자가 지나갔다.

그러나 강순태는 이내 신경질적으로 빈정거렸다.

"흐흐흐! 새끼! 뜸 들이지 말고, 무슨 짓이든 빨리 해봐라! 그러나 내가 너한테 애원 같은 걸 할 것이라고는 기대하지 않는 게 좋아! 차라리 혀를 깨물고 죽어버릴 거니까!"

김강은 무겁게 입을 열었다.

"강순태! 이건 너와 나의 악연을 끊는 마지막 의식(儀式)이다."

그런데 지금 김강의 목소리는 그 본래의 것과는 선명히 다른 목소리였다.

그리고 강순태는 순간적으로 어떤 착각을 일으킨 듯했다.

"당신은……? 당신은… 설마?"

그리고 강순태는 곧바로 어떤 감당하기 어려운 공포를 떠올린 듯 반사적으로 거칠게 몸을 비틀었다.

그러나 그때 김강은 왼손으로는 여전히 강순태의 목과 어깨를 견고히 제압한 채, 오른 주먹으로는 빠르게 강순태의 복부와 가슴 몇 군데를 찍었다.

그때 김강이 틀어쥔 오른 주먹의 형태는 중지(中指)의 두 번째 마디 관절이 뾰족하게 돌출된 특이한 형태였다.

순식간의 일이었다.

강순태는 순식간에 자신의 온몸이 마비된다는 것을 느꼈다.

극도의 당황 속에서 강순태가 이윽고는 반항하려는 의지 자체를 포기한 채 멍한 상태로 될 때쯤, 김강은 강순태의 어깨와 목을 제압하고 있던 왼팔을 풀었다.

순간 갑자기 의지할 데를 잃어버린 강순태의 몸은 통나무처럼 뻣뻣한 채로 기우뚱 바닥으로 넘어가고 말았다.

"으윽! 지금 나한테 무슨 짓을 한 거냐?"

경악이 그대로 배어나는 강순태의 외침에 현관 입구에 등을 보이고 버티고 서 있던 조유진이 흘깃 뒤를 돌아보았다.

그러나 그의 고개는 이내 다시 바깥쪽을 향하였고, 그때부터는 돌부처처럼 미동도 하지 않았다.

퍽!

김강의 수도(手刀)가 강순태의 목 옆쪽 어느 부위를 강하게 내려쳤다.

그 충격에 강순태는 온몸으로 화들짝 반응했다.

그러나 이번에 그는 어떤 소리도 내지 못했다.

마치 어떤 힘에 의해 강제로 말문이 막혀 버린 것처럼.

대신 강순태의 얼굴로는 시퍼런 공포가 치달려갔다.

그것은 도저히 감당 못할 지독한 공포였다.

김강의 어깨는 심하게 들썩이고 있었다.

거칠게 숨을 몰아쉬는 것이리라.

사실 그의 힘과 내력은 이제 거의 완전히 바닥이 난 상태였다.

그러나 그는 지금 사력을 다해서 마지막 한 방울의 내력까지를 쥐어짜내고 있었다.

김강이 다시 주먹을 움켜쥐었다.

그리고 바닥에 모로 쓰러진 강순태의 등 쪽을, 척추의 마디를 따라서 천천히 올라가며 일격 일격 짧게 끊어서 치기 시작했다.

딱!

딱!

가벼운 소리였다.

그러나 김강은 매 일격을 칠 때마다 마지막 사력을 다하는 듯, 힘겹게 턱에까지 받친 숨을 돌리곤 했다.

그리고 김강의 매 일격이 가해질 때마다, 강순태의 온몸은 소리없는 비명으로 전율하고 있었다.

"그륵!"

"그르륵!"

목에서 가래 끓는 소리가 나면서 강순태의 입에서는 부글부글 거품이 일고 있었다.

그리고 그때쯤 강순태의 얼굴에는 간절한 애원의 빛이 어려 있었다.

픽!

강순태의 정수리의 한가운데를 내려치는 그 일격을 마지막으로 김강의 손은 멈추었다.

그리고,

"와악!"

김강은 한 무더기의 검붉은 핏덩어리를 토해냈다.

이어 그는 무너지듯이 모로 쓰러지고 말았다.

"김강!"

김강이 피를 토하며 낸 소리에 움찔 놀라 뒤를 돌아본 조유진이 다급히 외치며 김강을 향해 뛰었다.

그러나 김강은 이미 바닥으로 쓰러져 있었고, 그의 얼굴 주변에는 그가 토해낸 엄청난 양의 피로 홍건했다.

"정신 차려!"

조유진이 김강의 몸을 받쳐 올려 가슴에 안으면서 그의 귓가에다 외쳤다.

그 덕에 일시 정신이 돌아왔는지, 김강이 가늘게 눈을 뜨면서 희미하게 웃음을 지었다.

그러나 그는 이내 어두운 얼굴이 되며 힘겹게 옆쪽으로 시선을 돌렸다.

김강을 따라 눈을 돌리던 조유진은 흠칫 놀라고 말았다.

강순태였다.

지금 그의 온몸은 끊임없이 잔경련을 일으키고 있었다.

그의 얼굴은 흥건히 젖은 중에도 다시 콩알같이 굵은 땀방울이 새로이 솟아오르고 있었고, 한편 입과 코로는 연신 알 수 없는 액체들과 오물들이 흘러나오고 있었다.

뿐만 아니라 그의 바지는 흠뻑 젖어버린 것으로도 부족해, 주변으로 흥건히 물기를 번져 내고 있는 중이었다.

역겨운 냄새가 풍겼다.

그런 상태에서도 강순태는 조금도 움직이지 못했고, 또한 아무런 소리도 내지 못하고 있었다.

그러나 조유진은 알 수 있었다.

지금 강순태가 형언할 수 없는 지독한 고통에 소리없이 절규하고 있다는 것을.

그의 고통은 누구에게 호소조차 하지 못하는, 철저히 그 혼자서 감내하고 감당해야만 하는, 지독스럽게도 처절한 고통이라는 것을.

한순간 고통으로 잔뜩 뒤틀려 버린 강순태의 얼굴에서 간간이 돌발적인 웃음이 생겨나고 있었다.

그것은 비록 소리없는 웃음이었지만, 마치 키득거리는 듯한 종류의 웃음이었다. 지독한 고통을 이기지 못해 마침내 미쳐 버리고 만 자의 광기 서린 웃음과도 같은.

"어떻게……?"

조유진은 자신도 의식하지 못하는 상태에서 그렇게 물었다.

강순태가 보이고 있는 극단의 상태에 대한 순간적인 궁금함일 것이었다.

김강이 더 이상은 버티지 못하겠던지 겨우 실눈으로 뜨고 있던 두 눈을 감으며 힘없이 말을 흘려냈다.

"그는 이제 남은 일생 내내 저런 상태로 지내야 할 것이다."

순간 조유진의 어깨가 부르르 떨렸다.

그 순간 조유진은 아마도 김강이 강순태에게 행한 일에 대해, 사람이 사람에게 할 수 있는 가장 잔인한 보복일 것이라는 생각을 하였는지도 모를 일이었다.

김강은 급속히 흐려지고 있는 의식의 끝 자락을 애써 잡고 있었다.

혼미한 중에 그는 마치 파노라마를 보는 것처럼, 객관적인 위치에서 자신의 운명을 보고 있는 듯한 몽롱함으로 빠져들었다.

모든 것을 운명으로 돌린다면, 아마도 지난 십여 년의 세월은 그 운명의 수레바퀴가 잠시 궤도에서 벗어난 시기라고 해야만 할 것이었다.

어떤 이유에서였더라도 잘못이었다면 바로잡아야만 했다.

비록 시작은 그 잘못조차도 차라리 순응이라는 이름으로 즐기자고 생각했지만, 이제는 다시 그 잘못의 시작점으로 돌아가야만 하는 것이다.

그래서 다시 정해진 궤도대로 수레바퀴를 돌려야만 하는 것이다.

결코 스스로를 위해서만은 아니었다.

잘못 굴러가 버린 자신의 수레바퀴에, 또한 잘못되게 엮어져 버린 소중한 사람들의 운명이, 더 이상은 불행하게 꼬이지 않도록 하기 위함이었다.

지금이야말로 바로 되돌릴 시간이었다.

지금이야말로 바로 되돌릴 마지막 기회인 것이다.

사라지는 의식 저 너머로 두렵고도 원망스러운 운명이 그를 향해 아련하게 손짓을 하고 있었다.

김강의 상태는 바깥으로 드러난 상처보다도 훨씬 더 심각해 보였다.

그는 이미 정신을 놓아버린 상태였다.

조유진은 다급한 중에도 조심스럽게 김강의 몸을 안아 올렸다.

어쨌든 가장 급한 것은 응급조치를 받도록 하는 일이었다.

김강을 안아 들고 막 무릎을 세워 일어서려던 순간 조유진은 언뜻 착각처럼 김강의 얼굴이 변한다고 느꼈다.

김강의 얼굴 근육들이 마치 해체되듯 풀어지며 일련의 기이한 움직임을 보이고 있었다.

그리고 마침내 나타난 것은 전혀 다른 하나의 얼굴이었다.

그것은 바로 김산의 얼굴이었다.

조유진이 너무 놀라 허리를 휘청거리는 바람에, 하마터면 안고 있던 김강의 몸을 놓칠 뻔하였다.

그러고도 조유진은 더듬거리고만 있었다.

"너… 너……?"

조유진의 경악으로 인해 김강의 의식이 언뜻 돌아온 모양이었다.

그리고 그는 두 눈을 부릅뜨고 자신을 바라보고 있는 조유진의 경악한 모습에서 자신에게 어떤 일이 벌어졌는지도 짐작을 한 모양이었다.

"놀랐니?"

조유진은 길게 숨을 들이켜고 나서야 겨우 떨리는 목소리를 뱉을 수 있었다.

"왠지 느낌으로 두 사람이 너무 비슷하다는 생각은 했었다. 그러나 어떻게 이런 일이⋯⋯!"

그때 김강이 희미하게 목소리를 냈다.

"부탁이 있어!"

강하게 한번 고개를 흔들고 난 조유진이 한결 진정된 얼굴로 대답했다.

"나중에 해! 이까짓 상처들 병원에 가서 치료하면 돼. 그러니까 부탁이 있거든 나중에 해!"

김강이 웃었다.

아마도 피식하고 웃으려는 것이었을 테나, 힘에 부쳐 다만 눈으로만 웃고 마는 웃음이었다.

"그런 게 아냐!"

"응?"

"정들에게는⋯ 비밀로 해줘!"

"자식이! 지금 이 와중에 그런 데까지 신경 쓸⋯⋯!"

그러나 조유진은 하려던 말을 다 끝내지 못했다.

도중에 김강의 고개가 옆으로 힘없이 꺾이고 말았기 때문이다.

김강은 다시 의식을 놓아버린 것이었다.

"장훈!"

안쪽에서 조유진이 외치는 소리를 듣고 장훈은 반사적으로 그쪽을 향해 뛰었다.

그리고 그와 함께 초조하게 안쪽의 동정을 살피고 있던 정들이 뒤따라 달렸다.

더불어 국정원 요원들 또한 다시 안쪽으로 진입해 들 채비를 차렸다.

약속된 십 분이 막 지나고 있었던 것이다.

"막아! 아무도 못 들어오게 막고, 회장님 모실 들것부터 우선 들여보내!"

막 현관 안으로 들어서는 장훈을 향해 조유진이 외쳤다.

그런 조유진에게서는 평소의 침착하던 모습과는 다르게 뾰족한 다급함이 짙게 배어나고 있었기에, 장훈은 이유를 따질 겨를도 없이 일단은 자신의 덩치로 현관부터 막아섰다.

그리고 바깥을 향해 외쳤다.

"이봐! 들것! 들것 가지고 와!"

그때 국정원 요원들이 현관을 향해 다가오고 있었다.

장훈이 거칠게 외쳤다.

"멈춰! 아무도 못 들어가!"

요원들 중 한 사람이 강경한 어조로 말했다.

"약속된 시간이 지났습니다. 더 이상의 공무 방해는 용납

하지 못합니다."

그러나 장훈은 막무가내로 버틸 작정으로 보였다.

"제기랄! 마음대로 해! 하여간 못 들어가!"

그리고 장훈은 들것을 들고 종종걸음으로 이쪽을 향해 오고 있는 응급 요원들을 향해 버럭 고함을 쳤다.

"빨리빨리! 서두르란 말이야!"

응급 요원들만 안으로 들이고, 장훈은 다시 현관을 몸으로 막았다.

그런데 그 틈을 비집고 들어서는 사람이 있었다.

정들이었다.

"비켜! 나도 들어가 봐야겠어!"

순간 장훈은 당황하고 말았다.

다른 누구라면 눈도 꿈쩍 안 할 장훈이었지만, 상대가 정들이라면 과연 막아야 하는 것인지부터가 애매하고 곤란해지는 것이었다.

그런 틈에 정들은 장훈을 밀어붙이고 안으로 들어서 버렸다.

그러자 곧바로 조유진의 뾰족한 질책이 떨어졌다.

"야, 이 자식아! 못 들어오게 막으라고 했잖아!"

그럼에도 불구하고 장훈은 여전히 애매한 기색이었다.

왜 군이 정들까지를 못 들어가게 막아야 하는지, 그로서는 도무지 이해할 수가 없었을 것이었다.

조유진은 응급 요원들을 재촉하여 서둘러서 김강을 들것 위에 눕혔다.

그리고 정들이 다가오기 전에 급한 대로 자신의 상의를 벗어 김강의 얼굴을 가렸다.

그런데 그 모습이 정들을 더욱 놀라게 만든 모양이었다.

단걸음에 달려온 정들이 다짜고짜 김강의 얼굴에서 옷부터 잡아챘다.

그리고 곧바로 정들의 얼굴은 경악으로 굳어지고 말았다.

"이게… 도대체… 아아! 도대체 어떻게 된……?"

잠시 말을 꺼내지 못하던 그녀가 겨우 내뱉은 말은 그게 다였다.

그때 조유진이 거칠게 정들을 뒤로 밀쳐 내며 다시 옷으로 김강의 얼굴을 덮었다.

그제야 소스라치듯 정신이 드는 듯, 정들이 다시 김강에게로 달려들며 외치듯 물었다.

"왜? 왜 그 대신에, 얘가 여기에 있는 거지?"

그때 조유진은 차분한 모습이 되어 있었다.

"그렇게 됐어. 그럴 만한 사정이 있었다고!"

정들이 발작적으로 따져 물었다.

"사정? 도대체 무슨 사정?"

그러자 조유진은 문득 차갑게 얼굴을 굳혔다.

"굳이 지금 그걸 알아야겠니? 사람 목숨보다도 그걸 아는 게 더 중요하냐고? 안 보이니? 얘가 누구이던 간에, 중요한 건 얘가 지금 위급한 상태라는 거야. 네가 궁금한 걸 알려고 하는 동안에 애한테 무슨 일이 생기기라도 하면 그땐 어떻게 할 건데?"

와중에도 조유진의 그 말이 충격으로 와 닿았던지 정들은 금방 하얗게 질리고 말았다.

그때 현관에서는 힘으로 장훈을 밀어낸 국정원 요원들이 안으로 진입해 들고 있었다.

응급 요원들이 든 들것의 옆을 따라붙으면서 조유진은 멍하니 서 있는 정들의 손목을 낚아챘다.

그리고 급하게 들것과 함께 움직이면서 그녀의 귀에다 속삭였다.

"그는 네가 모르길 원했어! 그러니까 그냥 그가 원하는 대로 해줘. 네가 진정으로 그를 생각한다면, 그래야 하는 것 아닐까?"

그리고 조유진은 정들의 손목을 놓아주었다.

정들은 다시 그 자리에 멈춰 선 채 멍하니 멀어져 가는 들것을 바라보고 있었다.

그녀의 주변으로 국정원 요원들이 분주하게 움직였지만,

그녀의 시선에는 아무것도 보이지 않고, 아무 소리도 들리지 않는 듯했다.

바깥에는 각종의 차들이 울려대는 사이렌 소리가 요란했다.

김강이 실린 들것이 앰뷸런스에 실린 다음에야 조유진은 의료진들이 김강의 얼굴을 덮은 옷을 벗겨내는 것을 허락했다.

그리고 앰뷸런스가 출발하기 직전에, 얼굴 여기저기에 생채기가 생겨난 장훈을 불러 급하게 몇 마디를 전했다.

"회장님은 내가 직접 병원으로 모실 테니까, 넌 여기 남아서 뒤처리를 해! 그리고 정들이 좀 보살펴 주고!"

삐용!

삐용!

몇 대의 앰뷸런스가 긴박하게 사이렌을 울리며 현장을 떠나고 있었다.

14. 이별

김윤혁과 김강.

두 사람에게는 각자 소중하게 추억하고 있는 여인이 있었다.

그리고 언제부터인가 두 사람은 확신할 수 있게 되었다.

각자의 소중한 추억 속에 있는 그 여인이, 사실은 동일 인물이라는 것에 대해.

그러면서도 두 사람은 의식적으로 그에 대한 구체적인 교감을 피해왔었다.

그러나… 그러나…

의식적인 회피로도 결국은 피할 수 없는 회한의 절규가 있었다.

"아들아!"

"아버지!"

*   *   *

그들은 나를 떠났다.

이별의 말 한마디도 없이 그렇게 그들은 내게서 영원히 소멸되어 버렸다.

아니다.

그들은 이제야말로 진정 나와 하나가 된 것이다. 영원히.

그들은 언제까지나 내 속에서 살아 있을 것이다.

그리운 존재들로서.

아버지!

그리고,

형!

15. 고백, 그리고 또 하나의 이별

극심한 고통 속에서 그는 의식을 되찾고 있었다.

온몸을 움직일 수 없는 중에, 고통만이 의식과 함께 화들짝 깨서는 급속하게 커져 갔다.

힘겹게 눈동자를 굴리자 병상 옆에 앉아 있는 한 사람이 보였다.

'조유진?'

상대에 대해 인지를 하는 동시에 그는 안도하였다.

말을 꺼내려고 하였지만, 입술은 그의 의지를 따라주지 않았다.

그때 조유진이 그를 보며 나직이 말을 꺼내고 있었다.

마치 그가 무엇을 말하고자 하는지 안다는 듯이.

"병원이다. 상처 봉합 수술은 잘됐고, 지금은 마취에서 깨고 있는 중이다. 마취가 어느 정도 깨려면 한 두어 시간은 더 걸릴 거라고 하더라."

그러나 그럼에도 부족한 듯이, 그의 눈동자는 여전히 무언가를 묻고 있었다.

조유진이 피식 웃었다.

"넌 지금 김산이다. 그러나 걱정할 건 없어. 아직 아무에게도 여기를 말해주지 않았으니까, 우리를 찾으려면 시간이 좀 걸릴 거야. 그리고 온다고 해도, 네가 좋다고 하기 전까지는 내가 무슨 수를 써서라도 막을 테니까 안심해도 좋아."

어느 정도 마취가 풀린 다음에 김산은 재차 확인부터 했다.

"정말 아무에게도 말 안 했지?"

조유진이 짐짓 정색을 했다.

"자식이? 사람을 어떻게 보고?"

그러자 김산은 곧 만족한 기색이 되었지만, 그래도 한 번 더 다짐을 두었다.

"절대 비밀로 해줘?"

조유진이 씩 웃으며 대답했다.

"내가 누구냐? 나 조유진이다. 네가 지켜달라는 비밀이라면 무덤까지 가지고 갈 사람이 바로 나다."

그리고 나서 조유진은 문득 장난스러운 표정을 해 보이며 말을 덧붙였다.

"그런데 이제부터 널 어떻게 불러야 하냐? 어느 쪽으로 불러야 하냐고?"

마취가 완전히 풀리고 나서 그가 가장 먼저 한 일은 바로 다시 김강이 되는 일이었다.

그러나 심하게 손상된 단전과 수술 직후의 몸 상태로는, 진기운용을 하려는 시도조차도 쉽지가 않았다.

그런데 겨우 미약한 수준의 진기운용을 시도할 수 있을 뿐인데도 불구하고 김산은 무리하게 욕심을 부리고 있었다.

그리고 그러한 욕심 때문에 그는 벌써 몇 차례나 정신을 잃어버리곤 했다.

그때마다 수술 부위가 터지는 바람에, 의료진들을 긴장시키는 불상사는 덤으로 일어나고 있었다.

조유진으로서는 김산이 억지스럽게 시도하고 있는 진기운용에 관해서는 자세히 알기 어려웠지만, 김산이 왜 그토록 무모한 고집을 꺾지 않고 있는지에 대해서 그 이유를 능히 짐작할 수 있었기에, 매번 김산이 의료사고(?)를 일으킬 때마다 안타깝기 그지없는 심정이 되곤 하였다.

누군가의 전화를 받고서 잠깐 병실을 나갔다가 들어온 조유진의 얼굴에 언뜻 안타까움이 묻어났다.

여느 때처럼 방금 전에도 진력을 다하고 있었던 듯, 조금 찌푸린 채 불그레한 홍조가 감돌고 있는 김산의 얼굴이 사뭇 지쳐 보였던 것이다.

길게 한숨을 내쉬는 김산을 보면서 조유진은 문득 확연히 놀라는 표정으로 되었다.

흘깃 조유진을 보면서 김산의 얼굴에는 언뜻 희미한 기대 같은 것이 지나갔다.

조유진이 짐짓 흥분된 목소리로 외쳤다.

"야! 너 얼굴이 돌아왔다!"

순간 김산, 아니, 김강의 안색이 환하게 변했다.

조유진의 놀람은 물론 거짓말이었다.

그러나 조유진에게는 또한 사실이기도 했다.

그가 보기에 김산은 이미 김강이었다.

지금의 그는 얼굴만 김산일 뿐, 기질, 말투, 눈빛 등 모든 것이 이미 김강이었다.

진기를 운용한다는 것은 세밀함이 요구되는 과정이니, 김산이 현재 자신이 운용 가능한 내력의 수준을 차분하게 평가만 해보았더라도, 조유진이 지금 거짓말을 하고 있다는 것을 쉽게 알 수 있었을 것이다.

그러나 애초부터 그의 마음이 급해 있었고, 또한 한시라도 빨리 김강의 얼굴이 되기를 열망하고 있었기에, 그는 쉽게 차분해질 수가 없는 상태였다.

더욱이 이어지는 조유진의 말은 그로 하여금 더욱 차분할 수 없도록 만드는 것이었다.

"야! 그런데 지금 정들이 병원에 와 있다. 일단은 절대 안 된다고 따돌려 놓고 오는 중인데, 마침 천만다행으로 네 얼굴도 바뀌고 했으니, 그냥 만나보는 게 어떠냐?"

정들은 가만히 병상의 김산과 눈을 맞추고 있었다.

조유진은 없었다.

두 사람을 위해 자리를 피해준 것이다.

정들은 지금 김산을, 김산이 아닌 김강으로 대하고 있었다.

비록 처음에는 약간의 어색함을 비치기도 했지만, 그녀는 이 빤한 거짓에 대해서 놀라울 정도로 빠르게 적응을 하였다.

한동안의 침묵 끝에 정들이 무겁게 입을 열었다.

"나 고백할 거 있어!"

그러나 김강은 그다지 무겁지 않게 받아들이는 투였다.

"뭔데? 천하의 정들답지 않게 뜸을 들이는 걸로 보아 제법 심각한 얘긴가 본데?"

정들이 다시 잠시간을 김강의 눈을 응시하고 있다가 천천히 말을 꺼냈다.

"사실은 나 사랑하는 남자 생겼어."

그 말에 김강은 곧바로 흠칫하는 기색을 보였다.

그러나 그는 곧 마치 재미있는 농담이라도 들었다는 듯, 짐짓 유들유들하게 말을 받았다.

"알아!"

"……?"

"바로 나잖아. 네가 사랑하는 남자."

넉살이라도 부리듯이 웃으며 하는 김강의 말에 정들은 단호하게 고개를 저었다.

"아니!"

순간 김강은 정말로 딱딱하게 표정을 굳히고 말았다.

정들은 진지하고도 차분하게 말을 이었다.

"나도 내게 사랑하는 사람이 있다면, 그건 바로 너라고 생각했었어. 그런데 내가 정말로 사랑하는 사람은 따로 있다는 걸, 바로 얼마 전에야 깨닫게 되었어. 사실 난 그 사람을 벌써 오래전부터 사랑해 왔던 거야. 다만 내가 그걸 깨닫지 못하고 있었던 거지."

김강이 말을 꺼낸 것은 한참의 침묵이 지난 다음이었다.

"누구니, 그 사람이?"

세상 어떤 일에 대해서도 거침이 없을 듯하던 김강으로서
도 방금의 상황이 주는 충격을 추스르는 데는 그 정도의 시간
이 필요했던 모양이었다.

　　그때 정들은 차라리 담담해져 있었다.

　　"너도 잘 아는 사람이야."

　　"음!"

　　"김산! 오래전부터 내가 진실로 사랑해 왔던 사람은 바로
그야!"

　　김강이 다시 입을 연 것은 또다시 한동안의 침묵이 흐른 다
음이었다.

　　"왜? 왜 내가 아니고 그여야 하는 거지?"

　　김강은 그 물음에 많은 의미와 감정들을 한꺼번에 함축시
켜서 이입해 놓고 있는 듯 보였다.

　　놀라움, 충격, 당혹감, 억울함, 그리고 또…….

　　"말해야 돼?"

　　차라리 담담하게 들리는 정들의 그 반문에 대해, 김강은 그
제야 약간이나마 본래의 그다운 면모를 되찾는 듯했다.

　　"그럼! 이 역사적인 사건의 전말에 대해 듣지 못한다면, 난
너무나 억울해질 것 같은데?"

　　정들이 담담한 표정 가운데 엷은 미소를 떠올렸다.

　　"십 년 전 그를 알게 된 이후로, 그는 내게 늘 부족하고, 늘

애틋한 존재였어."

"제기랄! 뭐야, 그럼 나는 상대적으로 만족스러워서, 오히려 부족한 그 친구에게 널 빼앗겨야 한다는 그런 요상한 얘기가 되는 거야?"

김강은 짐짓 투덜거리고 있었다.

"몸조리 잘해!"

끝이 없을 듯 이어지고 있던 침묵을 그렇게 깨며 정들은 자리에서 일어섰다.

그리고는 곧바로 뒤돌아서서 병실문을 향했다.

몇 걸음쯤 떼었을 때, 정들은 마치 감전이라도 된 듯 그 자리에 멈칫 멈춰 서고 말았다.

그녀의 뒤에서 들려온 김강의 무거운 한마디 때문이었다.

"안녕!"

정들은 한참이나 가만히 멈추어 서 있다가 뒤를 돌아보지 않은 채 가만히 물었다.

"내게 왜 그렇게 말하는 거지?"

김강이 가라앉은 목소리로 대답했다.

"난 떠날 거니까."

"어디로?"

"멀리. 영원히 돌아오지 못하는 곳으로."

정들은 다시 한동안을 가만히 서 있기만 했다.

그러다 그녀는 사뭇 힘겹게, 한마디를 뱉었다.

"그래, 안녕! 영원히!"

그녀의 목소리는 촉촉이 젖은 듯했다.

그러나 다음 순간 그녀는 꼿꼿하게 걸음을 옮겨 병실을 나가고 있었다.

병실로 돌아온 조유진은 쭈뼛거리며 김강의 눈치를 살폈다.

그러나 김강이 깊은 생각에서 깨어날 때쯤, 조유진은 사뭇 의뭉스럽게 김강의 얼굴을 가리키며 말했다.

"야! 너 좀 전에 얼굴이 다시 풀려 버렸어!"

김산이 힘없이 말했다.

"괜찮아! 이젠……."

조유진이 조심스럽게 물었다.

"너 혹시… 무슨 생각을 하고 있는 거니?"

김산의 어조가 문득 단호하게 변했다.

"이제부터 내가 이 얼굴 외의 다른 얼굴을 할 일은 다시는 없을 거야. 결코!"

16. 그냥 확 잘라 버릴 줄 알아?

김산은 근 두 달여 만에 그의 오피스텔로 돌아왔다.

오피스텔 내부의 공기는 그동안의 공백을 말해주듯 써늘하였고, 액자며 TV며 가구들 위에는 엷게 한층의 먼지가 쌓여 있었다.

다소 멍한 기색으로 소파에 앉아 있는 김산을 대신해 조유진이 병원에서 가지고 온 짐 꾸러미들을 풀었다.

방으로 갈 것들, 세탁기로 들어갈 것, 주방으로 갈 것들 등등의 정리를 대강 끝낸 조유진이 소파 한쪽으로 걸터앉으며 말을 꺼냈다.

"우선은 정들이한테 연락부터 좀 해라. 사람이 아무런 소식도 없이 두 달여간이나 사라져 버렸으니, 그동안 사방팔방으로 널 찾느라고 속을 태우고 아주 난리를 피운 모양이더라. 나한테도 거의 매일같이 너한테 소식이 있는지를 물었다니까."

그러다 조유진은 자못 묘한 표정을 만들며 물었다.

"그런데 뭐라고 둘러댈래?"

김산은 대번에 난감한 표정이 되고 말았다.

그것을 보고 조유진은 가만히 고개를 흔들며 속으로 중얼거렸다.

'이건… 얼굴만이 아니라, 성격까지도 완전히 다르지 않은가?'

조유진은 김산이 퇴원 수속을 하고 병원을 나서는 그 순간부터, 그를 완전한 김산으로 대하고 있었다.

먼저 김산의 선언이 있기도 했지만, 조유진 또한 이즈음에는 김산이, 김강이 아닌 김산으로만 살아갈 것이라는, 혹은 살아갈 수 있을 것이라는 확신을 가질 수 있었기 때문이다.

사실은 조유진 역시도, 그가 김산일 때가 더 좋았고, 그저 김산이기를 바랐다.

덜 사내답고, 덜 완벽하고, 더 우유부단하고, 더 유약하더라도 말이다.

그때 김산이 애매한 표정으로 나직한 한숨을 불어 내쉬며
말했다.

"휴! 어떻게 되겠지 뭐!"

그 힘없는 모습에 조유진은 그만 픽 웃고 말았다.

과연 지극히 김산다운 대답이었던 것이다.

정들은 아주 노발대발하고 있었다.

잔뜩 날카로워진 그녀의 목소리는 주변 분위기를 아주 살
얼음판으로 만들고 있었다.

"이봐! 김 대리! 도대체 어디서 뭘 하다가 이제야 나났는
지, 뭐라고 말은 좀 해줘야 하는 거 아냐? 그냥 그럴 사정이
좀 있었다니? 도대체 그런 말이 어디 있어? 김 대리한테는 회
사가 무슨 애들 장난밖에 안 되는 데야?"

정들의 사정없는 몰아붙임에 대해 김산은 그냥 두 손을 모
은 채 고개를 숙이고 서 있을 뿐이었다.

그저 처분만 기다린다는 듯한 모습이었다.

오히려 조금 떨어져서 힐끗거리고 있던 수행 팀들이 안절
부절못하고 있는 모양새들이었다.

한참을 몰아붙여도 김산이 마치 무슨 묵비권이라도 행사
하는 것처럼 시종 묵묵부답으로 버티고 서 있자, 정들은 도저
히 화를 참지 못하겠다는 듯 이윽고는 김산의 어깨를 툭툭 치

기까지 했다.

물론 자신이 지금 얼마나 화가 나 있는지를 강조하기 위해서였고 또한 무어라고 그럴듯하게 변명이라도 좀 해보라는 재촉이었을 뿐, 힘이 들어가지는 않은 그저 가볍게 건드린 정도였다.

그런데 그때였다.

"윽!"

김산이 소스라치듯 온몸을 움츠리며 비명과도 같이 짧은 신음을 흘리는 것이었다.

그리고 동시에 정들의 모습 역시도 백팔십 도로 변해 버렸다.

"왜 그래? 괜찮아?"

언뜻 보기에 그녀는 얼굴색마저 하얗게 질려 버린 듯했다.

이어 정들은 다시 나무라는 투가 되었다.

"그러기에 좀 더 천천히 움직일 것이지, 뭣 하러 무리를 하니, 하기를?"

김산이 고통스러운 듯 인상을 잔뜩 일그러뜨리고 있다가 정들의 대중없는 나무람에 일시 멀뚱한 표정이 되었다.

멀뚱해지기는 지켜보던 다른 사람들도 마찬가지였다.

그런 분위기를 눈치 챘던지, 순간 정들은 다시 태도를 백팔십 도로 바꾸고 있었다.

"하여간 말이야! 앞으로 이런 일이 한 번만 더 있으면, 그때는 이것저것 사정 볼 것도 없이 그냥 확 잘라 버릴 줄 알아?"

사실 정들에게 혼나는 내내 김산은 다른 생각을 하고 있었다.

그녀의 매끄러운 오른쪽 뺨에 난 기다란 흉터가 참으로 안타깝다는 생각.

그러나 참으로 다행스럽게도 그다지 흉해 보이지는 않는다는 생각.

보기에 따라서는 정들에게 이전에는 없던 묘한 카리스마를 주는 측면도 있다는 생각.

앞으로 세계적 글로벌기업의 여성 총수로서, 어쩌면 그런 종류의 카리스마를 가지는 것도 크게 나쁘지는 않겠다는 엉뚱한 생각.

그리고 그녀가 왜 그 흉터를 없애지 않고 그대로 두었을까 하는 의문까지.

뺨의 칼자국에 대해 정들은 굳이 성형수술을 받을 생각이 없었다.

그렇다고 남들이 짐작하는 대로 특별하거나 거창한 의미 같은 것이 있는 것은 아니었다.

다만 그녀에게만 특별한 한 가지의 의미가 있을 뿐이었다.

바로 그 흉터에 그녀가 살아가는 동안 영원히 기리고자 하는 어떤 한 사람과의 뜨거웠던 사랑의 역사가 새겨져 있기 때문이었다.

　그러나 그녀와 함께 그 뜨거웠던 역사를 만든 그 사람은 앞으로 영원히 만나지 못할 사람이었다.

17. 에필로그 I

그녀는나의여자다그러나그녀는또한그의여자다나는그녀
의남자다그러나그또한그녀의남자다그녀는나의여자다그러
나그녀는또한그의여자다나는그녀의남자다그러나그또한그
녀의남자다그녀는나의여자다그러나그녀는또한그의여자다
나는그녀의남자다그러나그또한그녀의남자다그녀는나의여
자다그러나그녀는또한그의여자다나는그녀의남자다그러나
그또한그녀의남자다그녀는나의여자다그러나그녀는또한그
의여자다나는그녀의남자다그러나그또한그녀의남자다그녀
는나의여자다그러나그녀는또한그의여자다나는그녀의남자

다그러나그또한그녀의남자다그녀는나의여자다그러나그녀
는또한그의여자다나는그녀의남자다그러나그또한그녀의남
자다.

그러나… 그러나…
그녀는 나의 여자다.
오로지 나만의 여자다.

    *   *   *

후훗! 그는 너무 순진하다.
그가 어떻게 해서 두 개의 얼굴을 가지게 되었는지는 모르
겠으나, 그깟 얼굴이 다르다고 해서 여자가 언제까지나 자기
남자를 알아보지 못할까?
그러나 그가 굳이 밝히려 하지 않는데, 내가 먼저 아는 척
을 할 이유는 없다.
속아주는 것도 괜찮은 일이니까.
그리고 사실은 두 남자를 마음에 두고 산다는 느낌은 결코
나쁘지 않다.
어쨌든 나는 결국 두 남자를 다 가졌다.
이토록이나 멋진 두 남자를, 이토록이나 완벽하게 소유하

고 사는 여자는 세상에서 오직 나 하나뿐일 것이다.

무엇보다도 환상적인 것은, 어쨌든 우리가 완전히 하나가
되었다는 것이다.

산과 강과 들이 말이다.

그 무엇도 우리를 갈라놓을 수 없을 것이다.

우리는 이미 산과 들과 강으로 완전한 하나가 되었기에.

18. 에필로그 Ⅱ

(주)CHINGU는 대폭적인 규모의 발전을 거듭하면서 그룹의 형태를 이루었다.

기반사업이던 경호 사업 분야와 지식정보 사업 분야 외에, 각종 신사업 분야를 의욕적으로 개척하여 국제적으로도 주목을 받기 시작하고 있었기에, 국내외 전문가들에 의해 십 년 후쯤에는 제이의 제일그룹으로 성장할 것으로 호평을 받고 있는 중이었다.

정들이 제일그룹의 회장으로 취임한 것은 벌써 오 년 전의 일이었다.

당시 삼십대의 젊은 여인이 굴지의 글로벌 기업의 회장으로 취임하는 데 대해서, 국내외의 언론들은 일제히 일대사건으로 다루었다.

정들의 제일그룹 승계는 대중들에게 반감보다는 비교적 긍정적인 호응을 받았다.

그런 전례가 없던 터에, 수조 원대의 정당한 증여세를 내고 그룹을 승계함으로써, 재벌상속에 대한 바람직한 전례와 새로운 기준을 세웠다는 데서 국민적인 호평을 받았던 것이다.

아울러 정들이 그룹을 총괄하면서부터 과감한 혁신과 도전의 리더십으로 짧은 시간임에도 불구하고 제일그룹을 더욱 탄탄한 세계 속의 기업으로 발전을 시켰고, 또한 고객과 국민에 친화적으로 되기 위한 다양한 노력들을 기울임으로써 국내에서는 가히 국민기업으로 불릴 만큼 사랑을 받았다.

또 하나 정들이 세상을 떠들썩하게 만든 사건이 있었다.

그것은 그녀가 회장 직에 오르기 전에 지극히 평범한, 너무도 평범하여 도저히 그녀와는 어울려 보이지 않는 한 남자와 결혼을 한 사실이 뒤늦게 알려진 사건이었다.

정들의 상대 남(男), 즉 그녀의 남편은 결혼 당시 제일그룹에 다니는 일개 대리 직급의 사원이었던 것으로 알려졌다.

비밀리에 이루어진 결혼이었기에 몇 년이나 지난 뒤에 알려졌지만, 그 사건은 마치 세기의 대사건이라도 되는 양 당시 국내외적으로 엄청난 취재 열풍을 일으키기도 했다.

그러나 정작으로 그 희대의 행운아인 그녀의 남편에 관해서는 사진 한 장조차도 공개되지 않았다.

지금까지도 정들의 사생활은 제일그룹 차원에서 극비 중에서도 극비로 다루어지고 있었다.

뿐만 아니라, 그 사건으로 인해 더욱 서민적인 이미지를 얻게 된 정들의 사생활에 관해서는, 이제 대중적 정서상으로도 보호받아야 한다는 공감대가 생겨 있기도 했다.

*   *   *

산사모의 모임이 재개되었다.

옛날 그때의 멤버들이 빠짐없이 다 모였는데, 각자의 신분들이 자못 거창하였다.

여동훈은 CHINGU그룹의 현(現) 회장이었다.

조유진은 CHINGU그룹의 경호사업을 총괄하는 계열사의 사장이었고, 장훈 또한 평소 소원하던 대로 CHINGU그룹의 스포츠 웰빙 사업을 총괄하는 계열사의 사장 자리를 꿰차고 있었다.

그러니 정들을 위시하여 그들 모두는 정말로 대단한 위치와 신분들이 되어 있다고 할 것이었다.

다만 김산만이 예외였다.

그의 명함은 제일그룹 산하 경제연구소의 과장일 뿐이었으므로, 다른 회원들에 비하자면 빈약하다고 해야 했다.

그래도 산사모의 회장은 당연히 김산이었다.

그가 비록 겨우 과장 직급에 불과하다고 해도, 나머지 대단하고도 거창한 친구들은 김산을 회장으로 대우하는 데 전혀 조금의 이의조차도 없었다.

그러나 그것은 결코 김산이 대한민국 최고일 뿐만 아니라, 세계에서도 손꼽히는 초우량 글로벌기업인 제일그룹 총수의 남편이래서가 아니었다.

다만 그가 김산이었고, 산사모가 원래부터 김산을 사랑하는 모임으로 시작된 것이었기에, 누가 뭐라고 해도 산사모의 회장은 김산일 수밖에 없기 때문이었다.

은밀하게 들리는 소문으로는 김산이 결혼한 이후로 쭉 정들에게 찍소리도 못하고 눌려서 산다고 하는 말이 있었다.

그리고 그것이 사실일 확률이 농후하다는 점에 대해서는 누구나 쉽게 짐작할 수 있을 것이었다.

그러나 적어도, 최소한 산사모의 모임이 있을 때만큼은, 그것은 절대로 사실이 아니었다.

산사모의 분위기는 늘 화기애애하고 부드러웠지만, 뜻밖으로 그들 간의 서열 개념은 너무나 완고하다고 해야만 했다.

그런 산사모에서 김산은 어디까지나 회장으로서의 절대적인 권위를 지닌 신분이었다.

정들이 제아무리 대단하다 해도, 산사모에서는 기껏 회장 아래의 서열 일위일 뿐이었다.

물론 그 밑으로 다시 서열 이위, 삼위, 그리고 서열 사위까지가 줄줄이 있었다.

그리고 또 하나.

비록 세상에 알려지지는 않은 일이었지만, 김산에게도 제법(?) 거창하다고 할 수 있는 직함이 하나 있었다.

바로 CHINGU그룹의 명예회장이라는 직함이었다.

물론 명예회장인만큼, 그는 CHINGU그룹의 경영에는 일절 관여하지를 않았다.

그러나 김산이야말로 CHINGU그룹의 실질적인 오너라는 것을, 알아야 할 사람은 다 알고 있었다.

19. 에필로그 Ⅲ

정들은 한창 바쁜 스케줄을 소화하던 중에, 전화 한 통을 받고서는 부랴부랴 경찰서로 향했다.

그녀가 스케줄에도 없는 갑작스러운 움직임을 보이자, 비서진과 경호진에서는 아주 난리가 났다.

그러나 평상시 공과 사를 철저하리만치 분명히 하는 정들의 성격을 잘 아는지라, 수행진은 황망한 중에도 지극히 조심스럽게 그녀를 뒤따랐다.

동네 파출소로 들어서자마자 정들은 한쪽 구석의 소파에서 어깨를 축 늘어뜨린 채 시무룩하게 앉아 있는 한 아이를 볼 수 있었다.

'김강산들'이라는 꽤나 튀는 이름을 가진 그 아이는, 바로 하나뿐인 그녀의 아들이었다.

정들이 얼른 살펴보니, 아이는 다만 시무룩해 있을 뿐 달리 다치거나 한 흔적은 보이지 않았다.

그제야 나직이 안도의 한숨을 내쉰 정들이 아이에게 다가가기 전에 먼저 좁은 파출소 내부를 한 바퀴 훑어보았다.

일단은 상황을 파악하는 일이 우선인 것이다.

그리고 정들은 아이의 건너편으로 조금 떨어져 있는 또 하나의 긴 소파에 앉아 있는 아이 둘과 여자 둘을 볼 수 있었다.

정들의 눈빛이 기민하게 움직였다.

그 눈빛은 재벌총수의 눈빛이 아니라, 이제 여덟 살 된 아이를 둔 대한민국 보통엄마의 눈빛이었다.

비록 그녀의 아이가 다른 아이들보다는 조금, 아주 조금 더 별나고 개구진 데가 있긴 했지만.

'코피……?'

건너편 소파에 앉아 있는 아이들 둘은 그녀의 아들에 비해 목 하나쯤은 더 커 보이는 아이들이었다.

못 되어도 3학년쯤은 되어 보였다.

아이들의 코와 입 주변으로는 대충 닦아내긴 했지만 여전히 벌건 핏자국이 남아 있었다.

‘흠! 제대로 코를 때렸군.’

이어 정들은 탐색의 시선을 아이들 옆의 여자들에게로 옮겼다.

그녀들은 아이들의 엄마들로 보였는데, 얼굴 표정에 뾰로통한 기색이 가득한 것이, 화가 아주 제대로 나 있는 것이 분명해 보였다.

‘에휴! 금쪽 같은 자식이 남에게 맞아 코피가 터졌으니, 화가 날 수밖에 없겠지. 더군다나 두어 살이나 어린 아이에게, 그것도 둘이 한꺼번에 말이지……?’

걱정인지, 동정인지 모를 탄식을 속으로 떠올리면서, 정들은 한편 느긋해지기까지 했다.

같이 자식 키우는 입장에서 그런 생각을 하면 안 되는 줄은 알지만, 그래도 자식이 남에게 맞고 다니는 것보다는 차라리 때리고 다니는 것이 마음 편한 것은 어쩔 수가 없었다.

물론 그 뒷감당은 오롯이 부모의 책임이지만 말이다.

‘에휴!’

다시 한 번 걱정스럽게(?) 한숨을 내쉬며 정들은 마음속의 각오를 다졌다.

그리고 행동을 취하기 전에 누군가에 대한 원망도 잊지 않았다.

‘그런데 이 인간은 도대체 어디서 뭘 하느라고 아직까지 안 나타나고 있는 거야? 연락을 받아도 벌써 한참 전에 받았을 텐데 말이야?

정들은 아들에게로 다가가면서 건너편 소파의 여인네들을 향해 일단은 싹싹한 웃음부터 건넸다.

그러자 그 여인네들은 대뜸 냉랭하게 외면하며 코웃음부터 치는 기색이 역력했다.

그러나 남을 때린 아들의 엄마로서 일단은 죄인의 흉내부터 내고 봐야 하는 것이 당연하였기에, 정들은 공손하게, 그리고 조금은 비굴하게 여인네들을 향해 고개를 숙였다.

바쁘게 차를 주차시킨 다음에 김산은 뛰다시피 헐레벌떡 파출소의 문을 열었다.

그리고 안으로 들어서자마자 영 공기가 심상치 않다는 것을 대번에 느낄 수 있었다.

그야말로 냉전이요, 살얼음판이었다.

살얼음을 얼리고 있는 것은 아줌마들의 한 치 양보도 없는 팽팽한 기 싸움 때문이었다.

'저놈의 여편네가 또 무슨 사단을 벌인 거야?'

굳이 누구에게 물어보지 않아도 지금까지의 전례로 보아서 이 냉랭한 분위기의 적어도 육십 프로 이상의 원인과 책임은 바로 그의 마누라인 정들에게 있음을 김산은 백 프로 확신할 수 있었다.

찌릿!

매섭게 한번 정들을 쩨려주고 나서, 김산의 얼굴에는 곧바로 더할 수 없이 사람 좋아 보이는, 그러나 보기에 따라서는 더할 수 없이 비굴해 보이는 웃음이 가득 떠올랐다.

잰걸음으로 가까운 쪽에 앉아 있는 경찰관에게로 다가간 김산은 일단 넙죽 허리부터 숙이고 나서, 다소 호들갑스럽게 말을 늘어놓았다.

"아이고! 이게 무슨 일입니까? 혹시 제 아들놈이 무슨 큰 잘못이라도 저지른 겁니까?"

난데없는 호들갑에 팽팽하던 파출소 안의 공기가 일시에 그 균형을 깨며 그 무게중심이 대번에 김산에게로 실렸다.

순경이 시큰둥한 표정으로 말했다.

"여기 김강산들의 아버지 되십니까?"

"예, 예! 제가 김강산들의 아비 되는 사람입니다만……?"

그러자 순경이 힐끗 소파에서 아이를 품에 안고 있는 정들 쪽을 본 다음에 다시 묘한 표정으로 김산을 보았다.

그 표정이 뭐랄까?

참 안되었다고 동정하는 표정이랄까, 혹은 무슨 기가 찬 일을 당했다는 표정이랄까, 하여간 묘한 표정임에는 분명하였다.

'저놈의 여편네……!'

김산은 처음 파출소에 들어왔을 때 자신이 확신했던 바를 다시 한 번 확신하였다. 이번에는 120%로.

"아주머니의 성격이 참으로 특이하시네요. 아니, 고집을 피울 걸 피우셔야지……?"

순경은 마치 김산에게 하소연이라도 하는 듯했다.

"네? 무슨……?"

"아니, 아이들끼리 싸우는 일이야 흔히 있는 일이라고 하더라도, 때린 엄마 쪽에서 맞은 아이 엄마 쪽에 죄송하게 됐다고 사과라도 하고, 치료비 정도라도 성의를 보이면 같이 아이 키우는 입장으로 술렁술렁 부드럽게 해결이 될 일이 아니겠습니까?"

"예, 예! 그렇지요……!"

"아! 그런데 댁의 아주머니께서 끝까지 잘못한 게 없다고 저렇게 버티고만 계시니, 나, 참……! 아니, 정말로 아이들 싸움가지고 뭐 서로 송사라도 하시겠다는 겁니까, 뭡니까, 지금……?"

듣고 보니 순경의 말이 백번 옳은 말이라, 김산이 연신 고개를 주억거리다가 문득 뒤통수에 따가운 눈길 하나를 느끼고는 힐끗 뒤를 돌아보았다.

'이크!'

그를 쏘아보는 정들의 눈빛이 심상치가 않았다.

굽힐 기색이라고는 눈곱만큼도 없다는 눈빛이었다.

그런데 아무리 정들이 제 나름대로의 주관대로 사는 여자라고 해도, 지금 저런 막무가내의 기세 정도라면 뭔가가 있다는 얘기가 되는 것이었다.

"저… 그런데 애들이 싸운 이유는 뭐랍니까?"

"그게 뭐, 허허허! 머리에 피도 안 마른 놈들이… 뭐, 저기 두 녀석들이 댁의 아이의 여자 친구를 괴롭혔다나 뭐라나… 그래서 응징을 했답니다. 허허허!"

김산은 문득 씨익 웃는 얼굴이 되었다.

그리고는 성큼성큼 정들에게로 다가가더니, 그 옆에 턱 하니 다리를 꼬고 앉으며 팔짱을 끼는 것이었다.

갑작스럽게 돌변한 김산의 행태에 순경은 일순 어이가 없다는 표정이 되고 말았다.

"아니, 아저씨! 지금 뭐 하시자는 겁니까?"

순경의 물음에 김산이 짐짓 단호한 목소리로 대답했다.

"사정을 듣고 보니 나도 우리 아이가 잘못한 게 하나도 없다고 생각합니다. 그러니 사과 같은 건 절대로 할 수 없어요. 우리 세 사람은 지금부터 묵비권을 행사할 테니까, 구워먹든 삶아먹든 마음대로 하시라… 뭐 그런 뜻입니다."

"허허!"

순경이 실소를 흘리고 말았고, 뒤이어 맞은 아이들의 엄마
들에게서도 분노의 목소리가 새어 나오고 있었다.

"어머, 어머……?"

"어머머머……?"

집으로 돌아가는 차 안에서 뒷자리에 앉은 부자간에는 한
껏 소리를 낮춰 속닥거리는 대화가 오가고 있었다.

"임마! 니가 무슨 동네 보안관이라도 되냐? 시시콜콜 남의
일에 일일이 다 끼어들게?"

"남 아니란 말이에요."

"남이 아니면……?"

"제 여자 친구라고 그랬잖아요."

"에휴! 그래, 뉘 집 아들인지 참말로 잘났다."

운전대를 잡고 있던 정들이 문득 피식하고 바람 새는 소리
를 만들어내고 있었다.

『강산들』終

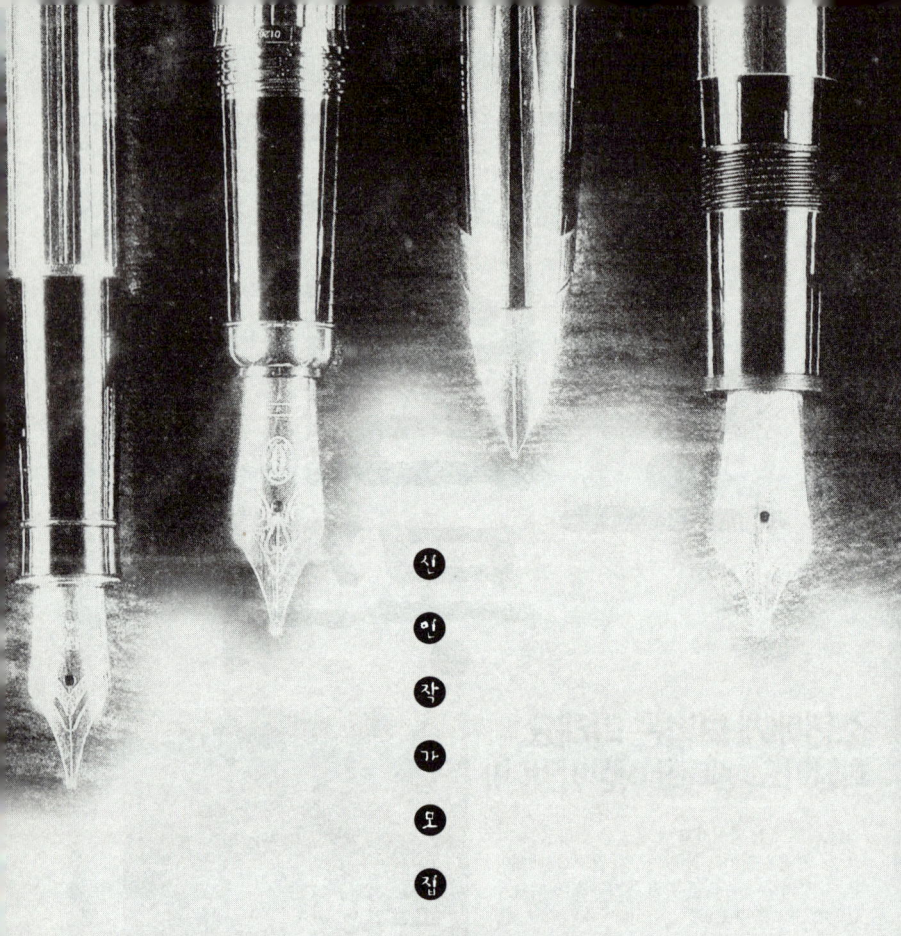

신
인
작
가
모
집

시작이 반이라고 했습니다.
작가의 길에 대한 보이지 않는 벽을 과감히 깨뜨리십시오!
청어람은 작가 지망생 여러분들의
멋진 방향타가 되어드리겠습니다.

저희 도서출판 청어람에서는
소설 신인 작가분들을 모집합니다.
판타지와 무협을 사랑하시는 분들의 많은 참여를 바랍니다.
소정의 원고(A4용지 150매)를 메일이나 우편으로 보내주시면
검토 후 출판 여부를 알려드리겠습니다.

주소:경기도 부천시 원미구 심곡1동 350-1 남성B/D 3F 우편번호420-011
TEL:032-656-4452 · **FAX**:032-656-4453
http://**www.chungeoram.com**
e-mail:chungeoram@chungeoram.com

BLUE
BOOK

무한 상상 무한 도전의 힘!
블루부크

EXCITING! BLUE! 블루부크(BLUE BOOK) 청어람의 또 다른 이름입니다.

BLUE는 맑게 갠 가을 하늘과 넓은 바다입니다.
그곳에는 미래에 대한 희망과
보다 넓은 미지의 세계에 대한 동경이 담겨 있습니다.

BLUE는 젊음과 패기를 의미합니다.
언제나 새로운 시작을 위한 힘이 있고
세상에 대한 도전의식이 충만합니다.

블루가 새로운 도전과 희망으로
곧! 여러분과 함께합니다.

BLUE**BOOK**
도서출판 청어람

유행이 아닌 자유추구 -
www.chungeoram.com

Book Publishing CHUNGEORAM